Klarant Verlag

Elke Nansen ist das Pseudonym einer Autorin, die den Norden und Ostfriesland liebt. Die Nordsee, die unendliche friesische Weite, das platte Land mit seinen ganz speziellen Charakteren – diese Region hat ihren eigenen rauen Charme, hier kann Elke Nansen ihrer Fantasie freien Lauf lassen. Und so schreiben sich die spannendsten Geschichten manchmal wie von selbst … Besonders angetan haben es der Autorin die ostfriesischen Inseln, die sie alle schon besucht hat. Als leidenschaftliche Taucherin liebt Elke Nansen die See und das Wasser. 8 Jahre hat sie im niedersächsischen Städtchen Verden an der Aller gelebt.

Elke Nansen

Tödliches Ostfriesland

Ostfrieslandkrimi

Klarant Verlag

Klarant Verlag, www.klarant.de – www.ostfrieslandkrimi.de
ISBN: 978-3-95573-842-6
1. Auflage 2018
Umschlagabbildung: Klarant Verlag

Alle den Roman betreffenden Figuren sind rein fiktiv und frei erfunden. Ähnlichkeiten mit lebenden oder toten Personen wären nur zufällig und nicht beabsichtigt.
Klein Hauen ist ein fiktives Dorf in Ostfriesland. Es liegt in der Nähe von Greetsiel und ist dem Ort Neu Hauen nachempfunden. Bis auf Klein Hauen sind alle anderen im Roman beschriebenen Orte real, und genau dort, im echten und wirklichen Ostfriesland, spielt auch die Handlung.

Printed in the EU.

Kapitel 1

„Knut, du machst mich wahnsinnig, bitte nicht!“, flehte Faber seinen Nachbarn an und sah Hilfe suchend auf Rike. Vor einem Jahr war Kriminalhauptkommissar Richard Faber von Frankfurt nach Ostfriesland versetzt worden. Er hatte die Alte Schule in Klein Hauen neben Knuts Haus gekauft und renoviert. Durch Zufall wohnte dort nicht nur der liebenswerte ältere Ostfriese, sondern auch seine Enkelin Rike Waatstedt. Kommissarin Waatstedt arbeitete jetzt mit Faber zusammen, und als Team beim Kriminal- und Ermittlungsdienst in Emden waren die beiden mittlerweile ein unschlagbares Duo.

Der kleine, rundliche Knut schob seine Kapitänsmütze in den Nacken und hob mahnend seine Hände. „Mien Jung, wenn du ein vollwertiges Mitglied der Gemeinde Greetsiel werden willst, dann musst du das machen“, erklärte der alte Mann. „Man wird nicht so einfach ein Ostfriese, dafür muss man schon was tun!“

„Wer sagt denn, dass ich ein Ostfriese werden will“, gab Richard Faber etwas zu pampig zurück, besann sich aber gleich eines Besseren. „Meine Versetzung hier hoch ist immer noch zeitlich begrenzt, wer weiß, wohin man mich danach schickt“, erklärte er wesentlich sanfter.

In dem Moment sah Rike ihn entsetzt an und er wandte sich an seine Kollegin: „Rike, du wirst deine Beförderung zur Hauptkommissarin nur bekommen, wenn ich weiterziehe. Das wolltest du doch, meinen Job übernehmen, oder?“ Dadurch, dass Faber von Frankfurt nach Emden versetzt worden war, hatte Rike die versprochene Beförderung nicht erhalten. Damals war sie darüber sehr verärgert gewesen, aber inzwischen konnte sie sich das Revier ohne Richard Faber gar nicht mehr vorstellen. Kriminalhauptkommissar Faber war jetzt mehr als nur ein Kollege und ihr Chef. Für sie war er inzwischen ein wichtiger Freund geworden und manchmal erwischte sie sich dabei, dass sie in Faber einen wirklich attraktiven Mann sah. Jedoch wischte sie solche Gefühle schnell vom Tisch. Richard hatte ihr einmal das Foto seiner Ex-Freundin gezeigt, und auch wenn sie einen schäbigen Charakter hatte, Bea war eine Schönheit gewesen. Was sollte ein Mann wie Faber an Rike anziehend finden? Sie war mit ihren ein Meter fünfundsechzig nicht besonders groß und hatte die schmale Figur eines Teenagers, ohne sexy Rundungen. Anstatt einer wallenden brünetten Mähne war ihr Haar kirschrot und zu Stoppeln geschnitten, einfach weil das beim Motorradfahren praktischer war. Und leider war da auch noch ihr freches Mundwerk, das sie kaum kontrollieren konnte, und damit brachte sie Faber regelmäßig auf die Palme.

„Schnickschnack", riss Opa Rike aus den Gedanken. „Richard, du bist jetzt Familie und bleibst hier, darum musst du auch helfen, den Maibaum morgen Abend aufzustellen. Die Pewsumer Lümmel werden in der Nacht zum ersten Mai versuchen uns den Baum zu stehlen", schimpfte Knut weiterhin mit Faber. „Aber Greetsiel hat seinen Maibaum immer erfolgreich bewacht. Wir brauchen für die Verteidigung noch einen starken Kerl wie dich."

„Knut, ich bin ein Kriminalhauptkommissar und werde mich bestimmt nicht mit der Dorfjugend von Pewsum um einen Baum prügeln", wies Faber die Forderung von sich.

„Dat is dummes Tüüg! Wir hauen uns nicht, das ist eine alte Tradition. Wir schieben Wache, trinken dabei leckeren Genever, und wenn die Sonne aufgeht, dann ist die Greetsieler Ehre gerettet", ließ Knut einfach nicht locker.

Faber stand auf und öffnete die Terrassentür. Es war Sonntagnachmittag, der neunundzwanzigste April, und der Frühling war so plötzlich über Ostfriesland eingebrochen, dass sein Garten in voller Pracht blühte. Darum fragte er sich, warum er diesen schönen Tag mit Streiten verbrachte, anstatt auf dem Deich spazieren zu gehen. „Na gut, wenn du unbedingt einen Ostfriesen aus mir machen willst, dann bin ich morgen Nachmittag dabei, wenn der Maibaum aufgestellt wird. Aber die Nachtschicht kannst du vergessen, ich habe immerhin noch einen Job", meinte er und kam zurück an den Esstisch.

„En bietje töffelig is he woll!", knurrte Knut.

„Und warum bin ich jetzt schon wieder ein Tölpel?", fragte Faber missmutig, denn mittlerweile verstand er Knuts Platt immer besser.

„Na, weil der erste Mai ein Feiertag ist, Dööskopp! Da schläfst du dich nach der Wache richtig aus und am Abend gehen wir zur Maifeier, damit du mit Rike das Tanzbein schwingen kannst", feixte Opa und Faber stöhnte laut auf.

„Ich gebe mich geschlagen. Wenn nichts dazwischenkommt, stehe ich zur Verfügung", gab er endlich auf. „Wie wäre es mit einem

Spaziergang am Deich? Ein bisschen frische Luft tut dir auch gut, Knut. Viel zu schön draußen, um hier rumzusitzen."

„Nee, nee, zu viel frische Luft in meinem Alter bekommt nicht. Geh man mit der Rike, ich mach lieber ein Mittagsschläfchen", sagte Knut und stand auf. „Und das Boßeln bringe ich dir auch noch bei", wandte er sich erneut an Faber, dann verschwand er durch den Garten nach Hause.

„Danke für deine tatkräftige Unterstützung", maulte Faber Rike sarkastisch an. „Gehst du mit auf den Deich?"

„Klar gehe ich mit, aber wenn du Verbündete suchst, die Opposition gegen Opa machen, in dem Fall lass mich lieber aus dem Spiel. Das ist mir viel zu gefährlich!", erwiderte sie und grinste frech.

***

„Das ist großartig, Chef", kommentierte Polizeimeister Friedhelm Steiner am Montagmorgen begeistert, nachdem ihm Rike erzählt hatte, dass Faber den Maibaum bewachen würde.

„Also, ich kapiere das nicht. So ein Maibaum ist richtig groß und schwer, wie soll jemand den Baum überhaupt stehlen? Dafür braucht man eine Fußballmannschaft", grübelte Faber reichlich naiv. Sie standen zu dritt im Großraumbüro des Reviers und machten Kaffeepause. Polizeimeister Torben Husman war für ein verlängertes Wochenende im Urlaub und die beiden Polizeimeisterwärter Johannes Leitmann und Frauke Petersen, die Faber im Februar nach Emden geholt hatte, waren mit der Streife unterwegs.

Rike und Friedhelm fingen wegen seines Kommentars schallend an zu lachen. „Oh je, Richard", sagte Rike amüsiert. „Der Diebstahl des Baums ist nur symbolisch. Es reichen drei Spatenstiche, dann gilt der Baum als erobert und muss von den Greetsielern entsprechend wieder ausgelöst werden", erklärte sie ihm die Tradition. „Bleibt er im Besitz der Gemeinde, wird er geschmückt und abends beginnt der Tanz in den Mai."

„Ich wusste es doch", erwiderte Faber trocken. „Dann muss ich mich also mit Kerlen prügeln, die auch noch Spaten dabeihaben!" Friedhelm schnaufte bei der Vorstellung vor lauter Vergnügen, und Faber wollte schon in sein Büro gehen, als das Handy klingelte.

„KHK Faber, hier ist Petersen“, hörte er die Stimme seiner Anwärterin. „Sie sollten mit Frau Waatstedt sofort kommen. Wir wurden zum Pferdeferienhof der Familie Hannler gerufen. Wir haben hier anscheinend einen Selbstmord.“

„Sind Sie vor Ort?“, erkundigte er sich sofort.

„Ja, wir haben schon gesichert, aber der Vater, der sie im Stall erhängt gefunden hatte, hat sie bereits heruntergeholt. Es war seine Tochter, die dort starb“, versuchte Frau Petersen es in vernünftige Worte zu fassen und Faber konnte ihrer Stimme anhören, wie nahe ihr die Sache ging.

„Gut, schicken Sie mir die Adresse auf mein Handy, wir fahren sofort los. Sorgen Sie dafür, dass niemand mehr in die Nähe der Leiche kommt, auch die Eltern nicht“, erwiderte er und legte auf. „Rike, wir haben eine Tote, komm!“

Seit sie den neuen Dienstwagen, einen sehr schnellen Audi A6 Kombi, bekommen hatten, ließ Faber Rike nicht mehr so oft ans Steuer wie bei der alten Rübe, die sie vorher gefahren hatten. Der VW Passat war bei ihrem letzten Fall zu Schrott gefahren worden, genau wie ein Streifenwagen, der nach dem Kugelhagel einer MP5 völlig hinüber gewesen war. Faber liebte den eleganten schwarzen Wagen. Er hatte sich zwar gewundert, dass man ihnen ein so schickes Fahrzeug zur Verfügung gestellt hatte, aber auf der anderen Seite hatte die Aufklärung des letzten Falls in der Öffentlichkeit große Wellen geschlagen. „Ruf Schorlau an, er soll mit seinem Team der KTU sofort kommen“, forderte er Rike auf, nachdem er ihr die wenigen Einzelheiten erzählt hatte, und reichte sein Handy mit der Adresse rüber. Dann schaltete er das im Kühlergrill integrierte Blaulicht ein und gab ordentlich Gas.

Der Ferienpferdehof der Hannlers lag abgelegen, von Feldern umgeben zwischen Freepsum und Schnepel. Durch einen großen Torbogen, der liebevoll mit alten Wagenrädern und Ackergeräten dekoriert war, fuhr Faber in den Innenhof. Der Streifenwagen und eine Ambulanz parkten dort, und als sie ausstiegen, kam PMA Leitmann auf sie zu. „KHK Faber, KK Waatstedt“, sagte er förmlich. „Kommen Sie, die Tote liegt in der Scheune.“

„Mein Gott“, entfuhr es Rike, als sie die Abdeckung, die der Notarzt über den Körper gelegt hatte, anhob. „Das ist ja noch ein Kind!“

PMA Leitmann hatte sich genau wie Faber und Rike die Plastikschützer über die Schuhe geschoben und war ihnen hinter das Sperrband gefolgt. „Gesine Hannler ist erst vor ein paar Tagen vierzehn Jahre alt geworden“, meinte er. Faber schüttelte schockiert den Kopf. „Dort an diesem Balken hatte sie gehangen, mit einer Pferdelongierleine“, erklärte der PMA weiter und ihre Blicke folgten Leitmanns ausgestrecktem Arm zum Scheunenbalken.

„Der Vater hat sie gefunden, sagte PMA Petersen?“, vergewisserte Faber sich und deckte das Mädchen wieder ab.

„Ja, es war kaum ein vernünftiger Satz aus ihm rauszubekommen, was nur verständlich ist. Doch soweit ich das begriffen habe, kam er in den Stall und sah sie und die umgeworfene Trittleiter am Boden. Er hat die Leiter benutzt, um seine Tochter herunterzuholen.“

„Ist nur er mit ihr in Berührung gekommen?“, hakte Faber nach, blickte auf die Stehleiter und dann auf die am Stallboden zusammengeknäulte Lederlonge.

„Er, die Mutter und der Notarzt“, erstattete Leitmann Bericht.

„Wo sind die Eltern jetzt?“

„Frauke ist bei ihnen im Haupthaus zusammen mit dem Notarzt.“

„Danke, Leitmann, gehen Sie mit Frau Waatstedt ins Haus und schicken Sie mir den Notarzt heraus. Wenn er nicht mit den Eltern beschäftigt ist, möchte ich mich kurz mit ihm unterhalten“, wies Faber ihn an. „Kümmere du dich um die Eltern und sieh zu, was du aus ihnen herausbekommst“, wandte er sich nun an Rike.

Faber war wieder hinter das Absperrband getreten und zog sich die Latexhandschuhe und die Schuhüberzieher ab. In dem Moment kam der Arzt aus dem Haus, Faber winkte ihn zu sich heran und stellte sich vor. Dann fragte er: „Ich will der KTU zwar nicht vorgreifen, aber können Sie mir schon etwas über die Todesart und den etwaigen Zeitpunkt sagen?“

Der recht junge Notarzt drückte seine Brille auf der Nase hoch und schob seine Hände in die leuchtrote Softshellhose. „Unter Vorbehalt würde ich sagen, dass das Mädchen schon einige Stunden tot war, als wir eintrafen. Ein Genickbruch“, meinte er voller Empathie. „Das Seil war wohl zu lang und durch ihr eigenes Körpergewicht kam es zu der Fraktur.“ Er sah Faber in die Augen. „Es ging Gott sei Dank schnell! Denn ein Erstickungstod durch Strangulation ist eine grausame Art zu sterben.“

„Sind die Eltern vernehmungsfähig?“, erkundigte sich Faber nüchtern und der Arzt zog wegen Fabers Gefühlskälte empört die Augenbrauen hoch. „Tut mir leid, solange wir nicht wissen, ob es ein Suizid war, muss ich hier vorgehen wie bei einer Mordermittlung“, entschuldigte Faber sich. Im Gegensatz zu Rike trug Faber seine Gefühle nicht auf dem Gesicht. Dennoch wollte er nicht wie ein abgebrühter Kripobeamter dastehen. Der Tod eines Kindes ging jedem anständigen Menschen nahe und er selbst fühlte sich momentan einfach nur lausig.

„Nein, Sie sollten mindestens bis heute Abend damit warten. Ich habe beiden ein Beruhigungsmittel gegeben, sie sind so stark sediert, dass sie bald einschlafen werden“, erklärte der Notarzt. „Wenn Sie mich nicht mehr brauchen, dann rücken wir jetzt ab. Ich lasse unseren Bericht an das Revier weiterleiten.“

In dem Moment hörte Faber bereits den Helikopter der KTU Oldenburg, der auf einer angrenzenden leeren Weide landete. Doktor Philipp Schorlau und seine zwei Assistenten kamen mit ihren schweren Forensik-Einsatzkoffern auf ihn zu. Die frei laufenden Gänse schnatterten unter Protest, als die drei Techniker bei Faber auf dem Hof ankamen. Überhaupt war alles auf dem Pferdehof wie eine Bilderbuchidylle, die Gänse, ein paar Hühner und eine Katzenfamilie schlichen zwischen den Polizeiwagen herum. In den großen ehemaligen Holzwasserkübeln neben der Scheune waren Osterglocken und Traubenhyazinthen gepflanzt worden und auf einer umzäunten Weide tobten Fohlen über die Wiesen. Dazu schien eine kräftige Frühlingssonne von einem hellblauen Himmel und es roch nach frischem Grün und Leben. Nur in der Scheune liegt ein totes Kind, dachte Faber angewidert.

„Moin, moin, Faber. Was hast du denn Schönes für mich?“, setzte Doktor Schorlau in seiner makabren Art an, doch als er den Gesichtsausdruck seines Freundes sah, meinte er: „So schlimm?“

„Ja, Philipp“, erwiderte Richard kurz angebunden. „Beide Eltern haben das Kind angefasst, der Notarzt natürlich mit Handschuhen“, merkte er an, damit Schorlau Fingerabdrücke ausschließen konnte. „Der Vater hat auch die Longe berührt, als er sie herunterholte. Ich gehe jetzt ins Haus und sehe mich mit Rike um.“

Herrn Hannler, den Vater des Kindes, hatte es auf der Couch regelrecht umgehauen. Er schlief, wie es der Arzt vorausgesagt hatte, und seine Frau war im Schlafzimmer. Mittlerweile waren Freunde bei ihnen angekommen und kümmerten sich um sie. Rike holte das Einverständnis der besten Freundin von Frau Hannler, sich im Haus und speziell in Gesines Zimmer umzusehen. „Der Raum sieht nicht nach einem depressiven Teenager aus“, bemerkte Rike und betrachtete sich die Pferdeposter, die überall an der Wand hingen. Faber und sie hatten sich wieder Latexhandschuhe übergezogen und blickten sich um.

„Es sieht noch nicht einmal nach dem Zimmer eines Teenagers aus, das ist der Raum eines kleinen Mädchens“, präzisierte Faber, nahm einen der Teddybären vom Bett, drehte ihn wehmütig in seinen Händen und setzte ihn dann zu den anderen Stofftieren zurück. „Komm, wir sehen die Sachen durch und beschlagnahmen alles Relevante.“

In dem Moment öffnete sich die Tür des Kinderzimmers und eine schmale Frau mit verweinten Augen trat ein. „Ich bin Mia Fredeburg, Gesines Patentante und beste Freundin ihrer Mutter. Anna schläft endlich“, stellte sie sich Faber vor, denn Rike hatte sie schon kennengelernt. „Nach was suchen Sie?“

„Computer, Handy, vielleicht Briefe oder ein Tagebuch. Alles, das vielleicht erklären könnte, wieso das passiert ist“, drückte Rike es vorsichtig aus. Die Tante von Gesine sollte nicht gleich mitbekommen, dass die Polizei bis zur Bestätigung der KTU von einem Mord ausgehen musste.

„Nichts kann das erklären“, entgegnete die bestürzte Frau. „Gesine war ein Engel, brav, anständig, eine gute Schülerin. Sie ging auf das Gymnasium in Emden und hatte Traumnoten. Sie war hier glücklich. Warum sollte sie so was tun?“

„Hatte Gesine ein gutes Verhältnis zu ihren Eltern?“, forschte Faber nach.

„Aber natürlich! Sehen Sie sich doch im Haus um. Überall hängen Fotos von Gesine. Anna und auch Stephen haben sie abgöttisch geliebt. Es fehlte dem Mädchen an nichts!“

„Dann kann es nicht sein, dass Gesine irgendetwas verheimlichte? Etwas, mit dem ihr Gewissen nicht mehr klarkam?“, bohrte Faber weiter und öffnete die Schreibtischschublade. Er strich durch den kleinen Kasten, in dem neben rosa Lipgloss Modeschmuck und Figuren von Überraschungseiern durcheinander lagen.

„Nein, sie hätte das immer mit ihren Eltern oder mit mir besprochen. Gesine war genau wie ihre Eltern sehr gläubig, sie alle arbeiten aktiv in der katholischen Gemeinde St. Marien. Ihr Gewissen wäre spätestens bei der Beichte erleichtert worden", erwiderte die Frau sofort.

„Na, anscheinend nicht! Dem armen Mädchen muss wirklich etwas Unaussprechliches auf der Seele gelastet haben, denn ein Selbstmord ist nach der katholischen Moraltheologie eine Todsünde", konnte Faber sich nicht bremsen. Er war selbst in einem katholischen Haushalt groß geworden und konnte sich nur zu gut daran erinnern, welche Last als Kind immer auf ihm gelegen hatte. Alles, was er damals angestellt hatte, war eine Frage von Sünde gewesen. Mittlerweile hatte er der Religion den Rücken gekehrt. Er wollte bei seinem Beruf einfach nicht mehr daran glauben, dass ein Gott, der so viel Leid zuließ, ein gütiger Gott sein konnte.

Mia Fredeburg legte sich entsetzt die Hand vor den Mund, Tränen schossen ihr in die Augen und sie flüchtete regelrecht aus dem Zimmer.

„Du Trampel!", zischte Rike ihn fassungslos von der Seite an und ging der Frau nach.

***

Es dauerte bis zum frühen Nachmittag, bevor die KTU auf dem Hof fertig war und Faber und Rike wieder auf dem Revier ankamen. Gesine Hannler hatte keinen eigenen Computer, und so hatten sie die Festplatte aus dem Büro ihres Vaters mitgenommen. Das Handy von Gesine war ein uraltes Modell, mit dem sie weder Facebook noch WhatsApp hätte nutzen können. Immerhin hatte Rike in einer Schachtel unter ihrem Bett ein Tagebuch gefunden.

„Wie kann ein vierzehn Jahre alter Teenager ohne die sozialen Netzwerke leben? Gesine hatte noch nicht einmal einen eigenen E-Mail-Account", kommentierte Faber seinen Fund.

Rike hatte Mia Fredeburg beruhigt und sich dann von der Mutter ein schriftliches Einverständnis unterschreiben lassen, dass die Polizei das Tagebuch, das Handy und auch die Festplatte des Computers von Herrn Hannler mitnehmen durfte. Jedoch hatte Faber darauf bestanden, sich nachträglich ein Dokument vom Staatsanwalt zu besorgen, das die Konfiszierung rechtlich absicherte. Immerhin hatte Frau Hannler unter starken Betäubungsmitteln gestanden und sie wollten Verfahrensfehler vermeiden.

Jetzt saß Richard an seinem Schreibtisch und hatte die Festplatte des Vaters überprüft. Zwar hatte der Hof eine eigene Website für die Feriengäste und auch eine E-Mail-Adresse, doch er hatte sich die Korrespondenz angesehen: Nicht eine der aus- beziehungsweise eingegangenen Mails war von oder an Gesine geschickt worden. „Die Familie lebt ja wie die Amish-Sekte. Es wundert mich, dass die überhaupt ein Auto und einen Traktor haben."

„Jetzt übertreibst du aber", wies Rike ihn zurecht. „Wenn ich ein Kind hätte, würde ich mir auch gut überlegen, ob ich den unkontrollierten Umgang mit den Netzwerken erlauben würde."

Faber sah erstaunt auf. „Du kannst heutzutage Kinder gar nicht davon fernhalten. Wenn die nicht früh genug lernen, damit verantwortungsvoll umzugehen, dann versperrst du ihnen die Zukunft."

„Genau, du sagst es, verantwortungsvoller Umgang. Jedoch wenn ein Kind kein Handy oder Computer hat, spielt es vielleicht häufiger draußen, entwickelt mehr Fantasie", hielt sie dagegen.

„Rike, ich will jetzt nicht wieder wie ein Trampel wirken, aber bei Gesine hat das wohl nicht geklappt. Ich denke, sie war einsam, würde mich wundern, wenn sie viele Freunde hatte. Wir leben im Jahr 2018, da werden Verabredungen nicht mehr über das Festnetz getroffen", argumentierte Faber. „Das läuft spontan via Apps. Außerdem: Was soll sie denn mit ihren Freunden und Mitschülern besprechen, wenn sie die letzten hippen YouTube-Videos nicht kennt? Ich befürchte, die Eltern haben Gesine damit isoliert."

„Ich weiß nicht, Richard. In Frankfurt mag das ja stimmen, aber hier sind wir in Ostfriesland, auf dem Land, da drehen sich die Uhren noch langsamer."

Faber schüttelte den Kopf und lächelte. „Ich kann mir dich so richtig vorstellen, wie du als Mutter deinen Kindern beibringst, Möweneier zu stibitzen, anstatt richtig mit Facebook umzugehen."

„Das überlasse ich dann dem Vater, nennt man Arbeitsteilung", musste Rike wie immer das letzte Wort haben. Sie blätterte weiter in dem Tagebuch, mit dem sie sich die ganze Zeit beschäftigt hatte. „Gesine hat jedenfalls ausführlich Tagebuch geführt. Was ich hier gelesen habe, bestätigt unseren Eindruck von ihrem Zimmer. Sie war für eine Vierzehnjährige noch sehr kindlich", kam sie zum Thema zurück. „Aber etwas ist eigenartig, ihr Tagebuch endet am zehnten Februar."

Faber runzelte die Stirn und blätterte sofort durch seinen Kalender. „Faschingssamstag“, meinte er, als er das Datum gefunden hatte. „Vorher hat sie regelmäßig geschrieben?“

„Ja, fast täglich, und der letzte Eintrag ist von diesem Samstag. Sie schreibt, dass sie sich auf das Kostümfest in ihrer Schule freut. Sie wollte sich als Elfe mit Flügeln verkleiden und bei einer Antje übernachten“, fasste Rike zusammen. „Na, vielleicht hatte sie doch eine Freundin. Hier steht auch, dass sie dann endlich wieder einen gewissen Fabian sehen wird. Sie hat wohl für ihn geschwärmt, denn sein Name ist mit roten Herzchen umrandet.“

„Nachname?“, fragte Faber hoffnungsvoll. Wahrscheinlich gab es so einige Fabians an Gesines Schule, und den richtigen Jungen zu finden, würde schwer werden.

„Sie hat ein Foto aus einer Zeitung eingeklebt. Der Junge, der den Pokal beim Schulmarathon gewonnen hat, heißt Fabian Kuhnert. Ich nehme mal an, das ist er“, erwiderte Rike und zeigte Faber die Aufnahme. „Aber weißt du, was mich stutzig macht? Hier enden ihre Aufzeichnungen!“

„Irgendetwas ist an diesem Samstag passiert, wenn sie danach nicht mehr geschrieben hat“, stimmte Faber ihr zu. „Rufst du bitte noch einmal die Patentante an, Mia Fredeburg? Sie kennt vielleicht Antje. Wir brauchen ihre Adresse und ich kümmere mich um diesen Fabian Kuhnert. Eventuell müssen wir mit beiden sprechen.“

„Mach ich. Und Opa ruf ich auch an, denn ich glaube kaum, dass du hier früh genug rauskommst, um bei der Maibaumaufstellung dabei zu sein. Außerdem gehe ich davon aus, dass wir morgen arbeiten werden, richtig?“

„Kommt darauf an, was Schorlau zu sagen hat. Aber irgendwie befürchte ich, der Fall wird uns länger beschäftigen. Wenn ich ehrlich bin, steht mir auch nicht der Sinn nach fröhlichem Feiern und Schnapstrinken. Sag Knut, es tut mir leid“, erwiderte Faber. Auch wenn er nicht begeistert gewesen war wegen dieser Maibaum-Geschichte, wäre er im Grunde jetzt lieber in Greetsiel mit Knut zusammen gewesen und wünschte, er hätte von diesem abscheulichen Selbstmord nie etwas gehört.

„Keine Sorge, Opa versteht das“, beschwichtigte Rike. „Aber sag mal, wenn Schorlau den Selbstmord bestätigt, was machen wir dann?“

„Dann hat sich die Sache für uns erledigt, Rike", stellte Faber unmissverständlich klar. „Es tut mir leid, aber es ist nicht die Aufgabe der Kriminalpolizei, zu ermitteln, warum ein Teenager sich das Leben genommen hat. Es liegt dann kein Verbrechen vor."

Als ob Schorlau die Ohren geklingelt hätten, als sie von ihm sprachen, rief er in diesem Moment auf Fabers Handy an. Richard sah auf die Uhr, es war erst kurz nach vier und eigentlich konnte er sich nicht vorstellen, dass die Obduktion schon beendet war.

„Hallo Philipp, Rike ist auch hier, du bist auf Lautsprecher", meinte er, nachdem er abgenommen hatte. „Sag bloß, du hast schon einen Bericht für uns."

„Ja", erwiderte Schorlau ungewöhnlich seriös. „Ist ja eine üble Sache, ich habe die Kleine vorgezogen und komme gerade aus der Pathologie", legte er los ohne seine üblichen Umschweife. „Faber, es gab keine Fremdeinwirkungen, selbst die Fingerabdrücke des Vaters an der Lederlonge bestätigen nur, dass er sie heruntergeholt hat. Den Rest hat das Mädchen selbst getan."

„Dann war es eindeutig Selbstmord?", vergewisserte sich Rike.

„Ja, ganz eindeutig. Sie starb heute Morgen etwa gegen acht Uhr", bestätigte Schorlau. „Aber ich glaube, ich kann euch noch mehr sagen. Ich befürchte, ich kenne den Grund ihres Suizids."

„Was? Wieso?", fragte Faber völlig überrumpelt.

„Sie war etwa im dritten Monat schwanger!"

Rike und Faber starrten sich an. Sie trauten ihren Ohren nicht, denn das war das Allerletzte, mit dem sie gerechnet hatten. „Jetzt fragt mich ja nicht, ob ich mir sicher bin", reagierte Schorlau auf die plötzliche Stille. „Der Fötus war normal entwickelt, von der Protuberanz konnte ich sogar sehen, dass es ein Junge geworden wäre."

„Leitmann hat gesagt, dass Gesine erst vor ein paar Tagen vierzehn Jahre alt geworden ist", fand Faber als Erster die Sprache wieder. Rike starrte ihn weiter an, sie war richtig blass im Gesicht. „Dann haben wir allerdings eine Ermittlung, einen Fall sexuellen Missbrauchs an einer Dreizehnjährigen!", klärte Faber die beiden auf. Er atmete laut aus und fluchte: „So eine verdammte Sauerei!"

***

Fabian Kuhnert saß mit seinen Eltern bei einem frühen Abendessen zusammen, als Faber und Rike gegen halb sechs vor dem Reihenhaus im Norden von Emden ankamen. Es handelte sich um eine Neubausiedlung mit gepflegten Vorgärten, Mittelklassewagen in der Auffahrt, und die Gegend schrie förmlich nach gutbürgerlichen Verhältnissen. Dementsprechend schockiert waren Fabians Eltern erst einmal, nachdem Rike ihren Dienstausweis gezückt und nach ihrem Sohn gefragt hatte. Frau Kuhnert erkundigte sich sofort, ob etwas mit einem von Fabians Freunden passiert war. Auf die Idee, dass die beiden Kripobeamten wegen ihres Sohns hier sein könnten, kam sie erst gar nicht.

„Bitte, nehmen Sie Platz“, sagte Norbert Kuhnert, der Vater. Seine Frau hatte Fabian vom Esstisch geholt und sie waren ebenfalls ins Wohnzimmer gekommen.

„Hallo Fabian, ich darf Sie so nennen?“, begann Faber mit der Befragung.

„Ja klar, Sie müssen mich auch nicht siezen“, erwiderte der Teenager höflich. Er war siebzehn Jahre und mit seinen dunklen Locken ein attraktives Kerlchen. So gut gebaut, wie er war, sah man ihm an, dass er viel Sport trieb und auf seiner Schule wahrscheinlich von den Mädchen umschwärmt wurde.

„Fabian, kennst du Gesine Hannler?“, fragte Rike scharf. Seit sie von Schorlau erfahren hatten, dass Gesine schwanger gewesen war, hatte Rike sich zwar wieder gefangen, jedoch fiel Faber auf, dass von ihr eine gewisse untypische Härte ausging. Gerade Rike war von ihnen beiden immer diejenige, die bei Zeugenbefragungen empfindsamer vorging. Aber im Moment wirkte sie eiskalt.

„Gesine, die Kleine vom Pferdehof“, meinte Fabian und nickte. „Klar, von der Schule, wieso?“

„Warst du mit ihr befreundet? War sie deine Freundin?“, hakte Faber deshalb viel sanfter nach.

„Gesine?“, wiederholte Fabian fast empört. „Wirklich nicht, die ist in der achten Klasse und ich bin inzwischen in der elften, die ist doch noch ein kleines Mädchen“, wies er alles von sich. „Ich kenne sie auch nur, weil auf dem Max-Windmüller-Gymnasium relativ wenig Schüler sind“, unterstrich er.

„Dann hattest du keinen Sex mit ihr?“, mischte sich Rike wieder ein. Ihre Frage hatte sie dem Jungen regelrecht an den Kopf geknallt.

Mittlerweile gefiel Faber überhaupt nicht, wie Rike vorging. Er fragte sich, warum sie so überstürzt reagierte.

„Meine Kollegin meint, ob du mit Gesine intim warst“, schwächte er ab und sah Rike mahnend an.

„Moment“, mischte sich jetzt Fabians Vater ein. „Um was geht es hier? Fabian, wer ist diese Gesine? Wir haben sie noch nie hier gesehen oder von ihr gehört.“

„Da ist gar nichts, Papa, ich verstehe das nicht. Ich habe mit ihr vielleicht zwei Worte gewechselt, ich kenne sie kaum“, verteidigte sich Fabian, dann sah er hilfesuchend auf Faber. „Nein, da war nie was mit Gesine, noch nicht einmal ein Kuss!“

„Wir werden eine DNA-Probe nehmen!“, befahl Rike entschlossen und in dem Moment blieb Faber nichts anderes mehr übrig, er musste eingreifen.

„Entschuldigen Sie uns kurz“, sagte er sofort, stand auf und zog Rike am Arm vom Sessel hoch. Er ging mit ihr vor die Haustür. „Es reicht! Was ist denn mit dir los, verdammt noch mal?“, verwarnte er sie. „Du wartest im Auto.“ Rike wollte zum Protest ansetzen, er jedoch schnitt ihr das Wort ab. „Geh ins Auto“, wies er sie unmissverständlich an und sie zuckte bei seinem Ton buchstäblich zusammen.

„Entschuldigen Sie, es war ein harter Tag für meine Kollegin“, erklärte Faber, als er wieder zu der Familie ins Wohnzimmer kam.

„Könnten Sie uns bitte aufklären, um was es hier überhaupt geht“, forderte Norbert Kuhnert.

„Gesine Hannler ist heute Morgen gestorben“, sagte Faber ohne Umschweife und beobachtete Fabian. Er wirkte erstaunt, jedoch war seine Reaktion nicht die, die man von einem Freund erwartet hätte. „Sehen Sie, wir nehmen routinemäßig DNA-Proben und würden gerne auch eine Probe Ihres Sohnes nehmen. Das kann er natürlich verweigern, das ist sein gutes Recht.“

„Nein, warum sollte ich“, mischte sich Fabian gleich ein. „Wirklich, ich schwöre Ihnen, ich hatte nie was mit Gesine zu tun. Klar können Sie eine Probe nehmen.“

Faber blickte fragend auf Fabians Vater, und als dieser nickend bestätigte, zog er sich Latexhandschuhe über, nahm das Wattestäbchen aus dem Glasrohr und strich Fabians Mundschleimhaut ab. „Das war es schon. Du hast nichts zu befürchten, wenn es so ist, wie du es gesagt hast.“

„Aber wieso, ich meine, wie ist Gesine denn gestorben?“, fragte der Teenager.

„Sie hat sich das Leben genommen, Fabian“, erwiderte Faber knapp. „Ich möchte Sie alle bitten, die Tatsache noch für sich zu behalten. Besonders du, Fabian, das ist keine Information, die auf WhatsApp oder Facebook gestellt werden kann, hast du mich verstanden?“

„Klar, ich bin doch keiner von diesen Katastrophentouristen“, bestätigte Fabian sofort und Faber sah ihn fragend an. „Na, wie die Gaffer bei Unfällen, die davon noch Videos für YouTube machen.“

„Dann ist ja gut“, bekräftigte Faber, aber es hörte sich mehr wie eine Warnung an. Er bedankte sich und verließ das Haus.

Rike hatte ihr Jackett auf den Rücksitz geschmissen und lehnte jetzt an ihrem Dienstwagen. Obwohl der schöne Frühlingstag dem Ende zuging, waren es noch mindestens siebzehn Grad und die Abendsonne leuchtete durch die Straße. Faber stellte sich neben sie und sah in ihr wütendes Gesicht. „Mensch Rike, was ist denn los mit dir? So kenne ich dich gar nicht“, sprach er sie sanft an und legte eine Hand auf ihre Schulter. Sie jedoch schüttelte die Hand ab und setzte sich auf den Fahrersitz, ohne eine Erklärung abzugeben. Auch Faber zog sein Jackett aus und ließ sich auf den Beifahrersitz fallen. „Der Junge macht mir nicht den Eindruck, als ob er der Vater des Kindes sein könnte. Er war sofort einverstanden, eine DNA-Probe abzugeben, das deutet nicht auf ein schlechtes Gewissen hin.“

Rike nickte nur und startete den Motor. „Wohin willst du jetzt?“

„Zu den Eltern. Es wird Zeit, mit ihnen zu reden“, beantwortete er ihre Frage. „Mich interessiert, ob sie von der Schwangerschaft wussten. Hat Gesine sich erhängt, weil sie nicht mit den Eltern reden konnte? Oder, weil sie mit den Eltern geredet hat und die, anstatt ihr Kind zu unterstützen, Gesine eine Riesenszene gemacht haben? Wie auch immer, ich will unbedingt ihre Reaktion sehen, wenn ich es ihnen sage.“ Er warf seine Stirn in Falten und fügte an: „Du weißt, wir können Gesines Vater nicht ausschließen, da die meisten sexuellen Übergriffe bei Kindern innerhalb der Familie stattfinden.“ Dann blickte er sie fragend an. „Ich kann auch alleine zu den Hannlers fahren, wenn du dich nicht wohlfühlst.“

„So ein Unsinn, natürlich komme ich mit“, entgegnete Rike und ihre Stimme hatte immer noch diesen harten Unterton. „Kann ich im Übrigen nicht auch mal unwirsch reagieren? Eine tote schwangere

Vierzehnjährige ist ja wohl ein guter Grund. Du flippst manchmal nur bei Kleinigkeiten aus, und das ist okay?", kam sie endlich auf ihren Ausbruch zu sprechen.

„Nein, ist es nicht, aber ich habe eine Partnerin an meiner Seite, die mich sofort beschimpft, mich als Trampel oder Dööskopp bezeichnet, wenn ich ausflippe", erwiderte Faber ruhig. „Ich habe gerade eben nichts anderes getan, nur auf meine Art." Er blickte sie so lange an, bis sie sich endlich zu ihm drehte, dann lächelte er sie an. „Rike, hey, ich bin auch dein Freund, Freunde tun so etwas!"

„Schon gut", presste sie heraus. „Lass uns fahren!"

Das Ehepaar Hannler saß zusammengesunken auf der Couch im Wohnzimmer. Sie trugen mittlerweile schwarze Kleidung, genau wie Mia Fredeburg, die mit ihrem Mann und ihren zwei Töchtern im Haus war. Faber und Rike drückten ihnen ihr Beileid aus und nahmen ebenfalls Platz. Hauptkommissar Faber hatte seine Kollegin angewiesen, ihn das Verhör leiten zu lassen, denn Rikes Stimmungsschwankungen waren ihm immer noch nicht geheuer.

„Ich weiß, es ist für Sie furchtbar hart, doch könnten wir uns unterhalten?", bat Faber an die Eltern gerichtet. „Es wäre besser, wir würden das ohne Ihre Freunde tun, vor allem ohne die Kinder", sagte er und sah auf die kleinen Mädchen, die auf dem Fußboden mit Lego spielten.

„Bitte, Mia soll bei mir bleiben", murmelte Frau Hannler. Herr Fredeburg sammelte seine Töchter unter dem Vorwand ein, die Pferde und Ponys füttern zu müssen, und ging mit ihnen nach draußen.

„Es ist so unbegreiflich", schluchzte die Mutter von Gesine und verkrallte ihre Hand in die ihrer Freundin. „Wir verstehen immer noch nicht, wieso sie das getan hat. Unsere Gesine war ein glückliches Kind!"

„Ich befürchte, wir haben eine Vermutung", entgegnete Faber einfühlsam, und in dem Moment sah Herr Hannler auf. Er hatte die ganze Zeit mit gesenktem Kopf den Boden angestarrt. Faber räusperte sich und fuhr fort: „Wir haben die Ergebnisse der Gerichtsmedizin", drückte er es so vorsichtig wie möglich aus. „Gesine war im dritten Monat schwanger."

Den Eltern entgleisten im wahrsten Sinne des Wortes die Gesichtszüge. Es dauerte eine ganze Weile, bis Stephen Hannler reagieren konnte. Dann jedoch sprang er plötzlich auf und schrie

Faber zornig an: „Das ist eine Lüge, mein Mädchen war nicht so eine, Sie lügen!"

Faber blickte den Mann ernst an. „Es tut mir sehr leid, es ist die Wahrheit, Ihre Tochter erwartete ein Kind."

„Sie wollen Gesine diffamieren, Mia sagte mir schon, dass Sie unsere religiösen Ansichten verurteilen", brüllte der völlig schockierte Mann. Faber war vorsichtshalber aufgestanden und hob die Hände zur Beschwichtigung.

„Herr Hannler, es ist wahr, Sie können den medizinischen Bericht gerne einsehen. Wir, die Polizei, müssen jetzt ermitteln, auch wenn wir sicher sind, dass Gesine sich selbst getötet hat", redete er beruhigend auf ihn ein. „Gesine war erst dreizehn, als sie schwanger wurde, und damit nach dem geltenden Recht noch ein Kind. Es liegt der Tatbestand des sexuellen Missbrauchs eines Kindes vor."

„Sie wollen Sie nur in den Dreck ziehen, einen Skandal inszenieren und Gesine der Presse zum Fraß vorwerfen." Jetzt stand Herr Hannler völlig außer sich vor ihm und Faber beobachtete jede seiner Bewegungen, da er einen tätlichen Angriff erwartete.

„Nein, wir werden sehr diskret vorgehen. Wollen Sie denn nicht wissen, wer der Vater des Kindes war?" Faber sah auf die Mutter, der inzwischen wieder Ströme von Tränen übers Gesicht liefen. „Frau Hannler, jemand hat das Ihrer Tochter angetan. Gesine wirkte noch wie ein Kind und ich denke, sie war mit dem Übergriff nicht einverstanden."

„Hören Sie auf", schrie jetzt auch die Mutter. „Nein, wir wollen es nicht wissen, hören Sie auf zu ermitteln. Lassen Sie meinem Mädchen das bisschen Ehre. Wir wollen keine Presse, dies ist ein anständiger Haushalt. Wir sind gottgläubig und der Schöpfer wird uns zur Seite stehen."

In dem Moment sprang Rike ungehalten auf. „Wie bigott sind Sie beide denn?", donnerte sie los. „Ihre Tochter nahm sich wahrscheinlich das Leben, weil sie schwanger war. Gesine sah keinen Ausweg, weil sie nicht mit ihren Eltern über so etwas sprechen konnte." Vor lauter Wut war Rike hochrot im Gesicht. Faber stand zwischen dem Vater und ihr und wusste nicht, wie er eine weitere Eskalation verhindern sollte. „Warum wohl? Hätten Sie Ihre Tochter rausgeschmissen, weil sie gesündigt hat? Das Mädchen hatte keinen Menschen, an den sie sich wenden konnte, und es blieb ihr nur der Freitod. Sie haben als Eltern versagt!"

Stephen Hannler stürmte aus dem Wohnzimmer, die Tür knallte hinter ihm zu und Anna Hannler schluchzte herzzerreißend in den Armen ihrer Freundin. „Verschwinden Sie, sofort!“, sagte Mia Fredeburg mit steinharter Miene an Rike gewandt.

„Ich entschuldige mich für meine Kollegin. Hier sind Worte gefallen, die völlig unangebracht waren. Aber wir werden ermitteln, das müssen wir von Gesetz wegen, und darum werde ich wiederkommen, ohne die Kollegin, und muss Fragen stellen“, sagte Faber schnell, bevor Rike noch mehr Beschimpfungen von sich geben konnte. „Es tut mir sehr leid, was hier vorgefallen ist, und ich entschuldige mich dafür offiziell als Hauptermittlungsleiter. Ich kann verstehen, wenn Sie gegen mich eine Beschwerde einlegen wollen. Das steht Ihnen frei, denn ich hätte den harten Wortwechsel verhindern müssen.“ Er griff nach einer seiner Visitenkarten aus der Jacketttasche und legte sie auf den Tisch.

Mia Fredeburg blickte von Rike auf Faber. „Sie verstehen gar nichts“, sagte sie leise. „Bitte, Hauptkommissar Faber, gehen Sie jetzt, und wenn Sie wiederkommen, dann bitte nur Sie allein. Ich rede mit meinem Schwager, eine Beschwerde würde die Sache nur noch schlimmer machen.“

***

Rike saß wie paralysiert auf dem Beifahrersitz und sagte erst einmal kein Wort, als Faber losfuhr. Er machte ihr keine Vorwürfe, schimpfte nicht und das verunsicherte Rike nur noch mehr. „Willst du mich nicht endlich zusammenstauchen?“, fragte sie bedrückt. „Wenn es eine Beschwerde geben sollte, dann gegen mich und nicht gegen dich.“

„Das ist dir jetzt wirklich wichtig?“, vergewisserte er sich. „Die Beschwerde?“

„Nein“, erwiderte Rike erschöpft. „Ja, auch!“, fügte sie an.

Er bog plötzlich in einen Feldweg ein und hielt an. Dann drehte er sich zu ihr und griff ihre Hände. „Rike, ich habe dich so noch nie erlebt. Rede mit mir, was ist los?“

„Ich kann nicht, Richard“, murmelte sie leise, entzog ihm aber nicht die Hände.

„Wenn der Fall dich so mitnimmt, muss ich dich abziehen. Eigentlich müsste ich das nach deinem Ausbruch bei den Eltern jetzt schon tun.“

„Aber Richard, es stimmt doch. Gesine könnte noch leben, wenn ihre Eltern an ihrer Seite gestanden hätten. Wenn sie ihr nur geholfen hätten, egal ob sie einvernehmlichen Sex mit einem Jungen hatte oder missbraucht wurde. Diese Leute haben ihre Tochter ganz alleine gelassen“, versuchte Rike ihren Standpunkt zu erklären.

„Ja, wie Tausende anderer Kinder von Tausenden anderen Eltern allein gelassen werden“, entgegnete er sanft. „Wir haben es täglich mit solchen Opfern zu tun, mit Mord, Vergewaltigung und Vernachlässigung. Bloß ich habe dich als Polizistin noch nie so emotional gesehen. Wir müssen Abstand halten! Was um Himmels willen belastet dich bei dem Fall so? Sag es mir“, forderte er sie auf.

„Es ist nichts, ich weiß auch nicht, was los ist“, erwiderte Rike zögerlich. „Bitte, bitte, Faber, ziehe mich nicht von dem Fall ab. Ich gehe den Eltern aus dem Weg, aber ich will unbedingt weiter daran arbeiten. Für Gesine! Verstehst du das?“

„Nein, ich verstehe das nicht, weil ich dich momentan nicht verstehe. Aber von mir aus, wenn die Hannlers keine Beschwerde einreichen, bleibst du weiter im Team. Falls es zu einer Beschwerde kommt, dann haben wir beide Probleme und sind auch beide aus dem Fall raus.“ Er sah sie besorgt an. „Du siehst beschissen aus“, meinte er und ließ ihre Hände los.

„Danke, das war sehr charmant“, murmelte sie kleinlaut und versuchte ein wenig zu lächeln.

„Das geht dir alles viel zu nah. Ich glaube, wir brauchen jetzt Ablenkung. Lass uns nach Hause fahren, umziehen und dann gehen wir auf den Marktplatz zu diesem verdammten Maibaum“, schlug er vor. „Wir vergessen heute Abend einfach alles.“

Rike nickte. „Danke, Richard, ich glaube, ich könnte einen Schnaps gebrauchen!“

Kapitel 2

„Willst du noch einen, mien Jung?“, fragte Knut und hielt Faber das Tablett mit dem Genever hin. Er stand mit ihm und weiteren fünf Männern in der Nähe des Maibaums. Es war eine herrlich laue Frühlingsnacht und anscheinend war ganz Greetsiel auf den Beinen. Alle Türen der Gasthäuser waren geöffnet und man hörte Musik. Viele der Einheimischen, aber auch Touristen standen an den Getränkebuden und manche tanzten sogar auf dem Platz.

„Nein, ich muss morgen arbeiten, Knut“, lehnte Faber ab und blickte beunruhigt rüber zu Rike. Sie war von einer Gruppe junger Burschen umgeben und flirtete heftig mit fast allen. Innerhalb der letzten Stunden hatte sie viel zu schnell und vor allem zu viel getrunken, sodass sie schon ziemlich beschwipst wirkte.

„Habt ihr einen Fall, dass du am Feiertag arbeiten musst?“, fragte Knut erstaunt und folgte seinem Blick. „Na, wenn Rike so weitermacht, dann kannst du sie morgen vergessen. Sie wird wahrscheinlich ordentliche Kopfschmerzen haben und kommt nicht aus dem Bett. Vielleicht bringe ich sie besser nach Hause, sie kann ja kaum noch alleine laufen“, brummte Knut mit deutlichem Missfallen und nickte in Rikes Richtung. Gerade hatte einer der Männer seine Arme um Rike gelegt, drückte sie an sich und tanzte langsam mit ihr.

Faber knurrte etwas Unverständliches und sagte anschließend zu Knut: „Lass man sein, ich muss auch nach Hause. Ich nehme sie mit und sorge dafür, dass sie in ihr Bett kommt.“ Knut klopfte ihm zustimmend auf den Oberarm und Faber verabschiedete sich von den Männern, die zur Wache des Maibaums gehörten.

„Ich darf doch mal“, meinte Faber reichlich unfreundlich zu dem Kerl, der Rike im Arm hielt, wartete indes auf keine Antwort, sondern zog Rike an sich heran.

Sie blickte erstaunt auf und murmelte beduselt: „Richard, wie schön, tanzen wir?“ Der Bursche, der gerade noch mit Rike geflirtet hatte, wollte sich beschweren, aber Faber war ihm körperlich ziemlich überlegen und warf ihm einen Blick zu, dass er mitten im Satz verstummte. Dann legte Richard seinen Arm um Rike und führte sie vom Marktplatz weg. „Hey, ich will tanzen und etwas trinken, wohin bringst du mich?“

„Nach Hause, Rike, du hast schon genug intus", erwiderte er strikt und zog sie einfach mit sich. Vom Marktplatz bis ins Lüttje Enn nach Klein Hauen hatten sie nur einen Fußweg von etwa eineinhalb Kilometern. „Kannst du alleine laufen?", vergewisserte er sich und nahm seinen Arm von ihrer Schulter.

„Und wenn nicht, willst du mich tragen?", lallte sie ein bisschen und stolperte fast. Richard erwischte sie jedoch am Arm und sie ließ ihre Hand in seine gleiten. „Besser so", meinte sie und drückte seine Hand. „Stimmt, ich bin ein bisschen betrunken, sorry!"

„Schon gut", beruhigte Faber sie und grinste. Es war nicht sehr dunkel auf dem Fahrradweg neben der Kleinbahnstraße, da die Sterne den Nachthimmel erhellten. Eine milde Brise wehte immer noch Tanzmusik aus Greetsiel herüber, als sie die letzten außerhalb liegenden Häuser hinter sich ließen.

„Du bist süß, wenn du mich so angrinst", eröffnete Rike ihm, zeigte überschwänglich auf sein Gesicht und tippte mit dem Zeigefinger ihrer freien Hand auf seine Brust. „Du bist eigentlich immer süß, wusstest du das, Faber?"

Er lachte und hielt ihre Hand etwas fester, denn Rike schwankte schon wieder ein bisschen. „Ich erinnere dich morgen daran, dann springst du mir wahrscheinlich ins Gesicht."

„Nee", sagte sie und schlenkerte mit der Hand, die in seiner lag. „Man könnte meinen, wir sind ein Paar, so wie wir Hand in Hand nach Hause gehen", fuhr sie fort und kicherte. „Sehr romantisch!"

„Oder man könnte meinen, ich bin ein verantwortungsbewusster Chef, der seine beschwipste Kollegin nach Hause bringt", konterte er, amüsierte sich aber über ihr hemmungsloses Kichern. Sie hatten bereits die Hafenstraße erreicht und Faber zog sie über die Kreuzung. In dem Moment schlug ihnen der honigartige Duft des Rapsfeldes entgegen, das gegenüber der Kleinbahnstraße in voller Blüte stand. Selbst jetzt in der Nacht leuchtete es grellgelb in der Dunkelheit.

„Du bist immer so steif, Richard. Sei doch mal locker und ein bisschen hemmungslos", flirtete Rike zwischen ihrer Kicherei und trabte brav neben ihm her.

„Machst du mir gerade ein unanständiges Angebot?", spielte er ihre Ausgelassenheit mit, denn bis auf ein Bier und einen Genever hatte er nichts getrunken.

Rike stoppte abrupt und sah ihn an. „Warum eigentlich nicht, bist eben en smucken Keerl", fiel sie ins Platt und setzte ihren Weg fort, ohne seine Hand loszulassen.

Als sie endlich vor Rikes Haustür angekommen waren, befreite er sich aus ihrem Griff. „Hausschlüssel?", forderte er und hielt seine Hand auf. „Ich schließe besser auf, denn im Gegensatz zu dir finde ich das Schlüsselloch." Rike stand eine Treppenstufe über ihm und sah ihm so direkt in die Augen, weil sie jetzt in etwa gleichgroß waren. Dann verzog sie den Mund plötzlich schelmisch, und bevor Faber reagieren konnte, lagen ihre Arme um seinen Nacken und Rikes Lippen auf seinen. Es dauerte einen Moment, bis er seine Hände an ihr Gesicht legte und sie sanft von sich drückte.

„Nicht, Rike, du bist betrunken", flüsterte er ihr zu. Ihre Lippen waren den seinen immer noch viel zu nah und er blickte Rike direkt in die grünen Augen.

„Vielleicht ein bisschen beschwipst, aber deshalb können wir uns doch küssen", meinte sie völlig unbefangen, seufzte dann aber. „Bloß bin ich ja nicht dein Typ!", monierte sie und nahm ihre Arme von seinem Hals. „Viel zu klein, viel zu frech und nicht im Geringsten sexy!", murmelte sie bedauernd.

In dem Moment schob Faber seine Hände in ihr kurzes, wildes Haar und zog ihren Kopf näher. Der Kuss, den er ihr gab, hatte nichts mit dem Knutschversuch zu tun, den Rike vorher bei ihm unternommen hatte. Richard küsste sie lange und leidenschaftlich und drückte seinen Körper fest an sie. Erst als Rike anfing seinen Rücken zu streicheln und genauso leidenschaftlich zu reagieren, ließ er plötzlich von ihr ab. „Reicht dir das als Antwort?", sagte er aufgewühlt und atmete tief durch. „Du bist genau richtig, Rike, viel zu klein, viel zu frech und unglaublich sexy!"

„Lass uns zu dir gehen, Faber", hauchte sie und wollte ihn wieder küssen, er hingegen hielt sie davon ab.

„Nein", sagte er entschieden, hielt sie auf Abstand und versuchte sich immer noch zu beruhigen. „Morgen bereust du es, so etwas entscheidet man nicht, wenn man getrunken hat. Vor allem nicht nach einem Tag wie diesem. Du bist emotional angeschlagen und ich weiß, dass Sex ein Ventil sein kann, Emotionen loszuwerden. Aber es wäre einfach nicht richtig, vor allem nicht mit uns beiden."

Rike lehnte sich provokant mit dem Rücken an die Haustür und kramte den Hausschlüssel aus ihrer Jacke. „Warum musst du immer so ein Klugscheißer sein, Faber? Was weißt du denn schon über meine angeschlagenen Emotionen und mein Sexleben?", konterte sie verärgert.

„Gar nichts", erwiderte er gefasst. Sie schüttelte den Kopf und schloss die Haustür auf. „Leider weiß ich darüber gar nichts", flüsterte er bedrückt und stieg die Stufen herunter, um rüber zur Alten Schule zu gehen.

***

Als Rike am anderen Morgen erst gegen zehn Uhr wach wurde, brummte ihr der Schädel. Sie sah auf die Uhr und fluchte. Dann beeilte sie sich unter die Dusche zu kommen, machte sich fertig und ging runter. Knut hatte ein deftiges Frühstück vorbereitet, als er die Dusche gehört hatte, und wartete auf sie. Ein Glas Wasser mit Aspirin stand neben ihrer Kaffeetasse und es roch nach Speck und Eiern.

„Ich kann nichts essen, Opi", gestand sie ziemlich elend und schluckte das Aspirin.

„Du isst!", befahl ihr Großvater, schaufelte die Schinken-Spiegeleier auf das getoastete Weißbrot und stellte ihr den Teller hin. Während sie in dem Essen stocherte und voller Verachtung ein paar Happen aß, schüttete Knut ihr einen starken Kaffee ein. „Ich bin ja nur froh, dass ich dich heute Nacht in deinem Bett gefunden habe", murrte Opa, lehnte sich zurück und paffte an seiner Pfeife.

Rike sah ihn an und dann traf sie die Erinnerung wie ein Schlag. Sie wurde rot im Gesicht und stotterte: „Wieso sagst du das, hat Richard etwas erzählt?"

„Schnickschnack, was soll er denn erzählen? Ich war doch dabei, wie du mit den vielen Keerls pousseert hast! Bin nur froh, dass der Jung dich nach Hause gebracht hat", erwiderte Knut. „Warum machst du denn so was? Anstatt lieber mal mit Richard ein bisschen zu pousseren."

„Schon einmal in Erwägung gezogen, dass Faber gar nicht mit mir poussieren will?", entgegnete sie streng auf Hochdeutsch. Sie verdrängte jede weitere Erinnerung an den Abend und wollte gar nicht erst über die Einzelheiten nachdenken.

„Ick freet en Bessen, wenn de Jung di neet leevhett", sagte Knut völlig überzeugt.

„Opa zwischen liebhaben und mögen ist ein Unterschied. Faber mag mich, aber glaube mir, das ist alles“, gab sie zurück und wunderte sich, dass sie ihren Teller mit Eiern und Speck verdrückt hatte. Sie fühlte sich langsam besser. „Weißt du, ob er schon aufs Revier gefahren ist?“

„Ja, er hat kurz einen Kaffee mit mir getrunken. Ich soll dir sagen, er schafft das heute alleine. Du sollst dir freinehmen und dich nicht gleich wieder betrinken!“

Rike stöhnte laut auf. „Ich fahre mit dem Motorrad aufs Revier“, entschied sie plötzlich und stand auf, um ihre Motorradkombi rauszusuchen.

„Was für einen Fall habt ihr? Richard hat angedeutet, dass etwas passiert ist“, erkundigte sich Knut. Er war ihr hinterhergegangen und sah zu, wie sie im Flur in ihre rote Lederkombi stieg und die Motorradstiefel überzog.

„Hat er dir erzählt, was los ist?“, fragte sie und verstaute ihre Dienstpistole und das Jackett in den Rucksack.

„Nee“, erwiderte Knut. „Willst du mir was erzählen?“

„Nein, Opi, es ist ein Fall, den wir dieses Mal nicht mit dir besprechen können“, erklärte Rike eilig und schnappte sich dann ihren Helm. Knut runzelte die Stirn, denn seine Enkelin erzählte immer von ihren Fällen und auch Faber hatte sich das zur Angewohnheit gemacht. Knuts Kombinationsgabe war außergewöhnlich und so manches Mal hatte er die beiden Polizisten bei ihren Fällen enorm weitergebracht. Er nahm seine Kapitänsmütze ab, rieb sich über den Schädel und zuckte die Schultern.

„Geheimniskrämerei, so, so“, murmelte er und schloss hinter ihr die Haustür.

***

„Moin, moin“, begrüßte Rike etwas erstaunt die Polizeimeisteranwärterin Frauke Petersen im Großraumbüro. Eigentlich hatte sie an diesem ersten Mai niemand außer Faber auf dem Revier erwartet.

„Hallo Frau Waatstedt. Der Chef sagte, Sie kommen heute nicht“, bemerkte Frauke ebenso überrascht.

„Und Sie, was machen Sie hier?“, fragte Rike und schälte sich aus der Lederkombi.

„Er hat mich heute Morgen angerufen. Er wollte, dass ich ihn zu den Hannlers begleite“, berichtete PMA Petersen. Rike sah auf und wartete, was Frauke davon zu berichten hatte. Sofort musste sie an die Beschwerde denken und konnte nur hoffen, dass das Gespräch glimpflich ausgegangen war. „Wir waren bereits dort. Den Eltern geht es gar nicht gut, jedoch haben sie alle unsere Fragen beantwortet. Kein Wunder, KHK Faber war auch besonders nett und einfühlsam.“

„Und Faber, wo ist er jetzt?“

„Noch in seinem Büro, aber wir wollen gleich los, zu Antje Weiland, der Freundin von Gesine. Sie wissen schon, das Mädchen, bei dem Gesine Faschingssamstag übernachtet hat“, erwiderte Frauke.

„Schon gut, Frauke, ich fahre mit dem Chef“, sagte Rike sofort und ignorierte den enttäuschten Gesichtsausdruck ihrer Kollegin. Sie klopfte an Fabers Tür, wartete auf keine Antwort und trat ein.

Faber blickte von seinem Laptop auf. „Ich dachte, du nimmst dir heute frei“, meinte er und Rike konnte seinem Gesicht nicht ansehen, was er dachte.

„Kann ich mitkommen zu Antje Weiland?“, fragte sie geradeheraus.

„Natürlich. Geht es dir denn einigermaßen gut?“

„Opa hat mir ein Katerfrühstück gemacht und durch das Aspirin haben die Kopfschmerzen auch schon nachgelassen“, erwiderte sie, dann biss sie sich auf die Unterlippe und sagte schweren Herzens: „Richard, können wir bitte vergessen, was gestern passiert ist? Ich schäme mich ein bisschen dafür. Können wir so tun, als wäre es erst gar nicht geschehen?“ Faber sah sie eine ganze Weile eindringlich an, dann nickte er nur. Rike wusste seine Miene nicht zu deuten und merkte, wie ihr das Blut in die Wangen stieg. „Ich hätte noch eine Bitte.“ Richard hob nur seine Hände kurz an, um sie zum Sprechen aufzufordern. „Könnten wir dieses Mal Knut nichts von dem Fall erzählen, bitte!“

„Warum?“

„Das kann ich dir nicht sagen“, blockte sie ihn schnell ab.

„Von mir aus“, erwiderte er in dem Moment kalt. „Du hast mir ja unmissverständlich klargemacht, dass mich dein Leben und deine Geheimnisse nichts angehen.“ Dann stand er auf und nahm seine

Lederjacke von der Garderobe. „Bist du fertig? Ich wollte jetzt zu den Weilands fahren, sie erwarten mich."

Der Emder Stadtbezirk Wolthusen gehörte zu der gehobenen Wohngegend in Emden. Von den circa fünfzigtausend Emder Einwohnern lebte etwa ein Zehntel dort. Man fand überwiegend Reihen- und Einfamilienhäuser, aber auch einige Villen, die zum Teil auf einem der begehrten Kanalgrundstücke erbaut worden waren und deren Gärten direkt ans Wasser grenzten. Vom Revier bis in die Tonstraße brauchten sie nur zehn Minuten, da die Innenstadt an diesem ersten Mai so gut wie autofrei war. Faber parkte den Wagen auf der Grundstückszufahrt der Weilands. Ihre große und sehr geschmackvolle Villa mit den zwei Doppelgaragen lag genau am Borßumer Kanal.

„Herr Weiland, Antjes Vater, ist einer der Top-Salesmanager für ein pharmazeutisches Unternehmen", brach Faber das Schweigen zwischen ihnen, denn er hatte sich auf dem Revier über ihn informiert. Rike quittierte das nur mit einem flüchtigen Brummen. Warum Kai Weiland so erfolgreich war, wurde ihnen klar, als er die Tür öffnete. Er wirkte wie ein überaus sympathischer Mann, war eine attraktive Erscheinung mit einem gewinnenden Lächeln und bestimmt bei seinen Kunden beliebt.

„Bitte, kommen Sie herein, Antje ist im Wohnzimmer. Ich habe bereits Kaffee für Sie vorbereitet", sagte er und führte sie in einen großen eleganten Raum mit Blick auf den Kanal. Seine sechzehnjährige Tochter Antje ähnelte vom Aussehen ihrem Vater. Sie hatte langes blondes Haar, war schlank und trug eine enge Jeans mit einem bauchfreien Top. Sie würde einmal eine sehr schöne Frau werden. „Sie sagten am Telefon, dass Gesine Hannler tot ist. Untersuchen Sie ihren Tod? Wurde sie ermordet?", erkundigte sich Kai Weiland besorgt und bat sie Platz zu nehmen.

„Wir ermitteln im Fall Gesine Hannler. Daher würden wir gerne Ihrer Tochter ein paar Fragen über Gesine stellen. Sie war eine Freundin von Ihnen, Antje?", stieg Faber gleich in die Befragung ein, ohne zu viele Informationen preiszugeben.

„Ermordet?", fragte Antje sichtlich erstaunt. „Aber wie, wann?"

„Es war ein Suizid, kein Mord", erklärte Rike ruhig. „Dennoch müssen wir Ermittlungen vornehmen. Könnten Sie bitte die Frage beantworten?" Faber war froh zu hören, dass Rike professionell vorging, denn er hatte Bedenken gehabt, dass sie wieder emotional werden würde.

„Das ist ja schrecklich“, sagte das hübsche Mädchen, jedoch wirkten ihre Körperhaltung und ihre Miene gleichgültig. „Nein, Gesine war keine Freundin. Sie war zwei Jahre jünger als ich, gar nicht in meiner Klassenstufe“, beantwortete sie endlich Fabers Frage und strich sich routiniert eine Haarsträhne aus ihrem Gesicht. Antje war sich sehr wohl bewusst, dass sie ein hübsches Mädchen war, und machte auch keinen Hehl daraus.

„Ich darf Sie erst einmal darauf aufmerksam machen, dass alles, was hier besprochen wird, nicht auf Twitter oder Facebook gehört!“, erhob Faber jetzt seine Stimme gegenüber dem Teenager. Ihn störte die desinteressierte Art und Weise, wie Antje mit dem Tod ihrer Schulkameradin umging.

„Gesine hat am zehnten Februar bei Ihnen übernachtet, an dem Abend, als die Faschingsparty in Ihrer Schule stattfand“, fuhr Rike mit der Befragung fort.

„Ja“, mischte sich jetzt Herr Weiland ein. „Aber das hat eher etwas mit mir zu tun!“ Er schüttete beiden eine Tasse Kaffee ein und schob ein Tablett mit Zucker und Sahne zu ihnen rüber. Rike nickte zum Dank. „Ich hatte erlaubt, dass Gesine hier übernachtet, damit sie mal richtig feiern kann. Sonst hätte Stephen Hannler sie bestimmt schon um zehn Uhr wieder abgeholt. Sie durfte nicht so viel ausgehen.“

„Woher kennen Sie denn die Hannlers?“, erkundigte sich Rike und trank einen Schluck Kaffee.

„Unser Pferd steht auf dem Hof. Herr Hannler kann gut mit Pferden umgehen und Antje hat von ihm das Reiten gelernt“, beantwortete weiterhin Weiland ihre Fragen. Antje saß am Tisch und spielte mit ihrem iPhone rum.

„Dann war das nur ein Gefallen für Herrn und Frau Hannler?“

„Na ja, mehr einer für Gesine“, sagte der Mann sofort und Faber wurde immer hellhöriger. Er fragte sich, ob dieser Kai Weiland Interesse an Gesine gehabt hatte.

„Antje, wie war das an dem Samstag auf der Party?“, wandte sich Rike wieder an das Mädchen, das mittlerweile völlig abwesend mit beiden Daumen auf ihrem iPhone herumtippte.

„Sorry, was haben Sie gesagt?“, fragte Antje und sah auf.

„Sagen Sie mal, Antje, warum sind Sie so gleichgültig, wenn es um den Selbstmord Ihrer Schulkameradin geht?“, sprach Faber endlich aus, was ihm durch den Kopf ging.

„Jetzt leg das Ding mal weg“, griff ihr Vater ebenfalls ein. Antje rollte mit den Augen, stöhnte angenervt auf und schob ihr iPhone von sich.

„Ich kannte sie doch kaum“, erwiderte sie endlich. „Als wir kleiner waren, sind wir ab und zu zusammen geritten und haben auf dem Pferdehof gespielt. Später hatte ich so gut wie keinen Kontakt zu Gesine. Die war auch ein bisschen eigenartig, ich meine ihre Eltern. Gesine durfte nicht alleine ausgehen, hatte kein iPhone, keine E-Mail, und wie die gekleidet war. Völlig Banane. Mit so jemandem bin ich nicht befreundet, da könnte ich ja gleich mit den Assis aus der Wi-Leu-Street abhängen.“ Rike zog erstaunt ihre Augenbrauen hoch. Zwar war die Wilhelm-Leuschner-Straße in Emden als sozialer Brennpunkt bekannt, aber so drastisch hatte sie noch nie jemanden über die Bewohner der Hochhäuser dort reden hören.

„Antje, bitte, mäßige dich“, ermahnte ihr Vater sie. „Mir tat Gesine leid, darum habe ich Stephen vorgeschlagen, Gesine abzuholen und zur Schule zu fahren“, erklärte Herr Weiland.

„Dann haben Sie die beiden auch wieder abgeholt, als die Party zu Ende war?“

„Nein, das war nicht nötig. Papa ist kein Kontrollfreak“, mischte sich Anja wieder ein. „Das Max, unser Gymnasium, liegt zu Fuß zwanzig Minuten entfernt, ich bin mit Gesine nach der Party hierhergelaufen. Dann hat sie im Gästezimmer gepennt, am anderen Morgen den Bus nach Freepsum genommen und ist von dort gelaufen.“

„Und Sie können das bestätigen, Sie haben indes bestimmt auf Ihre Tochter gewartet?“, forschte Rike nach.

„Ich bitte Sie, Antje ist sechzehn und fast erwachsen. Nachdem ich die Mädchen an der Schule abgesetzt hatte, bin ich selbst zu einer Feier nach Leer gefahren und habe dort bei einer Bekannten übernachtet“, erklärte Weiland, als wäre es das Natürlichste auf der Welt.

„Bitte, geben Sie mir die Kontaktdaten der Bekannten, wir müssen das prüfen“, sagte Faber. Weiland schien darüber nicht beunruhigt zu sein und suchte die Telefonnummer und Adresse auf seinem eigenen Handy raus, um sie Faber hinzuhalten.

„Wie war das auf der Party, ist dir etwas Ungewöhnliches aufgefallen bei Gesine?“, wandte sich Rike wieder an Antje, die sehnsüchtig auf ihr Handy blickte.

„Nö, wieso? Gesine war normal, aber ich habe auch nicht die ganze Zeit mit ihr verbracht. Sie ist zu ihren Klassenkameraden und wir waren mit den Leuten aus der Oberstufe zusammen. Mein damaliger Freund ist in der elften Klasse“, meinte sie und reckte ihr Kinn arrogant.

„Wer war denn Ihr Freund?“, fragte Rike sofort, denn ihr kam ein Verdacht.

„Fabian Kuhnert“, erwiderte Antje. „Aber das ist vorbei, wir haben Schluss gemacht. Ist das alles? Kann ich jetzt los, Papa? Ich bin verabredet.“

Herr Weiland sah die beiden Polizisten fragend an. „Gehen Sie ruhig, es kann sein, dass wir nochmals kommen, wenn wir mehr Fragen haben“, erklärte Faber an Antje gewandt.

„Okidoki“, flötete sie, schnappte sich ihr iPhone und stürmte aus dem Zimmer.

„Tut mir leid, die Aufmerksamkeitsspanne einer Sechzehnjährigen liegt weit unter der eines Goldfischs“, seufzte ihr Vater und zuckte mit den Schultern.

„Herr Weiland, Sie waren also an dem Faschingssamstag über Nacht gar nicht hier. Hatten Sie denn keine Bedenken, die beiden Mädchen alleine zu lassen?“, fragte Faber den Mann.

„Haben Sie Kinder?“, konterte der.

„Nein, noch nicht.“

„Sehen Sie. Antje hatte schon früh Freunde, sie ist sehr eigenständig. Ich bin alleinerziehend, weil meine Frau vor ein paar Jahren verstarb, und deshalb musste Antje schnell selbstständig werden“, erklärte der smarte Manager. „Wir waren alle einmal Teenager und kennen das doch, wenn die Zeit reif ist. In dem Fall hat man Sex, egal wo. Daher habe ich meiner Tochter die Pille verschreiben lassen, und wenn ein Freund von ihr hier übernachten wollte, dann durfte er es. Mir war lieber, ich wusste, wo meine Tochter ist und mit wem. Ich kann Antje vertrauen und sie über Nacht alleine lassen, das war nie ein Problem. Sie fährt manchmal sogar gar nicht mehr mit in den Urlaub, sondern bleibt allein hier.“

„Dann könnte es sein, dass die beiden in der Nacht Jungen bei sich hier im Haus hatten?“, bohrte Faber nach. „Dass Antje und Gesine an dem Samstag Sex hatten?“

Herr Weiland lachte auf. „Nein, Antje würde das nicht machen, wenn Gesine hier übernachtet. Und Gesine war auf einem ganz anderen Altersstand, sie war wirklich noch ein Kind. Viel zu religiös erzogen, sie wusste noch nichts von diesen Dingen. Es würde mich wundern, wenn Anna und Stephen ihre Tochter überhaupt selbst aufgeklärt haben.“

„Danke für Ihre Zeit. Wie gesagt, vielleicht müssen wir noch einmal wiederkommen“, sagte Faber plötzlich, kommentierte das Gesagte jedoch nicht und stand auf. „Ach, würde es Ihnen etwas ausmachen, wenn ich eine DNA-Probe von Ihnen nehme, das tun wir in dem Fall routinemäßig“, fragte Faber aus heiterem Himmel und zog das Glasröhrchen aus seiner Lederjacke.

„Hm, wenn Sie wollen“, stimmte Weiland zögerlich zu. „Aber bitte, können Sie mir sagen, was mit Gesine passiert ist, und wieso sind Sie an diesen Faschingssamstag so interessiert?“, fragte Weiland dann endlich. Faber hatte das schon viel früher erwartet. Erst zog er sich die Latexhandschuhe über und machte mit dem Wattestab den Schleimhautabstrich, danach schüttelte er den Kopf.

„Tut mir leid, es ist eine laufende Ermittlung, wir können darüber keine Auskunft geben“, entgegnete er.

„Meinen Sie, ich sollte bei den Hannlers vorbeifahren, um zu kondolieren?“

„Besser nicht, ich denke, die Eltern wollen jetzt lieber alleine im Kreis der Familie sein“, beantwortete Rike die Frage. „Vielleicht schicken Sie Blumen, wenn die Todesanzeige in der Zeitung erschienen ist“, schlug sie vor.

„Das ist eine gute Idee“, bestätigte der Mann fast erleichtert und brachte sie zur Tür.

***

„Glaubst du, Kai Weiland kann etwas mit Gesines Schwangerschaft zu tun haben?“, fragte Rike im Auto.

„Keine Ahnung, das wird die DNA zeigen. Wir haben bisher Weiland, Fabian, Gesines Vater und eventuell den Mann der

Patentante. Um festzustellen, wer der Vater ist, geht das nur mit dem Ausschlussverfahren“, antwortete Faber kalt.

„Du hast von Gesines Vater auch einen Abstrich gemacht?“, fragte Rike entsetzt und dachte an die Reaktion, die solch ein Anliegen bei dem Mann ausgelöst hätte.

„Bist du verrückt geworden?“, meckerte er sie an. „Wir sind so viel an einer Beschwerde vorbeigerutscht“, er hielt Zeigefinger und Mittelfinger nur Millimeter voneinander entfernt. „Wenn ich das erfragt hätte, dann wäre es passiert. Mia Fredeburg hat auf die Eltern eingewirkt und ich bin heute Morgen regelrecht zu Kreuze gekrochen. Außerdem ist das bei dem leiblichen Vater nicht nötig, Schorlau kann aufgrund der DNA des Fötus feststellen, ob Gesines Vater den Missbrauch begangen hat. Herrn Fredeburg nehme ich mir später vor, wenn sich die Emotionen in der Familie ein bisschen beruhigt haben“, sagte er in einem Ton, der irgendwo zwischen Maßregeln und Anschnauzen lag.

„Meine Güte, Richard, willst du mich jetzt die ganze Zeit so behandeln?“, beschwerte Rike sich.

„Wie behandle ich dich denn?“, entgegnete er provokant.

„Na, nicht gerade wie einen Freund. Ich habe mich entschuldigt, ich war besoffen gestern Abend. Soll das jetzt so weitergehen?“, nörgelte sie verärgert.

Faber lachte bitter. „Komm mir jetzt nicht mit diesem Freundschafts-Gesülze, denn Freundschaft ist bei dir eine Einbahnstraße! Ich musste dir alle meine intimsten und schmerzhaftesten Erlebnisse erzählen, damit nichts unserer Freundschaft im Wege steht, doch du brauchst gar nichts zu sagen“, zischte er sie an, dann schlug er auf das Lenkrad. Rike hatte ihn vor ein paar Monaten dazu gebracht, ihr zu erzählen, warum man ihn von Frankfurt hierher versetzt hatte. Es war sehr persönlich gewesen und sie hatte genau diese Argumente verwendet, um ihn zum Reden zu bringen.

„Aber“, stotterte sie.

„Nichts aber, du fährst mit meinen Gefühlen Achterbahn, Rike Waatstedt“, polterte er weiter. „Nicht nur, dass du mich gestern ganz massiv angemacht hast und mit mir ins Bett wolltest, was noch mal eine ganz andere Sache ist. Du trampelst auch auf unserer sogenannten Freundschaft herum, denn ich bin anscheinend nicht so ein guter Freund, dass du mir mal etwas von deinem geheimnisvollen

Innenleben erzählen willst. Vielleicht sollte ich mich mit Knut zusammensetzen und über den Fall sprechen. Irgendwie habe ich das Gefühl, dass Knut mir mehr vertraut und mehr darüber rauslässt, was dich bedrückt.“ Dann griff er in seine Lederjacke, fischte eine Zigarette heraus und zündete sie an. Er ließ das Fenster herunter und der warme Fahrtwind riss den Rauch mit sich. „Verdammt noch mal!“

„Bitte, tu das nicht, rede nicht mit Knut“, beschwor ihn Rike. „Ich wollte dir nicht zu nahe treten, das war falsch. Aber als du sagtest, dass du mich unglaublich sexy findest, da wollte ich wirklich mit dir ins Bett. Das höre ich nicht so oft“, gab sie zu.

„Waatstedt, spinnst du eigentlich“, schrie er sie jetzt an und trat ziemlich heftig auf die Bremse, als er von der Straße Zwischen Beiden Bleichen in die Neutorstraße einbiegen wollte und die Ampel auf Rot sprang. Er sah sie wütend an. „Jeder Mann, der seine sieben Sinne beieinanderhat, findet dich ungemein sexy, als ob du das nicht wüsstest. Philipp Schorlau hat feuchte Träume von dir, und der Kerl, den du gestern auf dem Marktplatz angemacht hast, der war auch schon heiß gelaufen. Was erwartest du denn von mir, dass ich ein Heiliger bin? Du weißt genau, wie du auf Männer wirkst, selbst Friedhelm würde dir gerne mal an die Wäsche!“

„Faber“, rief sie entsetzt, denn sie konnte nicht glauben, was er sagte. So fühlte sich Rike überhaupt nicht. So hatte sie sich selbst nie gesehen, vor allem nicht, nachdem ihr diese Sache damals passiert war.

„Ach verflucht“, beruhigte er sich langsam und legte den Gang ein, weil die Ampel umgesprungen war. „Warum quatsche ich überhaupt diesen Unsinn.“

„Redest du mit Knut?“, fragte sie ihn vorsichtig, denn sie wollte auf keinen Fall, dass ihr Großvater wieder über diese Geschichte reden musste. Er hatte es nie wieder erwähnt und Rike genauso wenig.

„Nein“, gab er zurück, setzte den Blinker und bog nach rechts auf den Bahnhofsplatz. Er fuhr um das Revier herum und öffnete das Schiebetor mit der Fernbedienung. Als er den Motor abstellte, drehte er sich noch einmal zu ihr. „Weißt du, ich denke, es wäre gut, wenn wir privat ein bisschen mehr Abstand hätten. Keine regelmäßigen Abendessen mehr mit dir und Knut. Ich möchte auch nicht, dass du einfach bei mir abends reinschneist. Wir werden professionell zusammenarbeiten, aber die Art von Freundschaft, die du willst, vertrag ich nicht“, meinte er entschieden, dann stieg er aus.

Rike schluckte, denn sie war den Tränen nahe. Richard als Freund zu verlieren, war eine furchtbare Vorstellung. Doch es war fast unerträglich, den Mann, in den sie sich das letzte Jahr ganz schleichend verliebt hatte, so verletzt zu haben.

„Ich kann dir das nicht erzählen“, sagte sie zu sich selbst, denn Faber war längst im Revier verschwunden. „Es wäre für Knut furchtbar, wenn das alles wieder hochkommt!“

***

Als Rike eine Viertelstunde später an Fabers Büro vorbeiging, tütete er gerade die DNA-Proben für Schorlau ein. Er wollte noch heute Abend eine Streife nach Oldenburg schicken, damit Schorlau gleich morgen mit den Tests anfangen konnte. Sie setzte sich an ihren Schreibtisch und besprach mit Frauke, was sie heute noch tun konnten. Rike hatte vor, die Familie Hannler im Computer zu durchleuchten, und bat die PMA, sich Antjes Vater, Kai Weiland, und auch Fabians Familie vorzunehmen. Es war nicht mehr als ein Fischen im Trüben, trotzdem, mit solchen Background-Informationen konnte man manchmal auf Dinge stoßen, die eigentlich niemand erwartet hätte.

„Ich haue jetzt ab“, sagte Faber und steckte den Kopf ins Großraumbüro. „Fährst du morgen früh mit mir? Ich will direkt von zu Hause ans Max-Windmüller-Gymnasium, um Gesines Lehrer und Klassenkameraden zu befragen“, wandte er sich an Rike.

„Ja klar“, antwortete sie gleich und schluckte. Faber tat so, als hätte es die Episode vorhin im Auto gar nicht gegeben. „Acht Uhr, wie immer?“

„Klar, sei um acht Uhr fertig“, erwiderte er, dann sah er Frauke Petersen an. „Machen Sie nicht zu lang, Frau Petersen, es ist der erste Mai. Gehen Sie feiern, wir werden in den nächsten Wochen noch genug Überstunden schieben“, sagte er, lächelte seine PMA an und ging, ohne Rike weiter zu beachten.

„Da bist du ja endlich“, meinte Opa, als Rike aus der Garage kam, wo sie ihre Ducati abgestellt hatte. „Beeil dich, wir müssen auf den

Marktplatz. Der Baum ist schon geschmückt, die Pewsumer hatten keine Chance heute Nacht!“

„Opi, mir ist nicht nach Feiern und schon gar nicht nach Alkohol“, entgegnete Rike und zerrte den Motorradanzug herunter. „Nicht böse sein, ich will früh ins Bett!“

„Dunnerkiel, nu sloog dat aver darteihn“, schimpfte Knut. „Erst sagt Richard, er will nicht auf dich warten, und geht alleen los und jetzt willst du nicht mitkommen. Dann hätte ich ja gleich mit dem Jung mitgehen können!“

„Faber ist zur Maifeier?“, fragte Rike skeptisch. Irgendwie hatte sie erwartet, dass er sich genauso schlecht fühlte wie sie selbst. Dass er sich mit seinen Platten und einer Flasche Wein zu Hause eingeigelt hätte. „Okay, gib mir fünf Minuten, ich ziehe mich kurz um“, meinte sie kurz entschlossen. Rike rannte nach oben und kramte in ihrem Kleiderschrank. Sie entschied sich für ein leichtes Sommerkleid, weil der Abend heute wieder ausgesprochen warm war, und zog ihr einziges Paar schwarze Pumps an, das sie hatte.

„Dönnerslag“, war das Einzige, was Knut sagen konnte, als sie wieder die Treppe heruntergekommen war. Denn er sah seine Enkelin nicht oft im Kleid und schon gar nicht geschminkt. „Ist das etwa Lippenstift?“, fragte er und sah genau hin. „Du siehst zum Anbeißen aus, mien Lüttje!“

„Jetzt hör schon auf, sonst geh ich wieder hoch“, erwiderte Rike trotzig. Hoffentlich findet Richard mich auch zum Anbeißen, dachte sie und dann marschierte sie mit Opa nach Greetsiel. Der Abend des ersten Mai wurde in Greetsiel noch ausgiebiger gefeiert als die Maibaumaufstellung. Man hatte schräg gegenüber dem Restaurant Captains Dinner eine kleine Bühne aufgebaut, auf der jetzt eine Band flotte Tanzmusik spielte. Den einheimischen Shantychor, De Freebeuters, hatten Rike und Opa bereits verpasst. Hunderte von Menschen drängten sich an den Getränkeständen und kleinen Fressbuden um den mittlerweile mit bunten Bändern geschmückten Maibaum. Die Stimmung war ausgelassen, es wurde getanzt, gelacht und vor allem getrunken.

„Was willst du trinken, mien Deern?“, fragte Knut und steuerte auf den Getränkestand des Greetsieler Posaunenchors zu.

„Apfelsaftschorle“, rief sie ihm zu und sah sich in der Menge um. Doch bei dem Gedränge von Menschenmassen würde sie Faber nie finden.

Was sie nicht wusste: Richard Faber hatte sie bereits entdeckt. Er stand an einem Fischstand, mit einem Krabbenbrötchen und einem Glas Weißwein in den Händen. Richard wunderte sich, Rike mit Knut heute hier zu sehen. Denn eigentlich war er nur hierhergekommen, weil er gehofft hatte, ihr aus dem Weg zu gehen. Anscheinend bist du trinkfester, als ich angenommen habe, und auf Männerfang aus, so wie du aussiehst, dachte er und trank einen Schluck Wein. Er vertilgte sein Krabbenbrötchen mit dem festen Vorsatz, wieder nach Hause zu gehen.

„Ist der Wein trinkbar?“, fragte ihn plötzlich eine blonde Frau, die neben ihm stand. Sie war etwa in seinem Alter, recht hübsch und so, wie sie ihn anlächelte, hatte die Frage weniger mit der Qualität des Weins zu tun.

„Ganz annehmbar“, antwortete er höflich.

„Sie sind auch ein Tourist, Ihre Aussprache passt nicht hierher“, erwiderte sie und dann streckte sie ihm ihre Hand hin. „Ich heiße Doris, bin eindeutig eine Touristin, die mit ihren drei Freundinnen im Hotel Vitalis eine Wellnesswoche verbringt“, meinte die Frau, verzog jedoch den Mund. „Nur dass mir meine Freundinnen irgendwie abhandengekommen sind. Darum stehe ich jetzt so dumm hier herum.“

„Richard Faber“, stellte er sich vor und schüttelte ihre Hand. Er trank sein Glas leer und zeigte darauf. „Mögen Sie einen probieren?“ Sofort strahlte sie ihn an und nickte.

Er ging zum Weinstand und bestellte zwei Gläser, dann reichte er Doris eines davon und stieß mit ihr an. Sie sagte etwas und er musste sich zu ihr runterbeugen, da die Band gerade eine lautstarke Ankündigung für das nächste Lied machte. „Wollen wir zur Kaimauer? Dort ist es nicht ganz so laut und vielleicht finde ich meine Freundinnen dort besser“, schlug sie vor und Faber nickte. Doris ließ nichts anbrennen und hakte sich einfach bei Faber unter, als sie sich durch die feiernden Menschen schoben und auf die Hafenmauer zuhielten.

„Da ist Richard“, sagte Knut in dem Augenblick und Rike sah in die Richtung, in die ihr Opa blickte. „Na, wen hat er denn da am Arm? Von hier ist die nicht“, meinte er mürrisch, denn eigentlich hätte er lieber seine Rike an der Stelle der Touristin gesehen. Rike verspürte einen Stich, als sie sah, wie sich die Frau neben ihn auf die Mauer setzte und unübersehbar mit ihm flirtete. Mit Argusaugen behielt sie die beiden im Blick. „Na, ich geh mal rüber zum Fischerverein. Kommst du mit oder gehst du zu Richard?“, fragte Knut seine Enkelin.

„Geh nur, Opa, ich bleibe noch ein bisschen hier“, erwiderte sie. Knut schüttelte den Kopf und ging mit seinem Jever in der Hand zum nächsten Stand, wo er seinen Freund Hannes entdeckt hatte.

Rike blieb wie angewurzelt stehen, versteckte sich halb hinter dem Getränkestand und kam sich unmöglich vor, wie sie Faber und die Frau beobachtete. Die beiden redeten ausgelassen und immer wieder berührte die Touristin ihn am Arm. Faber lachte viel mit ihr und ging dann los, um noch einmal Wein für beide zu holen. Kaum hatten sie die Gläser ausgetrunken, sah Rike, wie das blonde Weib Faber etwas in sein Ohr flüsterte. Er lächelte zwar, schüttelte aber den Kopf, dann stand er auf und brachte die leeren Weingläser zum Stand zurück. Sie wartete auf ihn, hakte sich wieder bei ihm unter und beide schlenderten in die Sielstraße.

„Du Swienhund“, fluchte Rike so laut, dass einige Leute erstaunt aufschauten. Sie kam sich völlig bescheuert vor, als sie Richard und der Blonden im sicheren Abstand folgte. Als die beiden in der Ankerstraße an den Ferienwohnungen Rah vorbei waren, wusste sie, wohin die beiden wollten. An der Ecke zur Hafenstraße lag das Wellnesshotel Vitalis. Das blonde Gift, das Faber gerade abschleppte, sah genauso aus wie eine dieser Frauen, die sich von ihren Ehemännern ein Wellnesswochenende dort schenken ließen. Nachdem die beiden im Foyer verschwunden waren, machte Rike kehrt. Sie war wütend, stinksauer und auf Rache aus.

Kapitel 3

Faber saß im Auto und trommelte ungeduldig auf das Lenkrad. Es war bereits viertel nach acht und von Rike keine Spur. Endlich stieg er aus und klopfte an Knuts Haustür.

„Moin, moin, mien Jung, wollt ihr noch einen Kaffee, bevor ihr losfahrt?“, fragte Knut außergewöhnlich gut gelaunt. „Rike muss sich noch umziehen, richtig?“, schob er hinterher und zwinkerte Faber zu.

Der verstand nicht im Geringsten, wovon Knut redete. „Ich habe keine Ahnung, ob sie sich noch umziehen muss“, erwiderte er. „Sag ihr, sie soll sich beeilen. Wir sind schon zu spät dran, Kaffee hin oder her.“

In dem Moment sah Knut ihn an, als ob ein Blitz ihn getroffen hätte. „Ja, ja“, stotterte er, „war die Deern denn heute Nacht nicht bei dir?“ In dem Moment ging Faber ein Licht auf. Rike war heute Nacht nicht nach Hause gekommen und Knut hatte angenommen, sie beide hätten die Nacht zusammen verbracht.

„Nein, Knut“, entgegnete Faber angefressen. „Ich habe keinen Schimmer, wo sie war, und es ist mir auch vollkommen egal. Soll sie doch machen, was sie will, aber nicht mehr mit mir“, haute er völlig unkontrolliert heraus. Knut sah Faber in die Augen und Opas Stirn lag plötzlich in tiefen Falten unter seiner Kapitänsmütze. Faber wandte sich zum Gehen, drehte sich jedoch noch einmal um. „Wenn sie auftaucht, dann sage ihr, dass sie zum Gymnasium nachkommen soll – falls sie einigermaßen nüchtern ist!“

Mit quietschenden Reifen fuhr Faber vom Hof der Alten Schule und Knut sah ihm lange nach. „Du dumme Deern, wat hest du nu weer anstellt“, murmelte er traurig. Obwohl es erst halb neun war, schenkte er sich einen Rum in seinen Kaffee, um sich innerlich von seinem Wunschschwiegersohn zu verabschieden. In dem Moment stürmte Rike barfuß mit ihren Pumps in der Hand in das Haus. Sie gab Opa einen schnellen Kuss auf die Wange, zuckte bei dem Geruch jedoch kurz zurück.

„Opa, ist das ein Pharisäer?“, fragte sie, denn sie hatte riechen können, dass Rum im Kaffee war, und so nannte man das Getränk an der Küste, obwohl es eigentlich noch mit Schlagsahne getrunken wurde. „So früh bekommt dir das nicht“, meinte sie. „Bin spät dran, hab Faber verpasst, oder?“, rief sie und rannte die Treppe hoch. Es dauerte keine fünf Minuten und sie kam umgezogen wieder herunter, um gleich in ihre Motorradklamotten zu springen.

„Rike, jetzt warte mal“, sagte Opa und war zu ihr getreten. Sie machte nicht den Eindruck, einen Kater zu haben, im Gegenteil, sie wirkte ausgeschlafen.

„Keine Zeit, wir wollen zu Zeugenvernehmungen und Faber ist bestimmt sauer, dass ich nicht da war“, erwiderte sie und packte den Rucksack.

„Ja, das war er, vor allem, weil ich ihm gesagt habe, dass du heute Nacht nicht hier geschlafen hast“, gab Knut zu, denn was hätte er Richard auch sagen sollen?

Rike sah interessiert auf und fragte erstaunlich entspannt: „Und was meinte er?“

„Er ist wie ein Düüvel vom Hof gefahren“, erzählte Knut.

Rike lachte. „Gut, geschieht ihm recht, da soll er mal dran kauen!“, bemerkte sie schadenfroh. Dann rannte sie in die Garage und fuhr in ähnlichem Stil wie Faber vom Hof.

„Wie die Kinners, die beiden!“, schimpfte Knut, kratzte sich den Schädel und ging zu seinem Pharisäer zurück, um sich noch etwas Rum nachzuschütten.

Rike hatte einfach bei den Fahrradständern ihre Ducati geparkt, und weil sie die Lederkombi und den Helm nicht dort lassen wollte, ging sie so ins Sekretariat. Man sagte ihr, dass Hauptkommissar Faber bereits in der 8a wäre, um mit den Schülern und der Klassenlehrerin zu sprechen. Sie klopfte an und betrat das Klassenzimmer. Faber saß auf einem Stuhl direkt vor der Klasse und sah sie kurz abschätzend an.

„Meine Kollegin Kommissarin Waatstedt, sie war noch zu einem Einsatz“, erklärte er ihren Lederklamotten-Aufzug und den Helm.

„Hallo zusammen“, sagte Rike und ging rüber zu der Lehrerin, die an der Fensterbank lehnte.

„Wisst ihr“, fuhr Faber im Text fort und sah in die Gesichter der verängstigten Schüler. „Was Gesine getan hat, ist eine ganz furchtbare Sache. Ihr müsst mir versprechen: Wenn ihr jemals Probleme habt oder nicht wisst, was ihr tun sollt, dann sprecht mit einem Erwachsenen. Solltet ihr Angst haben, es euren Eltern zu sagen, in dem Fall redet mit eurer Klassenlehrerin, den Eltern eines Freundes oder kommt zu mir auf das Revier in Emden“, redete er einfühlsam auf die Klassenkameraden von Gesine ein. „Mein Name ist Richard Faber und meine Kollegin heißt Rike Waatstedt. Wir helfen euch, das verspreche ich. Denn wisst ihr, sich das Leben zu nehmen ist keine Lösung. Versprecht ihr mir das?", fragte er sehr ernst und es war hier und da ein Ja zu hören. Die meisten nickten jedoch nur.

„Hat mein Kollege Sie schon über den Grund informiert?", flüsterte Rike der Lehrerin zu und die nickte nur betroffen.

„Gut, das haben wir geklärt. Jetzt möchte ich euch bitten, über Gesine nachzudenken, über den Abend der Faschingsparty an der Schule. Ist euch etwas aufgefallen, war Gesine eigenartig, hat jemand mit ihr gesprochen, den ihr sonst nie bei ihr gesehen habt?", beschwor er die Kinder. „Ihr müsst nicht jetzt und vor eurer Klasse darüber reden, denkt erst einmal nach. Sprecht mit Frau Heim, eurer Lehrerin, oder kommt zu mir, ihr könnt mich auch anrufen", sagte er freundlich und legte einen Stapel seiner Visitenkarten auf den Tisch in der ersten Reihe.

„Bitte, nehmt das ernst", betonte Frau Heim in dem Moment, denn sie kannte ihre Klasse nur zu gut. „Die Visitenkarten sind nicht als Spielzeug gedacht und Kriminalhauptkommissar Faber hat Besseres zu tun, als euren Telefonterror zu ertragen. Ihr ruft bitte nur an, wenn ihr was zu sagen habt."

„Da hat Frau Heim recht. Wir können Anrufe nachvollziehen und wissen dann sowieso, wer angerufen hat. Also, nur anrufen, wenn ihr wirklich etwas zu berichten habt. Bitte, auch wenn es nur eine Kleinigkeit ist, wir müssen rausfinden, warum Gesine so was Trauriges gemacht hat. Habt Mut und kommt einfach auf dem Revier am Bahnhofsplatz vorbei. Es wird vertraulich bleiben und ich werde mir für jeden von euch gerne Zeit nehmen", fügte Richard noch an und stand auf.

Frau Heim klatschte in die Hände. „Bitte, beschäftigt euch jetzt einen Moment mit unserem Text auf Seite 128. Ich gehe mit den Kommissaren nur kurz vor die Tür. Ich will keinen Mucks hören." Faber schob den Stuhl wieder an einen der Tische und verließ mit Rike und der Lehrerin das Klassenzimmer.

„Ich kann das immer noch nicht glauben", sagte Frau Heim. „Gesine war so kindlich! Ich kann mir gar nicht vorstellen, dass sie schwanger war." Faber hatte der Lehrerin die vertrauliche Information gegeben, doch Gesines Klassenkameraden natürlich nicht eingeweiht.

„Dann denken Sie nicht, dass es einvernehmlicher Geschlechtsverkehr war?“, fragte Rike und die Lehrerin schüttelte den Kopf.

„War Gesine mit jemandem aus der Klasse näher befreundet?“, hakte Faber weiter nach.

„War sie eigentlich nicht, ich denke, es liegt daran, dass die meisten in der Klasse in Emden wohnen. Freepsum ist etwas außerhalb und wenn die Eltern ihre Kinder nicht mit dem Auto durch die Gegend kutschieren, dann ist der Hof der Hannlers schwer zu erreichen“, seufzte sie. „Wissen Sie, ich habe in letzter Zeit gemerkt, dass Gesine hier in der Schule nicht ganz bei der Sache war, und habe sie angesprochen. Sie hat leider nichts gesagt, meinte nur, sie fühle sich nicht ganz wohl. Ich habe ihr angeboten, mit unserer Vertrauenslehrerin zu sprechen, und sagte ihr, dass ich auch mit ihren Eltern reden könnte. Nur das wollte sie absolut nicht. Hätte ich mehr tun können?“ Faber sah durch die Fenster nach draußen auf den kleinen Park, die in Bögen errichteten Steinstufen unter den Bäumen, die wie ein Amphitheater wirkten, und das Basketballfeld, das man auf dem Betonschulhof angelegt hatte. Hier wurde viel für die circa siebenhundert Schüler getan, vor allem, was politische Bildung anging. Es war auch kein Wunder, denn das Max, wie es genannt wurde, hatte seinen Namen nach Max Windmüller, einem Emder Widerstandskämpfer gegen den Nationalsozialismus, der auf dem Todesmarsch von Buchenwald zum KZ Dachau erschossen worden war.

„Nein, machen Sie sich keine Gewissensbisse. Gesine wollte sich nicht anvertrauen, Sie hätten sie nicht abhalten können“, erwiderte er, obwohl er nicht davon überzeugt war. „Bitte, reden Sie vorläufig mit niemandem über die Schwangerschaft, es könnte unsere Ermittlungen beeinträchtigen. Ich denke, wir können uns auf Sie verlassen?“

„Aber natürlich“, sagte Frau Heim sofort und dann verabschiedeten sie sich.

„Ich unterstelle mal, du fährst mit der Ducati nicht schon wieder unter Restalkohol“, wandte Faber sich plötzlich an Rike, als sie alleine waren.

„Ich habe gestern nicht getrunken“, erwiderte sie knapp.

„So, so, trotzdem eine schöne Nacht gehabt?“, konnte er sich nicht verkneifen, als sie durch den Hauptausgang nach draußen gingen.

„Ja! Genau wie du, Faber! Wer im Glashaus sitzt, sollte nicht mit Steinen schmeißen“, beantwortete sie seine Frage und ging in entgegengesetzter Richtung zu ihrem Motorrad, denn der Audi stand auf dem Steinweg genau gegenüber der Schule. Faber blickte ihr nachdenklich hinterher und wunderte sich, was sie damit meinte.

***

„Kann ich Kommissar Faber sprechen?“, sagte das scheue Mädchen an der Zentrale des Reviers in Emden. Sie sah den uniformierten Polizisten durch die Glasscheibe ängstlich an.

„Um was geht es denn, und wie ist dein Name?“, fragte der Wachhabende die Kleine mit dem Ranzen auf den Schultern. Sie sah aus, als käme sie direkt von der Schule.

„Um Gesine, ich bin Mieke Werfel und der Kommissar Faber war heute bei uns im Max. Er hat gesagt, wenn wir etwas wüssten, sollten wir anrufen oder hierherkommen.“ Der Wachhabende nickte und griff zum Telefon.

„Waatstedt, in mein Büro!“, befahl Faber und verschwand dann. Rike seufzte, stand sofort auf und wappnete sich innerlich für eine unfreundliche Aussprache. Doch als sie in sein Büro kam, war es leer. Keine Minute später hörte sie Richard im Flur mit jemandem sprechen und dann bat er ein Mädchen einzutreten. Der Teenager hatte flachsblondes Haar, zu einem Pferdeschwanz gebunden. Das Gesicht und die Stupsnase waren voller Sommersprossen und Rike erinnerte sich, das Mädchen in Gesines Klasse gesehen zu haben.

„Komm, setz dich neben Frau Waatstedt. Magst du ein Glas Wasser?“, bot Faber an. Die Kleine sah sich etwas unsicher um und schüttelte nur den Kopf. Richard nahm hinter seinem Schreibtisch Platz und fragte: „Du bist also Mieke Werfel. Du bist eine Schülerin der 8a, richtig? Ich erkenne dich wieder, aus der zweiten Reihe, gleich beim Fenster.“

„Ja, Sie waren beide heute Morgen in unserer Klasse“, begann Mieke schüchtern.

„Mach dir keine Sorgen, Mieke, wir beißen nicht“, wandte sich Rike an die Kleine und legte eine Hand auf ihren Arm. „Wie alt bist du, auch vierzehn Jahre?“

„Mhm“, machte Mieke und blickte nach unten.

„Was willst du uns denn erzählen?“, erkundigte sich Faber freundlich.

„Also, das dürfen Sie aber nicht meinem Bruder sagen, der bringt mich um. Wissen Sie, er hat vor drei Monaten ein neues iPhone bekommen, das 6s, das ist total cheedo“, fing Mieke an und blickte zu Faber auf. „Er hasst es, wenn ich es mir heimlich nehme, darum darf er auch nichts davon wissen! Er wird echt assig, wenn er das erfährt.“

„Okay, versprochen, er wird nichts erfahren“, versicherte Faber. „Was ist mit dem iPhone?“

Mieke spielte mit dem Saum ihres T-Shirts rum und meinte zögerlich: „Ich habe darauf ein Video gesehen, das war eigenartig.“

Rike griff nach der Hand des Mädchens und sah sie eindringlich an. „Was hast du gesehen, was passierte in dem Video?“

„Da hatte ein Mann mit einem Mädchen Sex“, druckste Mieke und bekam rote Wangen. Faber kräuselte die Stirn. So etwas aus dem Internet herunterzuladen, war keine Kunst und Jungs in einem gewissen Alter waren dafür bekannt.

„Wie alt ist denn dein Bruder?“, vergewisserte er sich deshalb.

„Siebzehn, er ist drei Jahre älter als ich“, erzählte Mieke.

„Verstehe“, meinte Faber und wusste eigentlich nicht recht, was er jetzt mit diesem Geständnis anfangen sollte. Der Bruder von Mieke hatte sich also einen Porno runtergeladen. Sofort dachte er über seine Worte im Klassenzimmer nach und hoffte, dass die Schüler ihn nicht missverstanden hatten und jetzt wegen solcher Sachen zu ihm kamen.

„Was war denn daran so eigenartig? War es wirklich ein Mädchen, ich meine, so jung wie du? Oder war es besonders brutal?“, hakte Rike geistesgegenwärtig nach.

„Na ja, das Mädchen sah vielleicht aus wie Gesine“, ließ die kleine Mieke die Bombe platzen und Faber traute seinen Ohren nicht.

„Bist du dir ganz sicher, das ist jetzt sehr wichtig!“, ermahnte er Mieke.

Eingeschüchtert sah die Kleine auf Rike, die ihre Hand tätschelte. „Keine Angst, der Hauptkommissar ist nicht böse auf dich, das hört sich nur so an. Also, bist du dir sicher, dass es Gesine war? War der Mann in dem Video dein Bruder?“

„Nee, wirklich nicht, der Mann hatte dunkle Haare, sonst hätte ich bestimmt meinen Eltern etwas gesagt. Der Mann war auch älter, denke ich jedenfalls, und sein Gesicht sieht man nicht, aber das Gesicht von dem Mädchen. Die sah aus, als würde sie schlafen, darum bin ich mir auch nicht sicher, ob es Gesine war“, sprudelten Miekes Worte jetzt aus ihr heraus. „Ich habe auch nicht so lange hingesehen, das war echt ekelig.“

„Mieke“, wandte sich Faber jetzt wesentlich sanfter an sie. „Du bist dir sicher, dass ein Mann in dem Video mit einem Mädchen deines Alters Geschlechtsverkehr hatte?“

Mieke nickte wild, auch wenn sie schon wieder rot geworden war. „Erst als Sie heute Morgen in der Klasse von Gesine gesprochen haben, fiel mir das wieder ein. Ich habe das vor zwei Monaten gesehen und dachte gar nicht an Gesine, aber als sie uns heute sagten, dass auch Kleinigkeiten wichtig sind, dachte ich, in dem Video, das hätte Gesine sein können.“

„Das hast du super gemacht!“, lobte Rike die Kleine und strich ihr unwillkürlich über den Kopf. „Dann sag mir mal, wo ihr wohnt. Wir müssen uns das Video ansehen. Ich verspreche, du wirst keinen Ärger bekommen!“

Sie hatten Mieke kurzerhand nach Hause gefahren und trafen in der Wohnung ihre Mutter an, die bereits mit dem Mittagessen auf die Tochter gewartet hatte. Unterwegs hatte sich Faber mit dem Staatsanwalt kurzgeschlossen, damit dieser eine richterliche Verfügung für die Beschlagnahmung des Handys vorbereiten konnte. Die Werfels wohnten in einem sehr gepflegten Mehrfamilienhaus im Schreyers Hoek, einer Landzunge zwischen dem Ratsdelft und dem Alten Binnenhafen. Die Lage mit Blick auf die beiden Kanäle war sehr schön und Faber vermutete, dass die Wohnungen dort nicht gerade billig waren.

„Bitte, Frau Werfel, machen Sie sich erst einmal keine Sorgen“, beruhigte Rike die aufgebrachte Mutter. „Vielleicht geht Mieke in der Küche etwas essen, während wir uns hier unterhalten“, schlug sie vor. Frau Werfel ging mit ihrer Tochter, füllte ihr einen Suppenteller mit dem Eintopf vom Herd und schloss dann die Küchentür hinter sich.

„Kriminalpolizei? Sie müssen mir erst einmal erklären, warum Sie Mieke nach Hause gebracht haben“, sagte Frau Werfel, als sie wieder bei den Polizisten im Wohnzimmer war. Rike übernahm es zusammenzufassen, wie sie heute in der Schule waren und in Miekes

Klasse. Als sie von Gesine Hannlers Selbstmord berichtete, war die Frau sichtlich bestürzt.

„Wissen Sie, Frau Werfel, wir untersuchen nicht primär Gesines Selbstmord“, stellte Faber den Sachverhalt klar. „Wir ermitteln wegen sexuellen Missbrauchs eines Kindes, denn Gesine war schwanger. Natürlich haben wir das ihren Klassenkameraden nicht gesagt.“

„Das ist furchtbar, die Mädchen sind erst vierzehn Jahre“, erwiderte Frau Werfel entsetzt. Dann sah sie Faber streng an. „Aber was hat das alles mit meiner Mieke zu tun? Oh Gott“, sagte sie plötzlich. „Sie denken doch nicht, dass meine Tochter ebenfalls missbraucht wurde?“

Rike schüttelte den Kopf. „Nein, bitte bleiben Sie ruhig. Mieke ist in Ordnung, sie macht nicht den Eindruck, schlimme Erfahrungen gemacht zu haben. Aber sie hat auf dem Handy Ihres Sohnes Marius ein verstörendes Video gesehen.“

„Es kann ganz harmlos sein, vielleicht hat er sich nur einen Porno aus dem Internet runtergeladen“, fügte Faber an. „Jedoch müssen wir dem nachgehen und sein Handy mitnehmen.“

„Ich habe meinem Mann immer gesagt, dass ich diese Facebook-Sache nicht gut finde, trotzdem hat er Marius zum Geburtstag wieder ein neues iPhone geschenkt. Die Teenager schicken sich da alle möglichen Sachen zu, ich denke nicht, dass mein Sohn etwas heruntergeladen hat. Bestimmt ist das Video von einem seiner Freunde auf dem Handy gelandet“, versuchte sie, ihren Sohn in Schutz zu nehmen.

„Noch wissen wir nichts Genaues, wir schauen uns das einmal an. Darum werden wir das Handy mitnehmen müssen. Wir haben eine Verfügung beantragt und Sie haben natürlich das Recht, darauf zu warten, dann kommen wir in ein, zwei Stunden wieder“, klärte Faber sie auf. „Einfacher wäre es, wir nehmen es gleich mit. Ist Ihr Sohn in seinem Zimmer?“

„Nein, aber warten Sie einen Moment“, sagte Frau Werfel und verließ das Wohnzimmer. Kurze Zeit später kam sie mit dem iPhone zurück und drückte es Faber in die Hand. „Mein Sohn ist noch in der Schule, Sport am Nachmittag. Bitte, nehmen Sie sein iPhone ruhig mit, ich will unbedingt wissen, was an der Geschichte dran ist. Marius hat momentan Handy-Verbot. Wir haben es ihm abgenommen, weil er in letzter Zeit unglaublich aufmüpfig ist.“

Faber nahm das Handy und klickte sich sofort durch die wenigen Videos, die dort gespeichert waren, fand jedoch nichts außer ein paar Musik-Clips. Wahrscheinlich hat der Junge das Video bereits gelöscht, trotzdem können Experten so etwas rückgängig machen, dachte Faber.

„Frau Werfel, bitte machen Sie Marius jetzt nicht die Hölle heiß, denn erstens wissen wir noch nicht, was an der Sache dran ist, und zweitens hat Mieke Angst, dass Ihr Sohn mitbekommt, dass sie an seinem Handy war", betonte Rike. „Vielleicht sprechen Sie erst einmal nur mit Ihrem Mann und lassen Marius im Unklaren. Sein Handy vermisst er momentan sowieso nicht."

„Meine Kollegin hat recht. Wenn wir was finden, müssen Sie beide mit Marius aufs Revier kommen, wenn nicht, dann bringen wir Ihnen das Handy morgen wieder", schlug Faber ihr ebenfalls vor.

Frau Werfel legte die Hände ineinander. „Nein, so geht das nicht in unserer Familie, es gibt bei uns keine Geheimnisse. Mein Mann und ich sprechen heute Abend mit Marius. Machen Sie sich keine Sorgen, wir werden ihm keine Vorwürfe machen. Dennoch werden wir ihn fragen, was es damit auf sich hat. Wenn etwas an der Sache dran ist, kommen mein Mann und ich morgen auf Ihr Revier", sagte sie überzeugt.

„Gut, das ist ein vernünftiger Vorschlag, danke für Ihre Kooperation, Frau Werfel", erwiderte Faber beeindruckt. Er legte ihr seine Visitenkarte hin und quittierte auf der Rückseite den Erhalt des Handys. „Noch eines, Frau Werfel: Falls Sie Ihrem Mann von der Missbrauchsermittlung erzählen, in dem Fall muss ich Sie und ihn bitten, die Information nicht weiterzugeben. Es handelt sich um eine laufende Ermittlung und könnte schaden, wenn es publik wird. Daher sollten Sie diesen Teil der Ermittlung auch nicht Ihrem Sohn erzählen", machte er ihr ganz klar. Natürlich konnte er die Familie nicht rechtlich zur Verschwiegenheit verpflichten, aber die meisten Zeugen hielten sich an solche Bitten. Besonders, wenn sie so offiziell und in hartem Ton ausgesprochen wurde, wie Faber es gerade getan hatte.

***

Richard hatte Rike die Autoschlüssel in die Hand gedrückt und mit Schorlau gesprochen. Sie brauchten einen IT-Experten, der sich mit gelöschten Dateien und all den sozialen Netzwerken auskannte, die die Jugendlichen heutzutage benutzten. Philipp Schorlau versprach, ihren Top-Mann, einen gewissen Tamme Hehler, sofort von Oldenburg nach Emden zu schicken. Als Rike eine Stunde später an Fabers Bürotür klopfte und eintrat, war er am Telefon und winkte sie zu sich.

„Ja, EKHK Friedrichs, das ist der momentane Ermittlungsstand", sagte er in den Hörer. „Ich denke nicht, wir haben nur mit den Zeugen über den Missbrauch gesprochen, die davon wissen mussten. Alle wurden gebeten zu schweigen und sie machen mir den Eindruck, als ob sie sich daran halten. Also, keine Presseerklärung bitte, es wäre für die Eltern unerträglich", versuchte er, auf seinen Chef Einfluss zu nehmen. „Okay, ja, ich halte Sie auf dem Laufenden", bestätigte Faber und legte auf. Er schnaufte kurz und sah dann auffordernd auf Rike. Beide wussten, dass seit ihrem letzten Fall der Erste Kriminalhauptkommissar Friedrichs Faber im Nacken saß, wenn es darum ging, zu erfahren, wie der Stand der Ermittlungen war. Friedrichs war ein politisches Tier und hasste Überraschungen, darum wollte er allen möglichen Beschuldigungen, die auf ihn zukommen könnten, immer einen Schritt voraus sein.

„Steht Friedrichs dir mal wieder auf den Zehen?", fragte Rike und setzte sich vor Fabers Schreibtisch.

„Nicht wirklich, ich informiere ihn lieber präventiv, denn wenn der mir noch einmal sagt, dass meine Handlungen Konsequenzen nach sich ziehen, dann kündige ich wahrscheinlich", brummte Faber. Seine Miene wurde plötzlich wieder härter, denn er erinnerte sich, dass er stinksauer war auf Rike. „Und hast du was Neues oder willst du mir nur die Zeit stehlen?"

„Nein, Hauptkommissar Faber, das will ich nicht", erwiderte sie pampig. „Jedoch dachte ich, es interessiert dich, ein paar Fakten über Stephen Hannler zu erfahren."

„Leg los!"

„Die Hannlers kamen erst vor etwas mehr als vierzehneinhalb Jahren nach Freepsum, sie haben den Pferdehof damals für kleines Geld gekauft und eigenhändig renoviert", fing Rike an. Sie versuchte, ihren Ton professionell zu halten und nicht verärgert zu wirken. „Gesine wurde hier in Emden geboren, ein halbes Jahr nachdem sie umgesiedelt waren. Ursprünglich kommen Stephen und Anna Hannler aus Eisenach, dort hat er auf dem Gestüt Trenkelhof gearbeitet und sie in einer Kita. Beide sind noch zu DDR-Zeiten geboren und haben die Kinderjahre unter dem Regime erlebt. Familie gibt es keine mehr, die Eltern von beiden sind bereits tot und ich konnte keine anderen lebenden Verwandten ermitteln."

„Wie alt ist dieser Hannler eigentlich?", fragte Faber.

„Sechsundvierzig, er war zweiunddreißig Jahre, als sie nach Ostfriesland kamen und Gesine geboren wurde", teilte Rike ihm mit.

Faber kräuselte die Stirn und meinte: „Er kaufte den Pferdehof? Wo hat er das Geld her, haben sie von den Eltern geerbt?"

„Das muss ich noch recherchieren, doch wie weit ich ohne Gerichtsbeschluss komme, kann ich nicht sagen", erwiderte sie. „Faber, es ist nicht nur das Geld, ich frage mich noch etwas anderes."

„Was? Spuck schon aus", forderte Faber sie nicht besonders freundlich auf.

„Er und auch Anna wurden 1972 in der DDR geboren. Als sie siebzehn Jahre alt waren, kam die Wende, dennoch lebten sie weitere fünfzehn Jahre in Eisenach. Ich frage mich, wo kommt denn der tiefe Glaube der beiden her?"

Faber sah plötzlich sehr interessiert auf. „Ziemlich guter Punkt, vor allem weil die Hannlers katholisch sind – Eisenach war immer eine Hochburg der Reformation. Wenn sie während ihrer DDR-Zeit religiös erzogen wurden, dann bestimmt nicht römisch-katholisch", grübelte Faber. „Wir warten ab, was Schorlau zu dem DNA-Vergleich des Fötus sagt. Hat Hannler was damit zu tun, macht es Sinn, weiter in seiner Vergangenheit zu graben."

„Aber wäre es nicht gut, ich würde ein bisschen daran weiterarbeiten?", fragte Rike, denn sie hatte ein nicht erklärbares Bauchgefühl entwickelt und wollte mehr über diese eigenartige Familie wissen.

„Nein, wir konzentrieren uns erst einmal auf dieses Video. Wenn es existiert, dann sehen wir sehr schnell, ob der Vater etwas damit zu tun hat", entschied Faber und Rike quittierte seine Entscheidung mit einem Schnaufen. In dem Moment hörten sie draußen ein lautstarkes Lachen, das durch die geschlossene Tür dröhnte. Frauke Petersen öffnete Fabers Tür und auch sie grinste übers ganze Gesicht.

„Hauptkommissar Faber, Ihr IT-Experte ist angekommen", meinte sie und ein Bär von einem Mann drückte sich an ihr vorbei durch die Bürotür.

„Moin, moin zusammen, Kriminalkommissar Tamme Hehler“, stellte der Mann sich lautstark vor und lächelte über das ganze Gesicht. „Doktor Schorlau hat mich hergeschickt, Sie haben Arbeit für mich.“

Faber und Rike sahen den EDV-Experten der KTU erstaunt an. Beide hatten einen schmalen, jungen, pickligen Nerd erwartet, vor ihnen stand jedoch das Abbild eines Wikingers. Tamme Hehler war noch ein Stück größer als Faber und mindestens doppelt so schwer. Sein rotblondes Haar war mit einem Gummiband zu einem Zopf gebunden und bei dem Bart musste Faber automatisch an die Rockband ZZ Top denken. Rike stand auf und hielt dem Grizzly die Hand hin.

„Kriminalkommissarin Rike Waatstedt, schön, Sie hier zu haben“, sagte sie und schüttelte seine Pranke.

„Schön, hier zu sein, es ist immer schön, bei schönen Frauen zu sein“, erwiderte Tamme und lachte über sein eigenes Wortspiel.

Eine echte Frohnatur, dachte Faber, stand auf und räusperte sich. „KHK Richard Faber“, stellte er sich vor und blickte sein Gegenüber an. Eigentlich war er es nicht gewohnt, nach oben zu schauen, denn bei seiner Größe begegnete er nicht so oft Menschen, die noch größer waren.

„Allerbest, was soll ich machen?“, fragte Tamme. Sofort holte Faber Marius’ Handy aus seiner Schublade und gab ihm die entsprechenden Anweisungen, wonach sie suchten. Tamme tippte sich zum Verständnis an den Kopf und ging dann mit Frauke Petersen in das Großraumbüro, um einen der Schreibtische in Beschlag zu nehmen.

„Was war das denn?“, fragte Rike leise.

Faber vergaß für einen Moment seine schlechte Laune und grinste Rike verstohlen an. „Das war meine ursprüngliche Vorstellung von einem Ostfriesen, bis ich Zwerge wie dich und Knut kennenlernte.“

„Werd man nich frech, mien Jung“, konterte Rike in Knuts Tonfall und Faber musste lachen, ob er wollte oder nicht. Dann sah sie ihn an und ergriff die Chance. „Richard, da du dich letzte Nacht ausgetobt hast, können wir nicht wieder gut miteinander sein?“

Faber schloss die Tür zu seinem Büro und setzte sich wieder. „Was sollen deine kryptischen Andeutungen von wegen ‚Wer im Glashaus sitzt, soll nicht mit Steinen werfen‘ und jetzt auch noch, dass ich mich ausgetobt habe?“, fragte er relativ ruhig.

Rike seufzte und meinte: „Hotel Vitalis, das blonde Gift, das du gestern abgeschleppt hast? Schöne Nacht gehabt?“
„Wie bitte?“, erwiderte er entsetzt. „Hast du mir hinterhergeschnüffelt? Sag mal, spinnst du?“
„Vergiss es, sei einfach weiter sauer“, gab Rike auf, als er schon wieder laut wurde, und wollte gehen.
Doch Faber sprang auf und hielt sie am Arm fest. „Für wen hältst du mich eigentlich?“, fragte er ernst. „Für einen Kerl, der dich den einen Abend küsst und den nächsten Abend eine Touristin abschleppt? Nein, ich habe Doris zum Hotel gebracht und bin dann weiter nach Klein Hauen gelaufen.“
„Wirklich?“, vergewisserte sich Rike.
„Ja, wirklich! Nicht, dass ich nicht die Möglichkeit gehabt hätte, allerdings passt so etwas nicht zu meinen Wertebegriffen“, entgegnete er. „Und du? Hast du dich letzte Nacht dem erstbesten Kerl an den Hals geschmissen, weil ich deine Betrunkenheit am Montag nicht ausnutzen wollte?“
Rike schüttelte den Kopf. „Nein, ich habe bei einer Bekannten in Greetsiel übernachtet und bin absichtlich heute Morgen zu spät nach Hause gekommen. Ich wollte, dass du das denkst!“
„Rike, damit muss Schluss sein, du verhältst dich wie ein Teenager. Mal abgesehen davon, dass ich dein Chef bin und auch nicht bereit, schon wieder eine Beziehung einzugehen, frage ich mich, wie deine Ex-Freunde es mit dir ausgehalten haben, wenn du dich so verhalten hast“, konfrontierte er sie.
„Welche Ex-Freunde denn? Faber, du verstehst das nicht, ich war noch niemals in einer echten Beziehung, und das liegt nicht nur an Knut. Du wolltest etwas über mein Sexleben wissen, gut, denn in der Hinsicht bin ich eine echte Schlampe“, sagte sie todernst. „Ich gable mir Touristen oder Geschäftsleute auf, wenn sie mir gefallen. Aber nur an den Wochenenden, an denen ich mit der Ducati in Wilhelmshaven oder Hamburg unterwegs bin, wenigstens will ich hier meinen Ruf schützen. Jetzt zufrieden oder gibt es noch mehr Geheimnisse, die du von mir wissen willst?“
Er sah ihr in die Augen. „Du bist keine Schlampe, Rike, sag so was nicht. Du bist frei, darum kannst du tun, was du willst, sei nicht so hart mit dir“, meinte er und Rike war überrascht über seine Worte. „Und ja, ich will noch mehr wissen. Um unserer Freundschaft willen,

sag mir, warum dich Gesines Fall so umhaut? Denn erst seitdem bist du so eigenartig."

Rike kämpfte mit sich und zögerte wieder, jedoch sagte sie dann: „Wenn ich es dir sage, sind wir dann wieder Freunde wie vorher? Ohne den ganzen Blödsinn?"

„Ich verspreche es!", stimmte er sofort zu und legte ihr die Hände auf die Schultern.

„Weißt du", druckste sie herum, „ich war damals fünfzehn und habe einen Riesenfehler begangen. Knut hat es …", wollte sie gerade gestehen, doch in dem Moment wurde Fabers Tür aufgerissen und er zog schnell seine Hände von ihren Schultern.

„Stör ich? In dem Fall komm ich wieder", polterte Tamme Hehler los.

„Nein, kommen Sie rein. Was ist denn?", versuchte Faber, wieder ins Konzept zu kommen.

„Ich habe das Video", erklärte Tamme knapp. „Jemand hat es zwar gelöscht, aber um Daten von Geräten zu bekommen, bedarf es etwas mehr als nur der Deletetaste!"

Mittlerweile hatte auch Rike sich wieder gefangen und sah Tamme mit großen Augen an. „Und?"

Der IT-Experte zuckte mit den Schultern. „Irgend so ein Fake-Video, die dummen Kinder werden immer dreister. Jemand spielt darauf eine Vergewaltigung nach. Ich muss das noch genauer unter die Lupe nehmen, doch es würde mich nicht wundern, wenn da einer mit Tracking gearbeitet hat und anschließend das Gesicht einer Mitschülerin gescannt und skaliert hat. Den Kids ist eigentlich nichts zu doof, um irgendjemand zu mobben."

„Wovon reden Sie?", fragte Faber ernsthaft, denn er hatte noch nie von Tracking und dem anderen Kram gehört.

„Okay, für Laien", meinte Tamme. „Ich will Sie, KHK Faber, verunglimpfen mit einem Video. Sagen wir, es soll zeigen, wie Sie mit der Frau unseres Chefs, EKHK Friedrichs, rummachen", erklärte Tamme und grinste dabei. „Dann erstelle ich ein Video mit ganz anderen Personen und tracke die Bewegungen, das wird meine Nulldatei. Anschließend muss ich nur ein Foto von Ihnen und der Frau von Friedrichs finden, das ich dann in die Nulldatei skaliere, und schon sieht es aus, als würden Sie auf dem Video heftig mit Frau Friedrichs knutschen", erklärte Tamme und ließ einem dröhnenden Lachen seinen Lauf. „Haben Sie Frau Friedrichs schon mal gesehen?“, fragte er und sah in die völlig fassungslosen Gesichter von Faber und Rike. „Glauben Sie mir, ist kein schöner Anblick“, fügte er an und schüttelte sich.

„Sie meinen, das Video ist eine geschmacklose Fälschung?“, erkundigte sich Rike, da sie als Erste wieder Worte fand.

„Das glaube ich erst einmal, bis ich das Gegenteil bewiesen habe. Ich weiß, wie Jugendliche von heute mit Computern umgehen und wozu sie in der Lage sind. Sie haben keine Ahnung, was für Experten die zum Teil sind“, erwiderte Tamme souverän.

„Schauen wir uns das erst einmal an“, sagte Faber und sie stellten sich rechts und links von Tamme, während er den kurzen Film startete. „Siehst du das Datum, der zehnte Februar“, meinte er an Rike gewandt, denn am unteren Bildschirmrand war ein Datum zu sehen und die Laufzeit in Sekunden. Was sie dann sahen, machte sie wieder sprachlos.

Erst als Tamme nach dreißig Sekunden stoppte, sagte Rike: „Das ist Gesine, Mieke hatte recht.“

„Ja“, bestätigte Faber. „Sie ist bewusstlos, wahrscheinlich betäubt!“

„Wovon reden Sie?“, fragte Tamme jetzt schockiert. „Sie glauben wirklich, dass dieser Film echt ist?“

„Das glauben wir! Das Mädchen auf dem Film ist Gesine Hannler, sie hat sich vorgestern erhängt, wir nehmen an, weil sie schwanger war. Jetzt müssen wir davon ausgehen, dass es bei dieser Vergewaltigung passierte, und das Datum würde genau passen. Sie war an dem Abend allein auf einer Faschingsparty und die Nacht nicht zu Hause“, klärte ihn Faber auf.

„Oh Mann!“, quittierte Tamme Hehler das Gesagte todernst. „Ich ziehe gleich eine Kopie und nehme mir das Video Pixel für Pixel vor. So gut kann kein Tracker sein, dass ich ihn nicht entlarve. Spätestens morgen früh habe ich Ergebnisse, dann wissen Sie genau, ob es echt ist oder nicht!“

***

Tamme hatte sich wieder ins Großraumbüro verzogen und Rike saß immer noch schockiert bei Faber im Büro. „Das arme Mädchen“, flüsterte sie.

„Willst du mir jetzt erzählen, was damals mit dir passierte, als du fünfzehn warst?“, griff Faber den Faden wieder auf, doch Rike kam zu keiner Antwort, weil sein Telefon klingelte.
„Hauptkommissar Faber“, sagte ein Mann. „Mein Name ist Werfel, ich bin Marius’ Vater. Es geht um das Video auf dem Handy meines Sohns“, erklärte er und Faber stellte auf Lautsprecher.
„Herr Werfel“, erwiderte Faber nur und wartete.
„Meine Frau und ich haben gerade mit Marius gesprochen. Er hat zugegeben, das Video zugeschickt bekommen zu haben. Wir würden gerne morgen zu Ihnen aufs Präsidium kommen.“
„Ja, Herr Werfel, das wäre gut, darum hätte ich Sie jetzt auch gebeten. Könnten Sie um neun Uhr hier sein?“, vergewisserte sich Faber sofort. Der Mann bestätigte und Faber bedankte sich für den Anruf. „Da bin ich mal gespannt, was uns der Junge zu sagen hat.“
„Mieke hat aber recht, der Vergewaltiger sieht älter aus als siebzehn und hat dunkles Haar“, warf Rike ein. Dann klingelte plötzlich auch ihr Handy. „Hannes?“, fragte sie erstaunt, als sich Opa Knuts alter Freund meldete. Sie hörte einen Moment zu und stöhnte laut auf. „Alls klaar, ik koom straks“, bestätigte sie und drückte das Gespräch weg.
„Probleme?“, fragte Richard.
„Opa, er hat wohl einen über den Durst getrunken und Hannes bekommt ihn jetzt nicht nach oben ins Bett. Ich muss los, Faber“, meinte sie und stand auf.
„Was ist denn bloß los mit euch Waatstedts, haben wir Vollmond?“, brummte er. „Lass die Ducati hier, ich komme mit. Wenn er wirklich richtig hinüber ist, bekommst du ihn auch nicht die Treppe hoch. Besser ich bin dabei“, erwiderte er unmissverständlich und Rike nickte erleichtert. Während Rike ihren Rucksack aus dem Großraumbüro holte, sagte Faber zu Tamme: „Tut mir leid, KK Hehler, wir müssen los. Kommen Sie klar, haben Sie schon ein Hotel?“
„Na, nennen Sie mich doch Tamme. Ja, alles gut, die nette Frau Petersen hat mir eine Pension mit Highspeed-WLAN besorgt. Ich räume meinen Kram zusammen und arbeite heute Abend von dort aus.“
„Super, bis morgen dann“, verabschiedete sich Faber schnell, weil Rike schon an ihm vorbeigeeilt und herunter zum Fuhrpark gegangen war. „Macht Knut so was öfters?“, fragte Faber, während sie bereits

auf dem Weg waren. Aufgrund von Rikes viel zu rasanter Fahrweise fügte er hinzu: „Mach das Blaulicht an, so riskieren wir nicht, von den Kollegen angehalten zu werden.“

„Danke“, entgegnete sie und schaltete es ein. „Bei Knut kommt so etwas alle Jubeljahre vor, ich kann mich gar nicht an das letzte Mal erinnern“, beantwortete sie dann seine Frage. „Ich hätte es wissen müssen. Als ich heute Morgen heimkam, hatte er schon Rum in seinem Kaffee.“

„Den Eindruck machte er gar nicht, als ich am Morgen mit ihm sprach.“

„Dussel“, entwich es Rike. „Er hat ja auch erst mit dem Rum angefangen, als du so einen schnittigen Abgang vom Hof gemacht hast.“

„Sag mir jetzt ja nicht, dass ich daran schuld bin“, erwiderte Faber und sah sie scharf von der Seite an.

Rike schüttelte den Kopf. „Ich befürchte, ich bin genauso schuldig wie du!“

Eine halbe Stunde später ächzte Faber unter Knuts Gewicht, denn als die beiden in Knuts guter Stube ankamen, schnarchte Opa wie ein Walross und war nicht aufzuwecken. Hannes hatte sich ganz schnell verdrückt, und nachdem Rike Faber klargemacht hatte, dass Knut keinen Arzt, sondern nur sein Bett brauchte, hatte Richard ihn kurzerhand über seine Schulter geschmissen. Er schleppte den alten Mann jetzt in sein Schlafzimmer im ersten Stock. Knut war zwar genauso klein wie Rike, jedoch auch ziemlich kompakt und Faber schwitzte, als er ihn endlich sanft auf dem Bett ablegen konnte. Er half Rike, Knut den Schlafanzug anzuziehen, und legte Opas Kapitänsmütze auf den Nachttisch. Rike holte einen Eimer, eine Flasche Wasser und ein Handtuch und stellte alles vorsichtshalber neben Knuts Bett.

„Das sollte reichen“, meinte sie und löschte das Licht, bevor sie die Tür zumachte. „Danke, ohne dich hätte ich ihn im Wohnzimmer schlafen lassen müssen. Dann wäre ihm morgen nicht nur schlecht, auch sein Ischias würde ihn umbringen.“

„Kommst du noch mit zu mir? Ich glaube, wir haben noch etwas zu besprechen“, sagte er, als sie wieder im Erdgeschoss ankamen.

„Nein, ich möchte ihn nicht allein lassen, gehen wir hier in die Küche. Ich habe einen Weißwein im Kühlschrank und wir können essen“, schlug Rike vor. „Schau mal, da müsste Schlachtwurst sein und für dich Käse, ich schneide Brot für uns auf. Ich muss erst einmal essen, bevor wir reden."

Rike schwieg wirklich, bis sie ihre zwei Scheiben Leberwurstbrot gegessen hatte. Faber pickte immer noch am Käse und den Tomaten rum, als sie ihn ansah. „Faber, ich habe das noch nie jemandem erzählt, nur Knut weiß es. Es ist eine Sache, an die ich meinen Opa nicht gerne erinnere, denn er hat damals mindestens genauso gelitten wie ich", begann sie leise. „Außerdem könntest du etwas erfahren, das dich als Polizist vielleicht zu Schritten bewegt, die ich unbedingt vermeiden muss. Versprich mir, dass es bei dir sicher ist und der Kriminalhauptkommissar nichts unternehmen wird."

Faber drehte sein Weinglas zögerlich in der Hand. Wenn er etwas von Rike erfuhr, das einen Straftatbestand darstellte, wäre er verpflichtet zu handeln. Dennoch sagte er: „Es ist bei mir sicher, Rike. Werde es los, dann verstehe ich dich vielleicht besser und wir beide können endlich wieder normal miteinander umgehen."

„Ich war noch keine sechzehn Jahre, ging aber schon in die Dorfdiskos, wir waren fast jedes Wochenende unterwegs", fing sie endlich an. „Knut war total süß, er fuhr meine beste Freundin und mich sogar manchmal nach Emden, Norden und Leer zum Tanzen und holte uns dort auch wieder ab." Rike seufzte und trank einen Schluck von dem Chardonnay. „Opa war wirklich großartig in der Hinsicht! In Leer lernte ich einen Typen kennen, ein Bundeswehrsoldat aus der Evenburg-Kaserne. Er war beim Kommando Schnelle Einsatzkräfte Sanitätsdienst in Leer und bereits über zwanzig Jahre alt. Ich wirkte älter, als ich war, sagte ihm, ich wäre bereits siebzehn. Du kannst dir ja vorstellen, mit meinem vorlauten Mundwerk, das ich damals auch schon hatte, konnte man mir das abnehmen."

„Mhm", war alles, was Faber von sich gab, denn er wollte sie nicht unterbrechen.

„Wir trafen uns öfters und irgendwann fing die Knutscherei an. Ich verknallte mich haltlos in Sebastian und dann fragte er mich eines Tages, ob ich nicht mit ihm auf eine Party gehen möchte. Einer seiner Kameraden wohnte in Pewsum, gleich um die Ecke, und er wollte mich abholen. Ich hatte Angst, dass Knut es mir nicht erlaubt, weil Sebastian schon so alt war, na ja, und ich erst fünfzehn. Darum ließ ich Sebastian nach Greetsiel kommen und wartete dort auf ihn. Opa hatte ich gesagt, dass ich bei meiner Freundin übernachte, und die deckte mich." Rike holte tief Luft und wusste nicht recht weiter.

„Bist du vergewaltigt worden?", fragte Faber einfühlsam.

Rike schüttelte den Kopf und sagte dann: „Vielleicht, vielleicht auch nicht. Weißt du, alle waren älter auf der Party, die Mädchen und auch seine Kameraden. Sebastian mixte mir einen Cola-Whiskey nach dem anderen, bis ich heillos betrunken war. Danach erinnere ich mich nur noch bruchstückhaft. Wir landeten im Gästezimmer seines Freunds und ich lag irgendwann nackt bei ihm. Ich weiß noch, dass ich ihm sagte, ich wolle es noch nicht, aber auch er hatte getrunken und ließ sich nicht abbringen."

„Wenn er mit dir geschlafen hat, war es eine Vergewaltigung", brachte Faber es auf den Punkt, um ihr zu helfen, es auszusprechen.

„Ja, ich weiß! Es war mein erstes Mal und es war furchtbar, schmerzhaft und unangenehm. Ich habe mich irgendwann im Bad übergeben. Wie ich mich angezogen habe und dann nach Hause getorkelt bin, weiß ich kaum noch. Sebastian merkte nicht, dass ich verschwand, denn er schlief bereits."

„Hat Knut es mitbekommen, als du nach Hause kamst? Du musst bestimmt in einem furchtbaren Zustand gewesen sein."

„Nein, am anderen Morgen sagte ich ihm, dass ich mit meiner Freundin Streit bekommen hätte und deshalb so spät noch nach Hause kam. Erst schöpfte Opa keinen Verdacht, aber als ich in den kommenden Wochen nicht ausgehen wollte und mich immer mehr zurückzog, ließ er mich nicht mehr in Ruhe", schilderte Rike und sah dabei selbst wie eine Fünfzehnjährige aus. „Ich hatte Angst, weil meine Tage ausblieben, und die Schuld nagte an mir. Knut war wie eine Bohrmaschine, er ließ einfach nicht locker, bis ich zwei Monate später alles unter Tränen gestand."

„Das tut mir so leid für dich, Rike. Wie hat er reagiert?", fragte Faber und hatte seine Hand auf dem Tisch auf ihre gelegt.

„Ganz wunderbar, er machte mir eine Schokolade, hielt mich den ganzen Abend in seinem Arm und ließ mich weinen, bis es mir besser ging. Am anderen Morgen fuhr er mit mir zu einem Gynäkologen in Wilhelmshaven. Der Arzt war ein Freund von ihm, den er aus seiner Zeit in Hamburg kannte. Richard, der Doktor bestätigte, dass ich schwanger war."

„Verstehe!", war alles, was er erwidern konnte.

„Ich weiß bis heute nicht, in welchem Verhältnis Opa mit dem Gynäkologen stand, doch sie mussten gute Freunde gewesen sein. Jedenfalls dauerte es nur eine Woche und dann brachte Knut mich wieder zu ihm, um eine Abtreibung vorzunehmen." Rikes Augen waren wässrig geworden.

„Möchtest du, dass ich dich in den Arm nehme?", fragte Faber ganz aufrichtig, denn er traute sich nicht, einfach aufzustehen und es zu tun.

Sie schüttelte den Kopf. „Nein, ist schon gut. Lass mich weiterreden, sonst verliere ich den Mut", meinte sie und fuhr fort: „Ich war eine Woche krank und Opa pflegte mich hingebungsvoll. Als es mir besser ging, forderte er den vollen Namen von Sebastian und alles, was ich über ihn wusste."

„Wie hieß der Kerl?", fragte auch Faber.

„Sebastian Huber, er kam ursprünglich aus Neustadt an der Donau, mehr wusste ich nicht über ihn. Mehr konnte ich Knut auch nicht sagen, außer dass er in Leer stationiert war", antwortete Rike.

Endlich schaltete Faber und meinte: „Um Gottes willen, hat Knut Dummheiten gemacht?"

„Das ist das Problem, Richard, ich weiß es nicht! Eines Abends kam Knut nach Hause, er sah mitgenommen aus, als ob er sich heftig geprügelt hätte. Er war damals ja schon Ende fünfzig. Ich fragte ihn, was passiert wäre, aber er meinte nur, dass der Schweinehund mir nie wieder etwas tun würde", erklärte Rike. „Dann sagte er, wir werden nicht mehr über die Sache sprechen. Das tat Knut auch nie mehr, und wenn ich es auch nur andeutete, hat er es mir verboten." Rike nahm einen großen Schluck aus ihrem Weinglas. „Verstehst du, es ist ein Geheimnis zwischen mir und Opa. Er darf nie daran erinnert werden und ehrlich gesagt wollte ich auch nie wissen, was damals wirklich passierte. Nur als ich hörte, dass Gesine schwanger war und sich deshalb erhängte, wurde ich so wahnsinnig wütend", erklärte Rike. „Ich habe damals doch selbst daran gedacht, mich umzubringen. Ich war so hilflos und ohne meinen herzensguten Großvater wäre ich vielleicht genau dort gelandet, wo Gesine jetzt ist", fasste sie die Situation zusammen.

„Deshalb hast du Gesines Eltern so hart rangenommen", stellte er fest und Rike nickte. „Hast du dich Montag so betrunken, weil ich dich gedrängt habe, es mir zu erzählen?", fragte Richard und sie nickte wieder. „Und warum wolltest du mit mir ins Bett?"

„Weil du mein Freund bist, weil ich dir vertraue, weil ich mich wohlfühle bei dir und in den Arm genommen werden wollte. Ich wollte Zuneigung, gehalten werden und alles vergessen“, antwortete sie ehrlich.

„Dann war es genauso, wie ich mir dachte, du hast ein Ventil gesucht für deine Emotionen“, stellte Faber klar.

„Ja“, gab sie zu.

„Es ist gut, dass du es mir erzählt hast. Jetzt verstehe ich, und glaube mir, es ist sehr wichtig, dass nichts zwischen uns passiert ist, du hättest es bitterlich bereut“, bekräftigte Faber. „Aber ich muss dich noch etwas fragen: Du bist auch Polizistin, hast du jemals versucht rauszubekommen, was mit diesem Sebastian Huber passiert ist?“

Rike riss entsetzt die Augen auf. „Nein, Richard, ich hatte zu große Angst und das ist der Hauptgrund, warum ich dir nichts sagen wollte. Ich habe damals noch nicht einmal die Nachrichten oder Zeitungen beobachtet, ich war zu ängstlich. Du musst mir versprechen, die Sache nicht zu verfolgen, denn wenn Opa was Schlimmes gemacht hat, dann dürfen wir das nicht wissen“, flehte sie ihn an.

„Rike, wir sind Polizisten, wir müssen solche Dinge prüfen“, erwiderte Faber leise.

„Nein, du hast es versprochen, denn was ich dir gesagt habe, hat Rike Richard erzählt, ihrem Freund, nicht dem Kriminalhauptkommissar. Ich will es nicht wissen, du willst es nicht wissen und Knut muss den Rest mit sich selbst ausmachen! Versprich es mir noch einmal!“

Faber holte tief Luft, der Polizist in ihm fühlte sich nicht wohl dabei, dennoch sagte er leise: „Na gut, ich verspreche es dir.“

Kapitel 4

Als Rike und Faber am Donnerstagmorgen gemeinsam im Revier ankamen, war Tamme Hehler noch nicht dort. Rike hatte Opa zu Hause mit einer Kanne Kamillentee und Zwieback im Bett gelassen. Es war Knut am Morgen hundeelend gegangen, aber der Mann hatte für sein Alter eine gute Konstitution und würde am Nachmittag wieder unter den Lebenden sein.

Wie versprochen, waren Herr und Frau Werfel mit ihrem Sohn Marius bereits um kurz vor neun auf dem Präsidium und Rike brachte sie in ihren Verhörraum. „Noch ist das ein formloses Gespräch, Marius“, erklärte sie dem Jungen. Er sah seiner kleinen Schwester ähnlich, hellblondes Haar, das Gesicht voller Sommersprossen und er war für seine Größe relativ hager. Wahrscheinlich hatte er in den letzten Monaten einen gewaltigen Schuss in die Höhe gemacht und der Rest seines Körpers hatte sich noch nicht adaptiert. Marius war, um es kurz zu sagen, ein knochiger Spargeltarzan und saß ungelenk neben seinen Eltern. „Dennoch haben Ihre Eltern ein Recht, dabei zu sein, es sei denn, Sie wünschen das nicht“, fuhr Rike fort.

„Schon okay“, erwiderte Marius. Er versuchte cool zu wirken, jedoch sah Rike sofort, dass der Teenager nervös war. „Ich weiß ja gar nicht, was los ist. Hab keine Ahnung, was Sie mit dem Video überhaupt von mir wollen!“, fügte er schnell an.

Die Tür ging auf und Faber kam in den Raum. In der Hand hielt er einen schmalen Schnellhefter und legte ihn auf den Tisch, dann stellte er sich und Rike offiziell vor und schüttelte allen die Hände. „Danke, dass Sie freiwillig zu dem Gespräch gekommen sind“, fing er an. „Marius, wir haben auf Ihrem iPhone ein Video gefunden. Es ist zwar gelöscht worden, aber solche Daten können von Experten wieder aufgebaut werden. Wir haben das Video gesehen“, meinte Faber so neutral, wie es ihm möglich war, und öffnete den Schnellhefter. Rike und Faber hatten vereinbart, den Werfels nicht das ganze Video zu zeigen, weil man das Zivilisten nicht zumuten konnte. Stattdessen hatte er zwei Standfotos ausgedruckt und legte diese jetzt vor Marius und seinen Eltern auf den Tisch.

„Himmel noch mal“, entfuhr es Marius’ Vater, nachdem er sich die Fotos angesehen hatte. Man sah einen nackten Mann in eindeutiger

Position über einem Mädchen und auf dem zweiten Foto eine Vergrößerung von Gesines Gesicht, die mit geschlossenen Augen dort lag. „Was ist das?“, fragte Herr Werfel empört und sah auf seinen Sohn.

„Papa, das ist nur ein Fake“, erklärte Marius sofort. „So was wird virtuell erzeugt, um zu schockieren“, berichtete der Junge weiter.

„Mit was für einem Dreck beschäftigst du dich?“, erwiderte Thomas Werfel. „Selbst wenn das nur ein Scherz sein soll, dann ist es entwürdigend und geschmacklos. Meine Güte, haben wir dir so etwas beigebracht?“

„Herr Werfel, bitte, könnten Sie sich ein bisschen zurückhalten? Sonst muss ich Ihrem Sohn empfehlen, das Gespräch alleine mit uns zu führen“, griff Rike ein. Sie kannte solche Situationen, wenn besorgte Eltern völlig schockiert von den Taten ihrer Kinder mit Vorwürfen und Strafandrohungen reagierten.

„Aber …“, meinte Thomas Werfel, doch seine Frau bat ihn sich nicht aufzuregen, als es klopfte. Tamme Hehler steckte seinen Kopf herein. „Kann ich Sie kurz sprechen, KHK Faber?“

„Kommen Sie rein, ich hätte Sie sowieso gerne bei dem Gespräch dabei“, winkte ihn Faber zu sich. „Kriminalkommissar Tamme Hehler, er ist unser EDV-Experte.“ Tamme nahm sich einen der Stühle, die an der Wand standen, und rückte ihn neben Rike. Faber erklärte, wer die Familie war und dass das Video von Marius’ Handy stammte.

„Dann kann er Ihnen ja sagen, dass das alles ein Missverständnis ist. Das Video ist ein Fake und total krass, das finde ich auch, darum habe ich es gleich gelöscht. Wirklich, Papa!“, versicherte Marius und Tamme zog beide Augenbrauen hoch.

„Nun“, begann Tamme. „So einfach ist das nicht. Ich wollte es kaum glauben, aber ich habe das Video stundenlang analysiert, das ist kein Fake. Die Aufnahme zeigt eine reale Vergewaltigung“, ließ er die Katze aus dem Sack. Faber schnaufte und lehnte sich zurück. Obwohl er damit gerechnet hatte, war immer noch ein Funken Hoffnung in seinem Inneren gewesen, dass Gesine das nicht erlebt hatte.

„Das stimmt nicht, das ist doch krank“, rief Marius entsetzt und sah hilfesuchend auf seine Mutter. Dann blickte er seinen Vater an, dem das Entsetzen ins Gesicht geschrieben stand.

„Stimmt, das ist krank, das Mädchen auf dem Video war dreizehn Jahre alt, Gesine Hannler. Kennen Sie Gesine?“, fragte Faber hart und Marius schüttelte sofort den Kopf. „Marius, dadurch, dass dieses Video auf Ihrem Handy war, haben Sie sich bereits einer Mittäterschaft schuldig gemacht. Denn Sie hätten die Tatsache jemandem zur Kenntnis bringen müssen. Wobei ich vermute, dass Sie die Filmaufnahmen am zehnten Februar sogar selbst gemacht haben. Meine Kollegin wird Sie gleich ausführlich über Ihre Rechte informieren, aber so viel kann ich Ihnen schon sagen: Mit dem Besitz und dem Löschen dieses Videos, ohne es zur Kenntnis zu bringen, haben Sie sich strafrechtlich schuldig gemacht. Daher haben Sie ein Zeugnisverweigerungsrecht und können einen Anwalt beantragen. Wir geben Ihnen jetzt zehn Minuten Zeit, um sich mit Ihren Eltern zu beraten. In der Zeit werde ich den Staatsanwalt einschalten“, informierte Faber sie, dann standen Tamme und er auf. Rike blieb noch einen Moment, um ihnen die entsprechenden Paragrafen zu erläutern.

Es dauerte nur fünf Minuten, bis Thomas Werfel aus dem Verhörraum zu den drei Polizisten heraustrat. „Hören Sie, Herr Hauptkommissar“, wandte er sich an Faber. „Wir haben mit Marius gesprochen und er hat uns eine ganz unglaubliche Geschichte erzählt. Ich glaube fest, dass mein Sohn nichts Falsches getan hat. Daher verzichten wir jetzt auf einen Anwalt. Kommen Sie, Marius will Ihnen alles erzählen.“

Dieses Mal wurde die Aussage von Marius mitgeschnitten. Tamme, Rike und Faber saßen nach den Förmlichkeiten wieder vor dem Jungen, dem man ansah, dass er geweint hatte. Er blickte auf seine Hände, die unruhig auf der Tischplatte rumwischten.

„Woher haben Sie das Video?“, übernahm Rike die Leitung der Befragung.

„Das habe ich vom Moderator bekommen. Es ist doch nur ein Spiel und ich wusste nicht, dass es echt ist“, sagte er leise.

„Moderator?“, fragte Tamme aufmerksam. „Ist das der Spielleiter eines Internetspiels?“

„Ja“, nickte Marius und sah auf. „Er nennt sich Number One und leitet die Designated Choosen One, so heißt das Spiel.“

„Worum geht es in dem Spiel, und wie läuft das ab?“, fuhr Tamme fort, denn er schien genau zu wissen, wovon Marius redete. „Ist es eine Streaming Cloud?“

„Genau“, erwiderte Marius. Er schien froh zu sein, dass jemand sich auskannte. „Auf dem Max haben schon einige von dem neuen Spiel gehört, aber man kann sich da nicht einfach anmelden, man wird ausgesucht und per WhatsApp benachrichtigt. Auch darf man nicht darüber reden, sonst fliegt man gleich raus. Man bekommt eine Aufgabe gestellt, von der dann ein Video als Beweis gemacht werden muss. Lässt man sich auf die Challenge ein, erhält man Zugang zu der Cloud und kann das Video hochladen.“

„Challenge?“, konnte Thomas Werfel sich nicht zurückhalten und sah seinen Sohn fragend an.

„Eine Herausforderung, zum Beispiel das Video einer Vergewaltigung zu machen“, erklärte Rike dem Vater, ohne Rücksicht auf seine Gefühle zu nehmen. „War das deine Challenge, Gesine von einem Kumpel vergewaltigen zu lassen und alles zu filmen?“

„Nein, nein, Sie verstehen das völlig falsch“, schrie Marius.

„Jetzt komm mal runter“, meinte Tamme beruhigend. „Ein bisschen Piano, mein Junge. Erzähl von Anfang an. Wenn du das Video nicht gefilmt hast, warum ist es in deinen Besitz gelangt? Steht es in der Cloud für alle Mitspieler zur Verfügung?“ Tamme hatte absichtlich angefangen den Jungen zu duzen, um ihn zu beruhigen.

Marius biss sich auf die Wangen, anscheinend hatte Tamme einen wunden Punkt getroffen. Faber war nur erleichtert, dass sie den Kommissar an ihrer Seite hatten, denn er selbst kannte sich mit Onlinespielen und solchen Clouds kaum aus. „Nein“, rückte Marius mit der Sprache raus. „Ein fremdes Video bekommt man nur geschickt, wenn ein anderer Mitspieler einen von seinem Platz verdrängt hat. Ich war wochenlang auf Platz eins, dann kam die Nachricht, ich wurde auf Platz zwei verdrängt. Das war der Moment, als dieses Video mit dem Mädchen auf meinem Zugang zur Cloud verfügbar war. Es war das Gewinnervideo. Als ich es gesehen habe, dachte ich, es wäre ein gut gemachtes Fake und der Moderator hat es wegen Originalität anerkannt.“

„Originalität?“, rutschte es Faber völlig fassungslos raus und er schüttelte den Kopf.

„Ehrlich, ich habe das keinen Moment für echt gehalten. Ich kannte das Mädchen auch nicht, wusste nicht, dass die in die Klasse meiner Schwester ging. Ich hielt es für irgendein Foto, das man vom Internet reinkopiert und skaliert hat“, erklärte Marius, denn anscheinend kannte auch er sich ziemlich gut damit aus. „Wir Mitspieler kennen einander nicht, werden nur vom Moderator kontaktiert, wenn sich die Rangfolgen ändern. Aber auch nur über unsere eigenen Rangfolgen. Ich weiß nur, wer immer das Video gedreht hat, ist jetzt auf Platz eins und ich auf Platz zwei. Wer der andere Mitspieler ist, weiß ich bestimmt nicht!“

„Okay“, meinte Tamme und strich sich nachdenklich durch seinen Bart. „Wann bekamst du die Nachricht, dass du auf Platz zwei gerutscht bist, und wann wurde das Video auf der Cloud für dich zugänglich?“

„Das war Anfang März, seitdem habe ich vom Moderator nichts mehr gehört, keine neue Challenge bekommen“, sagte Marius beflissen, als ob er unbedingt etwas gutmachen wollte. „Ich ging davon aus, ich bin raus aus dem Spiel, und habe alles gelöscht.“

„Sagen Sie, Marius“, ergriff Rike wieder das Wort. „Mit welcher Challenge standen Sie denn vorher auf Platz eins?“

In dem Moment wurde Marius schneeweiß im Gesicht und schluckte hart. „Junge, du hast dich da tief reingeritten. Jetzt rede besser, damit wir was unternehmen können“, forderte Tamme ihn auf. „Alles, was du erzählt hast, hört sich sehr glaubwürdig an, doch du hast auch ein Video gemacht. Für das musst du geradestehen!“

„Dabei ist aber niemand verletzt worden, ich schwöre es, darauf habe ich geachtet. Ich habe niemandem wehgetan“, erwiderte er und kramte in seinem Rucksack. Er gab Tamme einen USB-Stick und der schloss den Stick sofort an sein Tablet an. „Die Datei heißt Fegefeuer, das war der Name der Challenge.“ Tamme rief die Datei auf und spielte das Video ab, sodass alle am Tisch es sehen konnten. Es war dunkel und die Qualität nicht so gut, da derjenige, der filmte, in Bewegung war. Durch ein angelehntes Fenster in einem Haus wurde Flüssigkeit aus einem Kanister gegossen, dann eine Zigarette angezündet und ins Haus geschmissen. Darin flammte es sofort auf, die Kamera wurde auf die Glasscheibe gehalten, damit man sah, wie das Feuer sich ausbreitete. Die Person rannte weg. Es gab einen zeitlichen Schnitt und anschließend sah man von der Ferne, wie die Feuerwehr ein brennendes Haus löschte, in dem zwei Wohnungen in Flammen standen.

„Sag nicht, dass du das warst“, wandte sich Frau Werfel an ihren Sohn. Sie wirkte, als hätte sie jeden Glauben an ihr Kind verloren.

„Wo ist das und wann war das?“, fragte Faber. Auch er konnte nicht verstehen, wie ein Junge aus einer guten, verantwortungsbewussten Familie solche Dinge tun konnte.

„Das war in der ersten Februarwoche“, flüsterte Marius und es liefen ihm Tränen die Wange herunter.

„Das Flüchtlingsheim in Groothusen“, sagte Rike und der Junge nickte. „Wir waren im Februar mit dem Verklappungsfall beschäftigt und die Kollegen in Leer haben den Fall bearbeitet“, wandte sie sich an Faber. „Du erinnerst dich an den Bericht, den wir später bekommen haben. Leer hat ermittelt, es war Brandstiftung, doch sie konnten keine aufschlussreichen Beweise finden. Sie gingen davon aus, dass es ein rechtsextremer Anschlag war, weil das Haus gerade syrischen Flüchtlingsfamilien zur Verfügung gestellt worden war“, erklärte sie.

„Die Challenge Fegefeuer“, meinte Tamme völlig konzentriert. „Wie explizit war die?“

„Ziemlich genau, es musste das Flüchtlingsheim in Groothusen sein. Bloß wie man das Feuer legen sollte, war dem Mitspieler überlassen“, erklärte Marius schnell.

„Und die Challenge haben Sie angenommen?“, stellte Faber eher fest, als dass er fragte.

„Ja, aber ich habe einen Abend abgepasst, wo hundert Prozent niemand in dem Haus war. Alle Flüchtlinge und auch das Personal waren in der Gemeindehalle, weil sie dort offiziell von dem Bürgermeister begrüßt wurden. Echt, ich habe tierisch aufgepasst, dass niemand im Haus war, ich habe sogar überall geklingelt“, relativierte Marius seine Tat.

„Dann stellen wir erst einmal eine Anzeige wegen schwerer Brandstiftung gegen Ihren Sohn“, fasste Rike zusammen. „Jetzt sollten Sie einen Anwalt hinzuziehen, denn da wird einiges auf Ihren Sohn zukommen. Vielleicht sogar wegen des Besitzes des Vergewaltigungsvideos. Warten Sie jetzt bitte hier, und Herr Werfel, Sie rufen Ihren Anwalt besser sofort an.“

„Marius“, meinte Faber, als er, Rike und Tamme bereits aufgestanden waren. „Sagen Sie mir bitte, warum man Menschenleben und seine eigene Zukunft aufs Spiel setzt, nur um den ersten Platz bei so einem Spiel zu bekommen.“

„Wissen Sie eigentlich, wie cool das ist, wenn man im Dark Web als Gewinner genannt wird? Dann ist man selbst bei den Internet-

Cracks ein Held und wird für noch viel bessere Spiele vorgeschlagen!", erwiderte Marius und in dem Moment leuchteten seine Augen wieder ein wenig.

***

„Tamme, ich glaube, wir brauchen Sie noch länger", sagte Faber, als sie ins Großraumbüro gingen. „Ich kann es kaum begreifen, was uns dieser Junge gerade erzählt hat."

„Kann ich mir vorstellen. Ich habe öfters mit Teenagern zu tun, die per soziale Netzwerke mobben und Mitschüler so fertigmachen, dass wir, die Polizei, eingreifen müssen. Doch solch einen Fall hatte ich auch noch nicht", kommentierte der Wikinger.

„Alle mal herhören", wandte sich Faber an seine anderen vier Kollegen. „Wir halten in einer halben Stunde eine Besprechung ab. Rike, könntest du das Whiteboard schon mal vorbereiten, damit wir die Fakten haben? Der Fall wird gerade größer, als wir dachten, und jetzt brauchen wir alle Ressourcen", ordnete er an und die Mannschaft nickte.

„Wo willst du hin?", fragte Rike, als er sich Richtung Flur wandte.

„Den Staatsanwalt anrufen, dann Schorlau informieren, dass Tamme bei uns bleiben muss, und vor allem eine Zigarette rauchen", erwiderte er frustriert. „Um das zu begreifen, brauche ich Nikotin!"

Während der Staatsanwalt es übernommen hatte, mit einem Bereitschaftspolizisten Marius Werfel einem Untersuchungsrichter vorzuführen, saß das Team des Kriminal- und Ermittlungsdienstes mitsamt KK Tamme Hehler jetzt im Großraumbüro. Rike hatte ein Foto von Gesine Hannler in die obere Mitte des Whiteboards geklebt, rechts und links standen die Namen: Antje und Kai Weiland, Marius Werfel, Fabian Kuhnert und Stephen Hannler. Darunter hatte sie die Beziehungen zu Gesine notiert.

Faber stand auf und ging an das Whiteboard. „Wir wissen alle, worum es geht, Rike hat euch schon von Marius Werfels unglaublichem Geständnis erzählt. Da wir das Video jetzt leider als real ansehen müssen, haben wir den Täter auf dem Film. Jedoch sehen wir ihn nur von hinten und wissen, er hat keine besonderen Merkmale, aber dunkles, glattes, kurzes Haar. Und wir sollten davon ausgehen, dass er ein Mitspieler dieses Designated-Choosen-One-Spiels ist oder die Sache mit einem der Mitspieler umsetzte." Er klebte das Foto, das er den Werfels vorgelegt hatte, unter Gesines Bild und schrieb darunter: Vergewaltiger, Mitspieler und ein großes Fragezeichen.

Rike war neben Faber getreten und sagte: „Aber wir haben noch jemanden, den Moderator des Spiels, der große Unbekannte, der diese Teenager explizit zu Vergewaltigung und Brandstiftung auffordert, den Anstifter." Sie malte über Gesines Foto ein noch dickeres Fragezeichen. Dann zog sie einen Pfeil zu Gesine und einen Pfeil zu Marius. Unter seinen Namen heftete sie ein Foto der abgebrannten Flüchtlingsunterkunft in Groothusen, das sie aus der alten Ermittlungsakte entnommen hatte.

„Primär suchen wir den Vergewaltiger von Gesine, aber auch den Anstifter", fuhr Faber fort. „Aber wir müssen davon ausgehen, dass es noch mehr Verbrechen gab, für die dieser Moderator verantwortlich ist. Torben und Frau Petersen, darum müssen Sie sich kümmern. Wir wissen, dass Marius den Brand Anfang Februar gelegt hat und bereits Ende Februar von seinem ersten Platz verdrängt wurde. Doch wahrscheinlich war er nicht der erste Mitspieler, darum suchen Sie alles durch, Körperverletzung, Brandstiftung, sexuelle Nötigung, selbst Einbruch können wir nicht ausschließen. Wir beschränken es erst einmal auf den Zeitraum Februar 2017 bis heute."

„Sollen wir auch schwebende Verfahren miteinbeziehen, in denen es einen Verdächtigen gibt?", fragte PMA Petersen.

„Ja, bitte, machen Sie das", erwiderte Faber sofort. „Es bringt uns vielleicht auf einen weiteren Mitspieler." Dann wandte er sich an Tamme und sagte: „Tamme, bitte richten Sie Ihre ganze Konzentration auf diese Cloud, ob Sie eine elektronische Spur des Moderators finden können. Philipp Schorlau hat zugestimmt, dass Sie weiter bei uns bleiben, ich gehe davon aus, dass wir nächstes Wochenende durcharbeiten. Wenn Sie noch einmal nach Oldenburg zurückmüssen, um sich noch Kleidung zu holen, machen Sie das heute Abend."

„Wenn es Sie nicht stört, dass ich in Jeans und T-Shirt rumlaufe, dann habe ich genug dabei", antwortete Tamme mit seiner durchdringenden Stimme. „Es muss sich auch jemand auf dem Video den Raum der Vergewaltigung vornehmen und eine Analyse des Täters machen. Das sollte ebenfalls ein IT-Experte sein!"

„Danke, Tamme, das habe ich bereits mit Schorlau besprochen und er gibt das Video an einen ihrer Kollegen weiter. Außerdem sagte Philipp etwas davon, dass man Größe und Gewicht des Täters von den Aufnahmen ableiten kann, das liegt jetzt in Schorlaus Händen“, erklärte Faber und nickte.

„Was haben Sie mit uns vor, Chef?“, fragte Friedhelm und nickte auch auf PMA Leitmann.

„Antje Weiland, sie war mit Gesine am Abend der Vergewaltigung zusammen“, holte Faber aus. „Das Mädchen machte auf Rike und mich den Eindruck, dass ihr die Sache mit Gesine ziemlich schnuppe ist. Sie ging sogar noch weiter: Sie titulierte die Anwohner des Emder Brennpunkts als Asoziale und stellte Gesine mit den sogenannten Assis auf eine Stufe“, er wandte sich an Rike. „Was sagte sie noch genau mit den Wi-Leu-Street-Assis?“

„Sie meint die Wilhelm-Leuschner-Straße in Emden, mehr brauche ich euch darüber nicht erklären“, meinte Rike sofort und Friedhelm nickte, denn alle Einheimischen kannten den sozialen Brennpunkt. „Ich frage mich nur, ob Antje nicht doch etwas mit den Jugendlichen dieser Wilhelm-Leuschner-Straße dort zu tun hat, weil sie es so explizit erwähnte. Seht euch da mal um!“

„Und vor allem sprecht erneut mit Antje, findet raus, was wir über das Mädchen haben. Sie wird versuchen, sich rauszuwinden, nicht zuhören und dauernd mit ihrem Handy spielen. Nehmt sie ruhig hart ran. Ich decke euch, wenn ihr Verfügungen vom Staatsanwalt braucht“, fügte Faber an.

„Und ihr Vater, Kai Weiland?“, forschte Rike nach.

„Ja, prüfen Sie sein Alibi für den zehnten Februar. Die Adresse seiner Bekannten in Leer gebe ich Ihnen dann“, wies Faber Friedhelm und seinen Partner an. „Aber bitte, kramen Sie auch Hintergrundinformationen über den Mann aus.“

„Da habe ich schon einiges“, warf Frauke Petersen ein, da sie am ersten Mai daran gearbeitet hatte. „Das gebe ich Ihnen“, sagte sie an Friedhelm Steiner gewandt.

„Rike und ich werden versuchen, die Motivation hinter der Angelegenheit zu analysieren“, informierte Faber sie. „Denn, wenn der Moderator Jugendliche zu solchen Verbrechen anstiftet, dann hat er eine Agenda. Weder das Flüchtlingsheim Groothusen noch Gesine waren zufällig Orte und Opfer. Er hat den Spielern genaue Anweisungen gegeben“, kam Faber zu Ende. „Ach, bevor ich es vergesse: Schorlau hat bestätigt, dass weder Kai Weiland noch Fabian Kuhnert und auch nicht Gesines Vater per DNA-Analyse mit dem Baby zu tun haben. Das ist immerhin offiziell“, berichtete er von Schorlaus Testergebnissen. „Gut, allen viel Glück. Gibt es bei einem von Ihnen einen Durchbruch, will ich gleich davon wissen, egal wann und wie spät. Sonst treffen wir uns ab morgen jeden Abend zur Besprechung. Danke!“

Nachdem Rike kurz mit Opa telefoniert hatte, ging sie in Fabers Büro. „Na, wie geht es Knut, wieder von den Toten auferstanden?“, fragte Richard sie.

„Ja, es geht ihm gut, zu gut, denn er war schon am Hafen und hat frische Krabben geholt. Er will, dass wir heute Abend bei ihm essen, ich konnte es ihm nicht ausreden“, meinte Rike und sah Faber unsicher an. „Ich nehme an, er hat ein schlechtes Gewissen.“

„Dann tun wir ihm den Gefallen“, sagte Faber. „Ich denke, um halb acht können wir uns hier verkrümeln.“

„Aber er wird nach unserem Fall fragen, was sagen wir dann?“, warf Rike ein.

„Dann reden wir über das Spiel und den Brandanschlag, erzählen ihm, dass ein Mädchen gemobbt wurde und sich deshalb aufhängte, da wird er keine Rückschlüsse ziehen“, schlug Faber vor und wunderte sich selbst, wie einfach er jetzt schon für Rike lügen wollte.

„Danke, Richard“, entgegnete Rike erleichtert. „Gut, lass uns mal an die Gründe gehen. Warum wurde das Flüchtlingsheim in Groothusen ausgesucht, und warum Gesine?“

***

Sie hatten sich über zwei Stunden in Fabers Büro unterhalten und immer wieder die Argumente hin und her geschoben, danach war Rike an ihren Schreibtisch gegangen, da Richard endlich damit einverstanden war, dass sie weiter in Familie Hannlers Privatleben recherchierte. Er selbst hatte sich alle Unterlagen zu dem Flüchtlingsheim Groothusen gezogen. Groothusen hatte eine Historie mit Flüchtlingen, denn bereits nach dem Zweiten Weltkrieg waren Familien aus Schlesien dort gelandet und über die Jahre feste Bestandteile der kleinen Gemeinde geworden. Als 2015 der große Flüchtlingsstrom nach Deutschland kam, hatte auch Groothusen die ersten Unterkünfte zur Verfügung gestellt. Es fing mit einer alten

Bäckerei an, die zur Unterkunft wurde, und später vermieteten immer mehr Leute Häuser und Wohnungen an die Gemeinde. Das Dorf Groothusen war ein Beispiel von Unterstützung, was Flüchtlingshilfe anging, und das wunderte Faber nicht. Die ehemaligen Flüchtlinge aus Schlesien, die jetzt einen Teil der älteren Bevölkerung Groothusens darstellten, hatten wahrscheinlich nie vergessen, wie es sich anfühlte, ohne Hab und Gut an einem fremden Ort anzukommen. Ebenso wenig die argwöhnischen Blicke der damaligen Dorfbewohner und auch nicht den Kampf darum, sich wieder ein Leben aufzubauen. Auch wenn die syrischen Flüchtlinge exotischer aussahen als sie selbst 1945 nach ihrer Flucht aus Schlesien, wusste man in Groothusen, was diese ebenfalls vom Krieg vertriebenen Menschen fühlten. Der Brandanschlag war für die meisten eine unbegreifliche Angelegenheit gewesen, auch wenn dabei niemand verletzt wurde und nur Sachschaden entstand.

Faber versuchte, im Internet Stimmen zu finden, die sich gegen die Flüchtlinge ausgesprochen hatten, in der Hoffnung, dem Moderator näher zu kommen. Aber er kam nicht einen Deut weiter. Als er auf die Uhr blickte, war es bereits halb acht und er beschloss, für heute aufzuhören, denn Knut wartete mit dem Essen auf sie.

Obwohl er den Laptop gerade herunterfahren wollte, sah er auf den blinkenden Cursor des Eingabefelds. Es wäre ein Einfaches, den Namen von Rikes Vergewaltiger in die Polizeidatenbank einzugeben, um zu erfahren, was aus dem Mann damals geworden war. Faber dachte immer noch daran, was Rike ihm erzählt hatte, und es quälten ihn Fragen. Hatte Knut den Mann damals schwer verletzt, war er im schlimmsten Fall zu Tode gekommen? Faber zögerte, jedoch tippte er dann: *Sebastian Huber*. Sein Finger schwebte für Sekunden über der Entertaste, aber dann löschte er jeden einzelnen Buchstaben wieder und fuhr den Computer herunter. „Du hast es versprochen“, sagte er laut zu sich selbst und stand auf.

Von der Schnapsleiche, die Richard gestern hochgetragen hatte, war nichts mehr zu sehen, als Knut sie an der Haustür begrüßte. Knut trug erstaunlicherweise mal nicht seine abgewetzte Strickjacke mit den Lederflicken auf den Ellbogen. Er hatte ein frisches Hemd und eine senffarbene Baumwollhose an, außerdem war er glatt rasiert.

„Knut“, begrüßte Richard ihn erstaunt. „Ich glaube, das ist das erste Mal, seit ich dich kenne, dass du deine Kapitänsmütze nicht trägst!“

„In der Reinigung, mien Jung. Habe ich heute Nachmittag gemacht, als ich die Krabben besorgt habe. Ich habe auch einen frischen Haarschnitt“, erwiderte Opa stolz.

„Na, bei deinen wenigen Haaren wäre mir das jetzt nicht aufgefallen“, konnte sich Faber nicht bremsen und grinste übers ganze Gesicht.

„Ausnahmsweise lasse ich dir das heute mal durchgehen, denn ich habe von Hannes gehört, dass du mich gestern hochgeschleppt hast“, entgegnete Knut ein wenig verlegen. „Kommt rin, das Essen ist fertig“, lenkte er sofort wieder ab. Rikes Hausschuhe standen in Reih und Glied neben den Cordpantoffeln, die Knut vor ein paar Monaten extra in Richards Größe besorgt hatte. Damals hätte es Faber bei einem Hinterhalt fast erwischt und dem Umstand hatte er es zu verdanken, dass im Hause Waatstedt immer ein paar persönliche Hausschuhe auf ihn warteten. Auch wenn Faber die Dinger scheußlich fand, war er von der Geste richtig gerührt gewesen.

„Pellkartoffeln, frische Krabben und meine Kräutersauerrahmsauce“, verkündigte er feierlich, als er beiden die Teller hinstellte. „Wollt ihr ein Bier?“

„Gerne“, antwortete Faber. „Du isst nichts?“

„Hab schon, war doch ziemlich hungrig heute Nachmittag“, meinte Opa verschämt und holte zwei Flaschen aus dem Kühlschrank. Er selbst schüttete sich ein Glas Mineralwasser ein.

„Knut, das passiert den Besten, ich hatte mal solch einen Filmriss, dass meine Kollegen mich noch Monate später damit aufgezogen haben. Ich soll alles Mögliche angestellt haben in der Nacht, wahrscheinlich war nicht mal die Hälfte davon wahr“, erwiderte Faber und aß mit Appetit seine Krabben. „Ich war aber nicht imstande, etwas davon zu bestreiten, denn ich konnte mich zum Verrecken an nichts erinnern, so blau war ich!“

„Nur dass du vierunddreißig Jahre alt bist“, entgegnete Knut niedergeschlagen. „Ich bin fünfundsiebzig, eigentlich sollte ich es besser wissen. Außerdem wird im Hause Waatstedt nicht bis zum Exzess getrunken, nicht wahr, Rike?“, meinte er vorwurfsvoll.

„Ich hatte einen Schwips, mehr nicht“, verteidigte sich Rike mit vollem Mund.

Faber lachte auf. „Sie war voll wie eine Strandhaubitze“, entgegnete er. „Aber sie hat allein ins Bett gefunden, Hochtragen war nicht notwendig!“, nahm er sie dann in Schutz.

„Na, wenigstens seid ihr euch wieder grün, oder?", erkundigte sich Knut und sah beide ernst an.

„Ja, Knut, wir waren angespannt und meinten, das aneinander austoben zu müssen", erklärte Faber genauso ernst. „Wir haben beschlossen, wieder richtig dicke Freunde zu sein!"

„Hat das mit eurem Fall zu tun, dass ihr so kievig wurdet?", stellte Knut die Frage, auf die Rike und Faber schon gewartet hatten. Rike seufzte und erzählte ihm die Version, auf die Faber und sie selbst sich geeinigt hatten.

„Gotts Verdori!", entwich es Knut. „Sind die jungen Leute denn noch zu retten? Piesacken sich so lange, bis die Kinder sich umbringen. Nee, nee!"

„Schlimm genug, doch anscheinend gibt es jemanden hinter der Sache, der einen Plan verfolgt", erklärte Faber ihm. „Dieser Moderator des Spiels gibt den Jugendlichen das Gefühl, dass ihre Taten moralisch unverfänglich sind, nach dem Motto: Es ist nur ein Spiel!"

„Außerdem war Gesine, das Mobbingopfer", betonte Rike, „eine Außenseiterin. Wie das meistens so ist, es trifft die übergewichtigen, stillen, die strebsamen und isolierten Kinder, die an einem geringen Selbstwertgefühl leiden und nie gelernt haben, sich zu wehren."

Richard nickte. „Studien haben gezeigt, dass Jugendliche heutzutage meistens aus Ärger, Langeweile und Kontrollsucht mobben. Da kommt dieses Spiel gerade richtig. Es verharmlost ihre Taten und reizt mit Machtgewinn, nämlich, der Gewinner zu sein", fügte er an und Opa Knut quittierte das mit einem abfälligen Brummen.

„Früher waren wir auch frustriert und verärgert, da hat man sich dann beim Fußball ausgetobt", monierte er. „Mensch, Mensch, dabei haben wir doch keinen umgebracht."

Faber schluckte, als er das hörte. Er dachte an diesen Sebastian Huber und blickte auf Rike. „Grundsätzlich ist Mobbing ja kein individuelles Problem der Opfer oder Täter, sondern ein strukturelles Gruppenphänomen, das eskaliert, weil keine rechtzeitigen und hinreichenden Interventionen erfolgten", erklärte Rike schnell, um die Situation zu retten. Sie hatte sich erst heute Nachmittag die einschlägigen psychologischen Berichte dazu durchgelesen.

„Und auch in dieser Hinsicht ist der Moderator klug vorgegangen, denn er verpflichtete seine Mitspieler zum Schweigen", bemerkte

Faber, der sich wieder im Griff hatte, und tunkte seine letzte Pellkartoffel in den Sauerrahm. „Wie soll jemand intervenieren, wenn außer den Jugendlichen keiner von dem Spiel weiß?“, meinte er und steckte seinen Bissen in den Mund.

Knut griff sich an den Kopf, als ob er seine Kapitänsmütze in den Nacken schieben wollte, merkte jedoch dann, dass er sie nicht aufhatte, und kratzte sich stattdessen am Schädel. „Aber welches Ziel verfolgt denn dieser Moderator?“

„Das ist die ‚Eine-Million-Euro-Frage‘“, erwiderte Richard.

„Das Flüchtlingsheim könnte auf Neonazis hinweisen“, sagte Knut sofort. „Aber die Kleine, Gesine, die passt nicht in das Schema. Es sei denn, die Familie hat sich auch um Flüchtlinge gekümmert!“

„Ich habe mir heute Nachmittag alle Artikel angesehen, die es im Internet über das Flüchtlingsheim gibt, da gab es weder Drohungen noch Hetze von den Rechten“, entgegnete Faber.

„Moment“, warf Rike ein und stellte ihr Bierglas ab. „Wenn in Groothusen die Flüchtlinge nicht nur von der sozialen Gemeinde unterstützt werden, sondern auch von der Kirche, dann hätten wir einen Zusammenhang. Die Hannlers sind religiös bis in die Knochen!“

„Ein guter Punkt. Wir sollten uns mit dem Priester von Hannlers Gemeinde unterhalten. Vielleicht hatten die Hannlers oder ihre Kirche mit der Unterstützung von Groothusens Flüchtlingen zu tun“, überlegte Faber.

Knut nickte zufrieden. „Na ja, Groothusen liegt nur ein paar Kilometer weg von Freepsum und dem Pferdehof, das ist bestimmt die gleiche Kirchengemeinde.“

Kapitel 5

Kriminalhauptkommissar Faber musste am anderen Morgen wieder einmal Mia Fredeburg anrufen, um herauszubekommen, wo sich die Pfarrei der katholischen Gemeinde überhaupt befand. Die Hannlers gehörten zwar der christlichen Gemeinschaft St. Marien an, die ein Pfarramt in Freepsum hatte, St. Marien war jedoch so klein, dass man die Kirche in Emden benutzte, um Gottesdienst abzuhalten. Rike versuchte ihr Glück vom Auto aus und rief in Freepsum an. Als Pfarrer Klugenhagen erfuhr, dass es um Gesine Hannler ging, war er sofort bereit, mit den beiden Polizisten zu sprechen. Seine Haushälterin öffnete ihnen die Tür und führte sie in ein Büro, in dem sie wenig später Tee servierte. Es war nur ein kleines Haus, das nicht mehr als vier Zimmer haben konnte und spartanisch eingerichtet war wie ein Kloster.

„Gelobt sei Jesus Christus“, begrüßte Pfarrer Klugenhagen die beiden Polizisten, als er endlich in das Büro kam. Faber wusste, dass man normalerweise ‚in Ewigkeit, amen‘ erwiderte, konnte sich aber nur zu einem ‚Moin‘ durchringen. Der Geistliche war etwa sechzig Jahre alt, groß und kräftig. Eine respekteinflößende Gestalt in dem typischen schwarzen Talar mit weißem Kollar. Er nahm hinter seinem Schreibtisch Platz und sagte dann: „Eine furchtbare Tragödie. Ich besuche die Eltern jeden Abend, um mit ihnen zu beten und Trost zu spenden. Vor allem Anna braucht die Kirche und Gottes Zuspruch im Moment. Doch was kann ich für die Polizei tun?“

Faber ließ Rike reden, denn in dem Fall hatte er Bedenken, unangebrachte Bemerkungen fallen zu lassen. „Herr Pfarrer“, begann Rike. „Sie sind Familie Hannlers Seelsorger, hat Gesine auch bei Ihnen gebeichtet?“

„Natürlich hat das Kind bei mir gebeichtet, sogar regelmäßig“, entgegnete der Seelsorger fast selbstgefällig.

„Hat sie Ihnen gesagt, in welcher Misere sie war?“, drückte Faber es absichtlich vorsichtig aus.

„Tut mir leid, das unterliegt dem Beichtgeheimnis!“, antwortete der Pfarrer strikt.

„Aber Gesine ist tot. Es könnte uns helfen, wenn Sie uns erzählen, wovon Gesine geredet hat“, versuchte es Rike.

„Das Beichtgeheimnis erlischt nicht mit dem Tod eines Menschen", erklärte der Pfarrer. „Ich weiß nicht, ob Sie gläubig sind, aber eine Beichte ist ein Zwiegespräch mit Gott und ein Geistlicher ist nur der Mittler zwischen den Menschen und Gott."

„Ich dachte, es liegt im Ermessen des Geistlichen, darüber zu entscheiden, ob ein Beichtgeheimnis offengelegt wird, wenn es sich um ein Verbrechen wie bei Gesine Hannler handelt", fuhr Rike schwereres Geschütz auf.

„Das mag in der Evangelisch-Lutherischen Kirche so sein, indes im kanonischen Recht brechen wir das Beichtgeheimnis nicht! Dazu können Sie mich auch nicht zwingen. Trotzdem, so viel kann ich Ihnen sagen, Gesine beichtete nichts, was Sie weiterbringen könnte", sagte Pfarrer Klugenhagen unmissverständlich.

„Dann hat sie nicht über einen Mann geredet oder was in der Nacht des zehnten Februar passiert ist?", fragte Rike dennoch. Der Pfarrer hingegen schüttelte nur den Kopf.

Wahrscheinlich hat die Kleine wirklich nichts gesagt, dachte Faber. „Eine andere Frage, Herr Pfarrer", wechselte er dann das Thema, denn aus dem Mann war nicht mehr herauszubekommen. „Ist die St.-Marien-Gemeinde aktiv tätig bei der Flüchtlingshilfe, besonders in Groothusen?"

„Wir würden gerne, jedoch fehlen uns die Mittel, wir haben noch nicht einmal eine Kirche hier draußen. Das ist unser erstes Bestreben, wenn es um Spenden geht, endlich eine eigene Kirche bauen zu können", berichtete Pfarrer Klugenhagen.

„Wissen Sie denn, ob die Hannlers Flüchtlinge unterstützt haben?", forschte Rike weiter nach.

Der ältere Mann zog die Augenbrauen mitleidig hoch. „Ehrlich gesagt kann ich es mir nicht vorstellen. Stephen und Anna stehen finanziell nicht so gut da. Sie kommen mit ihren Feriengästen und der Pferdepension gerade so über die Runden. Zudem hat der Tod drei ihrer Reitpferde Anfang März Stephen finanziell sehr zurückgeworfen. Ich denke, die Familie hat nicht die Mittel, um mehr zu tun."

„Was war das mit den Pferden?", hinterfragte Rike sofort, denn sie und Faber hatten davon noch nichts gehört.

„Nun, soweit ich weiß, sind ihnen drei gute Reitpferde eingegangen. Stephen sagte etwas von Darmverschluss durch schlechtes Futter. Ein großes Unglück, wenn man auf jeden Cent achten muss."

„Sind die Hannlers schon immer in der christlichen Gemeinde St. Marien?", erkundigte sich Faber und dachte an ihren DDR-Hintergrund.

„Ja", bestätigte der Pfarrer. „Annas Freundin, Mia Fredeburg, brachte beide vor mehr als vierzehn Jahren zu uns. Stephen und Anna entdeckten damals ihren Glauben erst. Ich hatte persönlich viele Diskussionen mit Stephen über die Bibel, doch jetzt sind die beiden tief religiöse Menschen", berichtete der Pfarrer und erklärte damit, was Rike und Faber angezweifelt hatten. Die beiden jungen Leute aus Eisenach waren erst in Ostfriesland aktive Christen geworden.

Faber war schon aufgestanden, um sich zu verabschieden, da klingelte sein Handy. Er entschuldigte sich und nahm das Gespräch an. „Tamme hier", hörte er den IT-Experten. „Ich habe die Cloud, ein Marktforschungsunternehmen in Aurich."

„Wir müssen sofort dahin", erwiderte Faber.

„Treffen wir uns da, ich habe den Staatsanwalt schon informiert und bekomme in einer halben Stunde einen Durchsuchungsbefehl", ließ Tamme sie wissen und Richard war erleichtert, dass Tamme so unglaublich effizient war. „Ich schicke Ihnen die Adresse und wir treffen uns in einer Stunde vor Ort!"

***

Der Moderator öffnete das Portal von Designated Choosen One, gab sein Passwort ein und suchte die Telefonnummer des Handys seiner Zielperson heraus. „Es wird wieder Zeit, eine Challenge rauszuschicken, mein Lieber", sagte er laut zu sich selbst und grinste. Dann flogen seine Finger über die Tastatur.

Challenge: Himmelfahrt!
Mitspieler, blauer Ascona in Freepsum. Der Wagen muss einen Unfall haben. Ein Video des Unfallwagens oder des Unfalls selbst sollte innerhalb von zwölf Stunden hochgeladen werden. Je schlimmer der Schaden, desto höher die Bewertung. Wir nähern uns langsam dem Ende des Spiels, das ist das Halbfinale. Der Rest ist wie immer Eurer Kreativität überlassen. Ein Tipp: Der Wagen fährt jeden Abend gegen 18:00 Uhr von Freepsum auf die

Langwehrstraße. Ich bitte um sofortige Rückmeldung, wenn die Challenge angenommen wird. Der Erste, der sich meldet, wird das Kennzeichen des Wagens erfahren. Viel Glück!

Dann lud er die Nachricht auf die Facebook-Plattform, ein anonymes Datenareal, und verschickte sie von dort als nicht nachverfolgbare WhatsApp auf das Telefon des Mitspielers. Er stand auf und ging in die Küche, denn er wusste, es würde etwa zehn Minuten dauern, bis sich der Mitspieler melden und mit Freude die Aufgabe annehmen würde. Der Moderator hatte mit Absicht diese Challenge an den neuen Mitspieler verschickt. Er musste diesen einen, bestimmten Teenager ins Boot holen, denn nur drei von ihnen würden an der letzten großen Herausforderung teilnehmen. Er kannte das Gewaltpotenzial dieser drei Teenager. Sie würden nicht zögern, das hatten sie bei den schwierigsten Challenges bereits bewiesen.

Als er mit einer Tasse dampfenden Kaffees an sein Terminal zurückkehrte, blinkte es auf der WhatsApp-Adresse, die er angewählt hatte. Number One glitt ein Lächeln über das Gesicht, als er den Namen sah, und machte sich sofort an die Antwort.

Gratuliere Mike, die Challenge ‚Himmelfahrt' geht an dich. Du hast zwölf Stunden, verlier keine Zeit. Je schneller, desto besser. Werde der Designated Choosen One und vergiss nicht, brichst du die Schweigepflicht, bist du raus, für immer! Viel Glück, Number One.

Anschließend übersendete er Mike das Kennzeichen des Wagens und lehnte sich zufrieden zurück. Wieder war er seinem Ziel ein Stück näher gekommen und freute sich jetzt schon auf das nächste Video. Er loggte sich aus der Cloud aus und löschte die Nutzerdateien. Niemand würde nachvollziehen können, dass er sich je in dem System befunden hatte. Noch nicht einmal, dass diese Cloud benutzt wurde, wenn man nicht explizit danach suchen würde. „Und genau das tut niemand", murmelte er, nippte an seinem Kaffee und zückte sein Handy.

***

Als Faber und Rike eine Stunde später im Gewerbegebiet Aurich-Nord Sandhorst/Tannenhausen ankamen, wartete Tamme mit zwei

Bereitschaftspolizisten unweit des Gebäudes, das er ihnen genannt hatte. Es war einer der typischen zweistöckigen Flachbauten, die von Servicebüros gerne angemietet wurden.

„Faber, Frau Waatstedt“, begrüßte sie Tamme, der an ihren Wagen getreten war. Damit sie sich eindeutig als zivile Einsatzkräfte zu erkennen geben konnten, holten die beiden gerade ihre Polizeilederjacken aus dem Kofferraum und zogen sie an.

„Was haben wir, Tamme?“, fragte Faber sofort.

Tamme wedelte mit dem Durchsuchungsbeschluss, den der Richter genehmigt hatte, und sagte: „Ich bin an den Betreiber der Cloud rangekommen, die für das Spiel genutzt wird. Es ist eine Facebook-Plattform und das Marktforschungsunternehmen MediaReTec ist eingetragener Nutzer.“

„Können Sie das für einen Laien wie mich vereinfacht ausdrücken?“, warf Faber sofort ein.

„Stellen Sie sich das so vor: Die Firma Facebook stellt ein kostenpflichtiges Computer-Areal für Kunden zur Verfügung. Das nennt man eine Plattform. Solch eine Plattform kann Spiele beinhalten, Funktionen, um Videos und Fotos hochzuladen, das nennt man die Cloud, und natürlich Nachrichten zu verschicken“, erklärte Tamme geduldig. „Solch ein Computer-Areal, wenn wir es mal so ausdrücken wollen, hat die Firma MediaReTec von Facebook angemietet und bezahlt dafür. Daher können wir jetzt alles bei MediaReTec durchsuchen und beschlagnahmen, denn sie sind eingetragener Nutzer und verantwortlich für die Plattform.“

„Verstehe“, meinte Faber.

„Etwas kam mir jedoch eigenartig vor“, sagte Tamme und Rike sah ihn fragend an. „Für meinen Geschmack war das viel zu einfach!“

„Nehmen wir uns den Laden vor“, reagierte Faber und sah die beiden Streifenpolizisten an. Dann wandte er sich wieder Tamme zu: „Tamme, Sie sind der Experte. Wie leiten wir die Aktion?“

„Lassen Sie mich vorgehen“, erwiderte KK Hehler hoch konzentriert. „Wir sollten schnell sein, an der Rezeption den Bescheid zeigen und dann rein ins Büro. Wichtig ist, dass jeder der MediaReTec-Mitarbeiter sofort die Finger von seinem Computer nimmt, darum werde ich ein bisschen rumbrüllen müssen“, machte Tamme ganz klar, und bei dem Organ, das er hatte, würde es niemand überhören. „Gehen Sie ins Büro, und jeden, der meinen Anweisungen keine Folge leistet, zerren Sie einfach von seiner

Tastatur weg. Wenn unser Moderator dort oben sitzt", erklärte er und zeigte in den zweiten Stock, „dann wollen wir ihm keine Chance geben, etwas zu löschen, richtig?"

„Sie haben es gehört", unterstrich Richard Tammes Worte für die beiden Bereitschaftspolizisten und erhielt sofort ein zustimmendes Nicken.

Das Wort ‚eigenartig', das Tamme benutzt hatte, traf nicht nur auf seinen schnellen Fund zu, denn was dann in dem Großraumbüro von MediaReTec passierte, wäre fast komisch geworden, wenn der Fall Gesine nicht so ernst gewesen wäre. Tamme brüllte einmal kurz: „Polizei, nehmen Sie die Hände sofort von Ihren Computern!" Die vielleicht zwanzig Mitarbeiter stoben regelrecht von ihren Arbeitsplätzen weg. Sie ließen alles fallen, mitsamt Telefonhörern, suchten sich eine Ecke und manche hielten verängstigt die Hände in die Höhe. Dabei hatte keiner der Polizisten überhaupt eine Waffe in der Hand. Faber stellte sich gerade vor, was ein Mann wie Tamme Hehler im aktiven Dienst ausrichten konnte, als ein kleines Männchen in Anzug und Krawatte vorsichtig auf ihn zukam.

„Äh, äh", stotterte er. „Was ist denn hier los? Ich bin der Geschäftsführer von MediaReTec, um was geht es denn?"

„Wer ist Ihr System-Administrator für die Facebook-Spiele-Plattformen?", fragte Tamme scharf mit seinem tiefen Bariton. Sofort zeigte der schmächtige Mann auf einen recht jungen Mitarbeiter, der von einer verängstigten Kollegin umklammert wurde. „Sie kommen mit mir!", rief Tamme ihm zu. „Die anderen bleiben von ihren PCs weg, machen Sie einfach Pause!"

„Können wir uns irgendwo ungestört unterhalten?", fragte Faber den Geschäftsführer und hielt ihm den Durchsuchungsbefehl hin. Nachdem sie in einen Besprechungsraum gegangen waren, fasste Rike alle relevanten Informationen zusammen, ohne Gesines Fall und den Brandanschlag näher zu erläutern.

„Aber Designated Choosen One ist ein ganz harmloses Spiel, das wir für den führenden Kinder- und Jugendmodenhersteller M & T durchführen. Wir haben von Facebook die Spiele-Plattform angemietet und leiten ebenfalls über Facebook Spieleinladungen weiter", überschlug sich der Geschäftsführer mit seinem Bericht. „Sehen Sie, wir schicken den Jugendlichen Fragen, zum Beispiel wie viel eine Jeans kosten darf. Wir fordern Jugendliche auf, Videos von ihren gemeinsamen Einkaufsbummeln zu machen. Wer teilnimmt, bekommt Sachgewinne von Mode & Teen, unserem Kunden und Sponsor der Preise. Wir als Marktforschungsinstitut werten anschließend das Konsumverhalten der Jugendlichen aus und geben die Daten an unseren Kunden weiter. Mehr ist an der Sache nicht dran."

Faber und Rike wussten erst einmal nicht, was sie sagen sollten. Denn alles, was der Mann berichtete, klang sehr logisch. Gott sei Dank rettete Tamme die Situation und bat die beiden mitzukommen. Auch der verschüchterte Geschäftsführer folgte ihnen. „Das ist der Spiele-Administrator", stellte er den jungen Mann den beiden vor. Der nickte nur und tippte wie wild auf seiner Tastatur rum. Faber sah zweifelnd auf Tamme, schließlich war er es gewesen, der von der Gefahr einer Löschung gesprochen hatte. „Keine Sorge, ich habe mir das gemeinsam mit Herrn Burkhard angesehen, das Designated-Choosen-One-Spiel von MediaReTec ist sauber, doch ich glaube, wir haben etwas anderes entdeckt."

In dem Moment sah dieser Burkhard auf und raufte sich die Haare. „Boss", meinte er an den Geschäftsführer gewandt. „Wir haben einen teuflischen Trojaner im System, wenn es überhaupt ein Trojaner ist. Unsere Firewall ist kompromittiert und ein Trittbrettfahrer benutzt die Plattform."

„Und dieser Trittbrettfahrer sind nicht zufällig Sie?", fragte Rike provokant, sodass Burkhard blass wurde und hilfesuchend auf seinen Chef sah.

„Nein", ergriff Tamme das Wort. „Wenn jemand von den PCs hier mit den Passwörtern von MediaReTec versucht hätte, Zugriff zu bekommen, dann gäbe es ein Datenverlaufsprotokoll. Das war niemand von hier."

„Ich verstehe es nur nicht, das muss ein Hacker aus dem Dark Web sein", kommentierte der Administrator beklommen. „So eine Firewall zu knacken und dann die Plattform als Double laufen zu lassen, das kann nur ein absoluter Experte! Selbst wenn ich wollte, würde ich so etwas nicht hinbekommen."

„Ich denke, ich bleibe mit Herrn Burkhard hier und gehe jede einzelne Programmierung durch", schlug Tamme vor. „Vor allem, da wir Datensätze gefunden haben, die darauf hinweisen, dass erst vor einer Stunde Messages gestreamt wurden."

„Heißt das für normale Menschen übersetzt, dass der Moderator wieder neue Aufgaben an Jugendliche verschickt hat?“, wollte Rike klargestellt haben und Tamme nickte.
„Ich befürchte es!“

***

„Sagen Sie mal, wollen Sie sich eine Standleitung zu mir legen lassen?“, meinte Mia Fredeburg genervt, als Faber sie auf dem Rückweg zum Revier schon wieder anrief.
„Tut mir leid, Sie dauernd zu belästigen“, erwiderte Richard. „Doch Sie sehen, wir arbeiten ununterbrochen am Fall Ihrer Patentochter“, versuchte er, sie für sich einzunehmen. „Pfarrer Klugenhagen sagte uns, dass im März drei Reitpferde von Herrn Hannler verendet sind. Wissen Sie, was es damit auf sich hat?“
„Haben Sie nichts Besseres zu tun?“, beschwerte sich Frau Fredeburg. „Ich weiß zwar nicht, wie Ihnen das weiterhilft, aber es stimmt. Stephen hatte die drei über Nacht auf dem Paddock. Am anderen Morgen ging es den Pferden schon so schlecht, dass der Tierarzt nichts mehr machen konnte. Darmverschluss durch große Mengen spelziges Futter.“
Da Faber Pferde liebte und selbst ein guter Reiter war, wusste er sofort, wovon sie redete. Es ging um Trockenfutter, das nicht von den Hochblättern in den Ähren gereinigt worden war. „Wie sind die Tiere da rangekommen?“, fragte er deshalb.
„Gute Frage“, erwiderte Mia. „Die Pferde hatten gerade eine Wurmkur hinter sich und waren deshalb auf dem Paddock. Sie scheinen zu wissen, dass es sich dabei um den grasfreien Auslauf handelt. Dort gab es nichts, was sie hätten fressen können. Jemand muss sie in der Nacht gefüttert haben, entweder aus Dummheit oder mit Absicht.“ Richard nickte, nach Wurmkuren waren Pferde ziemlich hungrig und leider zu dumm, um zu wissen, was ihnen nicht bekam.
„Denken Sie, jemand wollte Ihrem Schwager schaden?“, brachte Faber es auf den Punkt.
„Stephen hat Anzeige gegen unbekannt erstattet, aber mehr konnte er nicht machen“, sagte Mia kurz angebunden. „War es das? Ich muss zu Anna, wir erwarten den Pfarrer nachher, um die Beerdigung zu besprechen, und werden heute Abend mit ihm und

Gemeindemitgliedern den Totenrosenkranz auf dem Hof beten. Pfarrer Klugenhagen ist für Anna momentan eine sehr große Hilfe und kommt jeden Tag vorbei. Darum tun Sie mir den Gefallen, lassen Sie uns für heute in Ruhe.“ Sie wartete erst gar nicht auf Fabers Antwort, sondern legte auf.

„Du denkst, die Pferde könnten eine weitere Challenge gewesen sein?“, fragte Rike, die über die Freisprechanlage mitgehört hatte, und fuhr auf den Parkplatz des Reviers.

„Ja, das denke ich. Zweimal ging es darum, Hannler zu schaden, doch dieses Flüchtlingsheim bekomme ich in der Theorie nicht unter“, entgegnete er und stieg aus. „Mal sehen, was Torben und seine PMA rausbekommen haben. Wenn es noch mehr Vergehen gibt, verstehen wir vielleicht die Systematik dahinter.“

Während sie hoch ins Großraumbüro gingen, sagte Rike: „Da gibt es eine Sache, über die wir noch gar nicht nachgedacht haben, Richard.“ Faber sah sie interessiert an und schälte sich aus der Lederjacke, die er immer noch trug. „Dieser Moderator würde sehr schnell auffliegen, wenn er wahllos Jugendliche kontaktieren würde. Was ich meine, ist, dass wenn solch eine Challenge an einen Teenager geht, der seinen Eltern alles sagt, würden die Erwachsenen bestimmt etwas unternehmen. Außerdem sind die Aufgaben so brutal, da kann nur ein gewaltbereiter Jugendlicher infrage kommen.“

„Du denkst, er sucht sich so jemanden wie Marius Werfel explizit aus?“, vergewisserte Faber sich.

Rike nickte bestätigend. „Ja, er kennt die Jugendlichen, die er kontaktiert. Das bedeutet, der Moderator sitzt nicht irgendwo im Ausland oder in Süddeutschland, er ist hier vor Ort.“

Faber schnaufte. „Aber wie lernt er die Teenager kennen? Selbst wenn er sich auf Jugendliche in Emden beschränkt, ist das fast ein Ding der Unmöglichkeit. Wie gut muss man ein Kind kennen, um zu wissen, wie gewaltbereit es ist?“

„Darüber denke ich schon eine Weile nach“, reagierte Rike sofort. „Entweder er ist selbst ein Teenager oder ein junger Erwachsener oder er beschränkt seine Rekrutierungen auf das Max-Windmüller-Gymnasium.“ Auch sie schmiss ihre Lederjacke über Fabers Garderobe. Richard sah sie nachdenklich an, dann beugte er sich plötzlich herunter und gab ihr einen Kuss auf die Wange.

„Frau Kommissarin, was täte ich ohne dich“, lobte er sie. „Du hast recht, das Max ist sein Spielplatz, und um rauszubekommen, wie er dort agiert, brauchen wir jemand, der dort undercover ermittelt“, sprang Faber bereits zum nächsten Schritt.

„Uns beide kennen sie dort, das klappt nicht“, gab Rike zu bedenken.

„Aber Tamme Hehler kennt man dort nicht und wir könnten ihn als EDV-Lehrer dort einschleusen. Wenn er die Oberstufenklassen übernimmt, kann er fast alle potenziellen Mitspieler abdecken, außerdem ist er ein echter Charakter, der wird den Schülern schon die Flötentöne beibringen!“

„Marius Werfel kennt ihn.“

„Mit dem Brandanschlag können wir Marius erst einmal vom Max fernhalten. Es kann sogar sein, dass man ihn der Schule verweist, denn das Max ist sozialpolitisch sehr aktiv. Das klären wir später, jetzt lass uns mit der Besprechung anfangen, die anderen warten schon“, unterbrach er ihre Diskussion, und sie machten sich auf ins Großraumbüro.

Polizeimeisteranwärterin Frauke Petersen nahm ihre Lesebrille runter und wuschelte sich durch ihre schwarzen Locken. Ihr und PM Husman sah man an, dass sie sich den ganzen Tag durch Dateien und Akten gewühlt hatten. „Um nichts zu übersehen, haben wir uns nicht nur Emden, sondern die gesamte Küste und die Fälle bis runter nach Aurich vorgenommen“, sagte sie, nachdem Faber Torbens Team aufgefordert hatte, anzufangen. „Wir haben drei potenzielle Anzeigen, bei denen die Täter nicht gefasst wurden und die irgendwie passen könnten.“

Torben stand auf und heftete drei Anzeigekopien neben das Foto des Brandanschlags. „Letztes Jahr im Juni wurden zwei Brüder, Ismail und Erdem Berber, abends in Emden auf einem Spielplatz an der Schlesierstraße zusammengeschlagen. Die beiden wurden hier geboren, aber die Namen sagen es schon: Die Eltern kommen aus der Türkei“, fing er seinen Bericht an. „Die Jungen lagen fast drei Wochen mit Kiefern- und Rippenbrüchen im Krankenhaus und einem der Jungen wurde das Schlüsselbein zertrümmert.“

„Und das kann keine Schlägerei unter Jugendlichen gewesen sein? Gab es Zeugen auf dem Spielplatz? Wieso denken Sie, es könnte zu unserem Fall passen?“, bombardierte Faber sie ungeduldig mit Fragen.

„Langsam, Chef“, stoppte ihn sein Polizeimeister. „Ja, es gab eine Zeugin, die jedoch mit ihrem Baby unterwegs war und nicht eingreifen konnte, da sie damit rechnen musste, selbst verletzt zu werden. Der Platz ist schlecht einzusehen, er ist von Bäumen und Sträuchern umgeben. Sie sprach von zwei Jugendlichen mit Baseballschlägern, die auf die türkischen Jungen einprügelten. Die Frau rief sofort die Polizei und das war das Glück der Jungen, denn sonst hätte man sie wahrscheinlich totgeschlagen.“

„Warum wir den Fall für eine eventuelle Challenge halten?“, wiederholte Frauke Petersen seine Frage. „Es war unglaublich brutal und die beiden türkischen Brüder waren zehn und elf Jahre alt! Die Kinder sagten aus, es waren ein Junge und ein Mädchen, etwa sechzehn, siebzehn Jahre, aber es gab keine Beschreibung, da sie sich Tücher vor den Mund gebunden hatten und Hoodies trugen. Die Angreifer haben sie als Kakerlaken beschimpft und das Mädchen hat mit dem Handy gefilmt.“

„Kleine Kinder wurden zusammengeschlagen?“, vergewisserte Rike sich, denn sie konnte fast nicht glauben, was sie da von Frauke hörte. „Wieso haben wir davon letztes Jahr nichts mitbekommen?“

„Du und der Chef wart im Fall Imke Dahlke am Ermitteln und wir waren auch damit beschäftigt. Darum wurde es von der Bereitschaft aufgenommen und die Kollegen in Leer übernahmen den Fall für uns“, erklärte Torben, der sich wohl die gleiche Frage gestellt und nachgeforscht hatte. Faber runzelte die Stirn, denn eigentlich hätte ihm das nicht entgehen sollen. Doch letztes Jahr im Juni war er wirklich völlig vereinnahmt vom Fall Imke Dahlke. Gleich an seinem ersten Arbeitstag in Ostfriesland hatte man eine Frauenleiche gefunden und Rike und er waren danach nonstop unterwegs gewesen.

„Und die anderen beiden Fälle?“, drängte Faber, denn er spürte, wie der blanke Zorn in ihm aufstieg, wenn er an die kleinen Jungen dachte und daran, was man ihnen angetan hatte. Gesine war dreizehn und Ismail und Erdem zehn und elf Jahre alt, Kinder, unschuldige Kinder, dachte er. Er würde dafür sorgen, dass die Teenager, die das getan hatten, nicht mit Sozialstunden und Geldbußen davonkamen, wie es so oft im Jugendstrafverfahren der Fall war. Zusammen mit dem Staatsanwalt würde er auf eine maximale Jugendstrafe bestehen, die von sechs Monaten bis zu zehn Jahren gehen konnte.

„Nun, die sind nicht so eindeutig. Wir haben ausländerfeindliche Schmierereien an einer Dönerbude im Gewerbegebiet Aurich“, fuhr Torben fort und zeigte auf die zweite Anzeige. „Der übliche Kram, Hakenkreuze und Parolen, und es wurden die Scheiben eingeschlagen. Keine Zeugen, es passierte im Oktober letzten Jahres in der Nacht und da ist im Gewerbegebiet kaum ein Mensch.“

„Ja, und dann haben wir noch etwas, das die Familie Hannler betrifft. Da wurden im März drei Pferde …“, wollte Frauke gerade schildern, wurde aber von Rike unterbrochen.

„Mit schlechtem Futter vergiftet. Das wissen wir schon“, erklärte sie und lehnte sich auf ihrem Schreibtischstuhl zurück. „Wenn wir annehmen, dass alle Fälle zusammenhängen, hat unser Moderator etwas gegen die Hannlers und Ausländer!“

„Und da können wir etwas beisteuern“, meldete sich Friedhelm zu Wort. „Dieser Kai Weiland, Antjes Vater, ist aktives Mitglied beim RVD, der Partei Rechtes Votum Deutschland Emden/Leer. Zufall?“, fragte er. „Sein Alibi für den zehnten Februar stimmt. Er war bei seiner Freundin in Leer, ebenfalls einer Parteikameradin, Sonja Birgert. Seine Tochter Antje ist im Jungen Rechten Votum Deutschland, das JRVD ist die Jugendorganisation der RVD-Partei.“

„Interessant“, murmelte Faber nachdenklich, er sah wieder auf Leitmann und Friedhelm. „Habt ihr mit Antje gesprochen, sie noch einmal zu den Ereignissen des zehnten Februar befragt?“

„Aalglatt, das Mädchen“, stöhnte PMA Leitmann. „Sie weiß nichts, hat keine Ahnung, was mit Gesine passiert ist. Gesine war am Sonntag, dem elften Februar, ganz normal und so weiter“, fasste er ein bisschen ironisch zusammen.

Faber stand auf, ging an das Whiteboard und tippte auf Antjes Namen. „Habt ihr ein Bauchgefühl zu dem Mädchen? Könnte sie eine Mitspielerin sein und mit Gesines Vergewaltigung zu tun haben oder vielleicht die Angreiferin bei den türkischen Jungen sein, die alles filmte?“

Alle sahen KHK Faber erstaunt an. Er war nicht unbedingt der Typ, der auf Bauchgefühle setzte, und legte immer großen Wert darauf, mit Spekulationen vorsichtig zu sein. Daher war seine Frage eine echte Überraschung.

„Nun“, murmelte Friedhelm als Erster. „So, wie ich sie erlebt habe, wirkte sie sehr kalt, und sie scheint nicht das geringste Mitgefühl zu haben, wenn es um Gesine geht.“

„Doch es war ein Mann, der Gesine vergewaltigt hat, mehr als Beihilfe könnten wir ihr nie nachweisen“, gab Rike zu bedenken. „Außerdem rechnen wir damit, dass der Moderator die Mitspieler zu der Vergewaltigung angeleitet hat und damit der Hauptanstifter ist.“

„Darum sollten wir uns vielleicht auf Antjes Freunde konzentrieren“, warf Frauke Petersen ein. „Chef, hatten Sie nicht gesagt, dass sie einmal mit diesem Fabian Kuhnert befreundet war, dem Jungen, für den auch Gesine geschwärmt hat?“

„Schon, nur die DNA hat ihn als Vater ausgeschlossen“, gab Faber sofort zurück.

„Ich weiß, trotzdem wäre es vielleicht interessant zu erfahren, warum Antje und er nicht mehr zusammen sind“, schlug sie vor. „Eventuell hat sie von dem Jungen etwas in der Richtung verlangt und er war nicht bereit, es zu tun.“

„Guter Vorschlag. Rike, wir suchen gleich morgen früh die Kuhnerts auf. Ich telefoniere mit ihnen und melde uns an, damit sie nicht ins Wochenende fahren“, informierte Faber sie. „Torben, könnten Sie und Frau Petersen ein Foto von Antje besorgen und morgen die beiden türkischen Kinder besuchen? Vielleicht können sie das Mädchen als einen ihrer Angreifer identifizieren. Ich weiß, morgen ist Samstag, aber bitte bleibt in Bereitschaft.“

„Sollen wir von Antje Weiland ein Alibi für den Abend des Überfalls auf die Kinder verlangen?“, fragte Friedhelm.

„Noch nicht, ich will sie nicht aufschrecken, denn ich hoffe, dass Tamme uns mehr liefert. Macht Schluss für heute“, sagte Faber gerade, als der IT-Experte ins Großraumbüro kam.

„Habe ich da gerade meinen Namen gehört?“, dröhnte seine Stimme und dann lächelte er. „Ich habe wirklich was zu bieten“, wurde er ernst. „Ein neues Video ist gerade reingekommen. Dieser Burkhard von MediaReTec ist richtig gut, er rief mich an, als ich auf dem Weg zurück war. Er beobachtet die Facebook-Plattform momentan jede Sekunde. Kaum dass ich unterwegs war, wurde ein Video hochgeladen und verschwand Sekunden später wieder. Burkhard war indes schnell genug, er hat eine Kopie ziehen können“, berichtete er und öffnete bereits seinen Laptop. „Er hat es mir schon geschickt.“

„Dann ist die Challenge, von der wir glauben, dass sie heute Mittag rausgegangen ist, bereits erfüllt?“, fragte Rike skeptisch und sah auf die Uhr. Es war erst kurz nach sieben an diesem Abend.

„So ist es und der Moderator hat ein geschicktes Programm installiert, das sofort die Videos von der MediaReTec-Plattform runterlädt, sobald sie dort ankommen. Es ist wahrscheinlich ein automatisches Programm, sodass der Moderator gar nicht vor seinem Computer sitzen muss. Er hat ebenfalls eine Gewinnernachricht für das Video geschickt, doch leider konnten wir weder die IP-Adresse des Senders noch die des Empfängers lokalisieren“, Tamme seufzte. „Aber sehen wir uns das Video erst einmal an“, meinte er dann und tippte dabei auf seiner eigenen Tastatur. „Hier ist es!“

Die sechs Kollegen versammelten sich um Tamme und blickten auf den Film. Man sah einen vermummten Mann oder Jugendlichen, der auf einer kleinen Landstraße eine Nagelsperre ausrollte und dann hinter einen Busch sprintete. Anschließend wurde die Kamera auf ein blaues Auto gezoomt, das mit ordentlicher Geschwindigkeit darauf zufuhr. „Nein, das ist doch nicht wahr“, stöhnte Frauke und in dem Moment bretterte der Wagen über den Nagelstreifen, kam ins Schleudern und überschlug sich etliche Male, bis das Fahrzeug auf dem Dach in einem Feld liegen blieb. Wieder zoomte die Kamera an den qualmenden Wagen heran, und als sich endlich die aufgewirbelte Erde des frisch gepflügten Felds setzte, konnte man undeutlich eine Person sehen, die kopfüber durch den Gurt gehalten im Wagen hing. Wer immer auch der Mann war, entweder hatte er schwerste Verletzungen oder war tot. Danach stoppte der Film.

PMA Johannes Leitmann sprintete sofort zu seinem Festnetzanschluss. „Ich weiß, wo das ist“, rief er erklärend und sprach mit dem Wachhabenden für ein paar Sekunden, dann legte er auf. „Das ist ganz in der Nähe von Hannlers Pferdehof auf der Langwehrstraße. Gerade wurde der Unfall aufgenommen, es ist ein alter, blauer Ascona und gemeldet auf den Namen Ludwig Klugenhagen.“

„Pfarrer Klugenhagen?“, fragte Rike geschockt. „War er der Mann im Wagen? Wie geht es ihm?“

„Die Streife vor Ort hat durchgegeben, dass die Person im Wagen tot ist und noch identifiziert werden muss. Jedoch trug er Priesterkleidung. Der Ascona war ein sehr alter Wagen, ohne Airbags, die hätten ihm vielleicht das Leben retten können!“

Kapitel 6

„Danke, dass Sie sich für uns Zeit nehmen“, sagte Rike zu Familie Kuhnert, die sie an diesem Samstagmorgen empfing.

Faber und Rike waren gestern Abend noch bei der Unfallstelle vorbeigefahren und hatten sichergestellt, dass Aufnahmen gemacht wurden, auf denen man die Kratzspuren der Nagelsperre auf der Straße sah. Natürlich hatte der Täter die Rolle wieder mitgenommen, und Friedhelm und Johannes Leitmann wollten von zu Hause recherchieren, wo man sich als Zivilist solch einen Nagelstreifen besorgen konnte. Faber hatte Torben Husman und Frauke Petersen gebeten, die Hannlers noch am gleichen Abend über den Tod von Pfarrer Klugenhagen zu informieren.

Tamme war mehr als nur erstaunt gewesen, als sie ihm von der Undercover-Ermittlung erzählt hatten, doch wie es seine Art war, konnte er sich schnell damit anfreunden. Er hatte angeboten, seine Undercover-Identität selbst vorzubereiten und die entsprechenden Schritte mit dem Direktor des Max-Windmüller-Gymnasiums zu besprechen. Anschließend wollte er nach Oldenburg fahren, denn für den Auftrag brauchte er definitiv mehr Kleidung.

„Geht es noch einmal um Gesine?“, fragte Fabian Kuhnert sofort.

„Nein, eigentlich geht es um Antje Weiland. Du warst mit ihr befreundet, richtig?“, erkundigte sich Rike.

Der Teenager rollte die Augen. „Ja, ganz kurz. Ich weiß auch nicht, was mich da geritten hat“, murmelte Fabian. „Antje sieht gut aus, bekommt von ihrem Vater alles und hat Freiheiten, da können viele in unserem Alter nur von träumen“, suchte er nach Erklärungen. „Aber sie ist echt schräg drauf!“

„Was meinst du damit?“, fragte Faber und Fabian sah etwas verschämt auf seine Eltern. „Willst du lieber mit uns alleine sprechen? Wenn Sie damit einverstanden sind, machen wir einen Spaziergang“, wandte Richard sich an Herrn und Frau Kuhnert.

„Nicht böse sein, Mama, Papa. Ich habe nichts Schlimmes gemacht, es ist nur ein bisschen privat“, sagte Fabian und stand auf, um seine Jacke zu holen.

Sie schlenderten durch die Reihenhaussiedlung, Fabian hatte seine Hände tief in den Taschen seiner Windjacke vergraben. „Antje!“, erinnerte Faber ihn daran, warum sie hier rumliefen.

Fabian sah auf, dann begann er zögerlich zu reden: „Antje ging von null auf hundert, Händchen halten, knutschen war nichts für sie. Sie wollte gleich mehr und war sehr experimentierfreudig. Mann, das ging mir alles zu schnell. Abgesehen davon habe ich irgendwann erfahren, dass sie bei diesem rechten Verein mitmacht, beim JRVD. Ich hätte kotzen können, was die so über Ausländer loslässt."

„Glaubst du, Antje könnte gewalttätig sein, wenn es darauf ankommt?", hinterfragte Rike.

Fabian zuckte mit den Schultern. „Keine Ahnung, aber wenn sie jemand auf dem Kieker hat, bleibt kein Auge trocken. Momentan versuche ich, ihr aus dem Weg zu gehen."

„Die Faschingsparty im Februar, du warst doch mit Antje den Abend zusammen, ist dir was aufgefallen?", versuchte Faber mehr über den Abend rauszubekommen.

„Die Party im Max?", fragte Fabian und sah ihn erstaunt an. „Nö, ich habe drei Wochen davor Schluss mit ihr gemacht. Darum hatte ich keine Lust, dahin zu gehen, um ihr nicht zu begegnen. Da kann ich Ihnen nicht weiterhelfen."

„Weißt du, ob Antje einen neuen Freund hat?"

„Keiner von der Schule, das hätte sich rumgesprochen", meinte er sofort. „Aber so wild, wie die darauf ist, in die Kiste zu springen, würde es mich nicht wundern. Irgendwie hatte ich, schon als wir zusammen waren, das Gefühl, dass Antje noch etwas nebenbei am Laufen hatte. Nach unserem Desaster zu urteilen, hat sie wahrscheinlich einen älteren Typen. Aber ich habe keinen blassen Schimmer, wer das sein könnte!"

„Noch eine letzte Frage", sagte Rike. „Beantworte sie einfach und hinterfrage nicht, denn mehr können wir dir nicht erzählen. Hat Antje jemals irgendwas von dir verlangt, das man als Unrecht oder gesetzwidrige Tat bezeichnen könnte."

„So weit ist sie nun auch wieder nicht gegangen", erwiderte Fabian sofort. „Hören Sie, Antje ist eine verwöhnte Zicke mit total krassen Ansichten, aber ihr Vater würde ihr die Hölle heißmachen, wenn sie was Ungesetzliches anstellt."

„Dann hat Antje also gelogen, als sie sagte, sie war mit Fabian auf der Party", bemerkte Rike, als sie wieder im Auto saßen. „Was, wenn sie damals mit Gesine die Party verließ, ihr etwas verabreichte, damit sie bewusstlos wurde, und dann ihr anderer Freund auftauchte?" Sie startete den Motor und wartete darauf, dass Faber ihr sagte, wohin es gehen sollte.

„So, wie Fabian dieses Früchtchen beschrieben hat, könnte Antjes Freund Gesine vergewaltigt haben und sie hat den Film gedreht, wahrscheinlich fand Antje das noch aufregend“, umschrieb es Faber vorsichtig. „Und Kai Weiland ist Pharmavertreter, der hat wahrscheinlich auch Flunitrazepam in seinem Musterkoffer.“

„Du meinst diese Schlaftabletten, Rohypnol? Ich dachte, dass schon seit Langem Tabletten mit dem Rohypnolwirkstoff ein Farbmittel beigemischt ist. Dass es sich in Flüssigkeiten bläulich färbt und außerdem leicht bitter schmeckt, damit es nicht mehr als Vergewaltigungsdroge benutzt werden kann“, warf Rike ein.

„Das stimmt zwar, doch wenn Antje Gesine einen Cola-Whiskey gemixt hat und die Kleine keine Erfahrungen mit Alkohol hatte, dann merkte sie das nicht. Sie hätte den Geschmack für normal gehalten, und ob die Verfärbung bei Cola auffällt, sei dahingestellt“, hielt Richard dagegen.

***

„Da seid ihr ja endlich! Herr Waatstedt sagte, ihr arbeitet, und dann komme ich hierher und alle sind ausgeflogen“, brummte sie Philipp Schorlau an, der mal wieder mit den Füßen auf Fabers Schreibtisch rumlümmelte.

„Was willst du denn hier an einem Samstag? Hattest du Sehnsucht nach uns?“, erwiderte Faber und schob Schorlaus Füße vom Tisch.

„Nach dir bestimmt nicht, aber nach Frau Waatstedt“, meinte Philipp und sah sie mit Dackelaugen an.

„Ich habe es dir ja gesagt, irgendwann macht dir unser Leichenfledderer einen Antrag“, sagte Faber an Rike gewandt und Philipp Schorlau nickte eifrig.

„Philipp, bitte“, war alles, was Rike entgegnete.

„Endlich, jetzt hast du mich Philipp genannt. Bleiben wir dabei, liebe Rike“, nutzte Schorlau sofort die Gelegenheit, als hätte er auf nichts anderes gewartet. Sein Gesicht wurde ernst und er stand auf. „Kommt mal mit. Ich bin nicht nur hier, um euch heute Abend in Greetsiel zum Essen einzuladen, ich habe auch Informationen“, fügte er an und verschwand in Richtung Großraumbüro.

„Philipp lädt uns zum Essen in Greetsiel ein, dann habe ich ihn garantiert heute Nacht an der Backe“, murmelte Faber und Rike gab ihm einen Klaps.

„Sei nicht so, ist doch lieb von ihm. Komm, sehen wir uns an, was er hat.“

„Euer Vergewaltiger“, fing Schorlau an und zeigte auf das Blatt Papier, das er ans Whiteboard gehängt hatte. Es war die Zeichnung eines menschlichen Umrisses, wie man ihn in der Pathologie verwendete, um Verletzungen zu markieren. Darauf hatte Schorlau Maße notiert. „Wir haben von dem Video folgende Rückschlüsse ziehen können: Der Mann ist etwa ein Meter zweiundachtzig groß und wir schätzen sein Gewicht auf siebzig Kilo. Von der Muskelstruktur und der Haut des Rückens, die man sieht, ist er in etwa zwischen neunzehn und dreißig Jahre alt. Genauer kann ich das nicht bestimmen. Guter Muskeltonus, er ist Sportler, und von der Breite seines Rückens würde ich vermuten, es handelt sich um einen Schwimmer.“

„Mhm“, brummte Faber, denn ihm waren Schorlaus Ausführungen viel zu vage. Jedoch wusste er selbst nicht, was er von der Untersuchung des Videos erwartet hatte.

„Ich merke schon, zufrieden bist du nicht“, erwiderte Schorlau. „Eines habe ich noch zu dem Mann: Er trägt einen Ohrring, wahrscheinlich einen Schmuckstein. Das konnten wir bei den Vergrößerungen sehen, man sieht den Stecker hinten im Ohrläppchen. Außerdem hat er ziemlich ungepflegte Fingernägel. Vielleicht ein Automechaniker, sieht nach Ölrändern aus.“

„Das hört sich schon besser an“, meinte Rike. „Konnten die IT-Experten etwas über den Raum sagen?“

„Wir schätzen, es ist ein Kellerraum. Die Wände sind aus WU-Stahlbeton, weiße Wannen genannt. Muss in jedem neu gebauten Mietshaus so sein, und daher denken wir an ein Gebäude, das nicht älter als zwanzig, maximal dreißig Jahre ist“, referierte Schorlau weiter. „Die relativ sauberen Wände stützen diese Theorie. Außerdem haben wir einen Blickwinkel, in dem die hintere Wand ganz zu sehen ist. Sie ist zwei Meter fünfzig breit und wir vermuten drei Meter tief. Damit hättet ihr das ungefähre Standardmaß eines Mietshochhauskellers.“

„Könnte man einen solchen Keller auch in einer Villa finden?“, fragte Faber.

„Du denkst an Kai Weilands Villa, Antjes Zuhause?“, fragte Rike und Richard nickte.

„Unwahrscheinlich, höchstens einen Heizungsraum“, gab Schorlau zu bedenken. „Aber wir haben keine Rohre oder Kabel sehen können. Die Kellerräume in meiner Villa sind große Räume, die vielseitig benutzt werden können.“

„Außerdem steht Weilands Villa direkt am Borßumer Kanal“, warf Rike ein und beide Männer sahen sie fragend an. „Es würde mich wundern, wenn das Haus überhaupt unterkellert ist. Doch ich mache mir eine Notiz und prüfe das am Montag mit dem Grundbuchamt.“

„Ach, bevor ich es vergesse“, ergriff Schorlau wieder das Wort. „Die Matratze, auf der unser Opfer lag, ist ziemlich alt, eine Federkernmatratze, Teil eines Doppelbetts. Die Firma stellte diese Dinger schon vor dreißig Jahren her, und so fleckig, wie die ist, vermute ich, die hat jemand vom Sperrmüll mitgenommen. So, mehr habe ich nicht. Jetzt setze ich mich in mein schickes rotes Cabriolet und fahre zum Kaffeetrinken an die Küste. Willst du nicht mitkommen, Rike?“

„Das ist mir zu gefährlich, Philipp“, erwiderte sie trocken.

„Wie schade, dennoch gebe ich nicht auf“, meinte Schorlau und grinste. „Ich bin gegen achtzehn Uhr bei dir, Faber. Ich habe im Hohen Haus in Greetsiel einen Tisch für vier Personen bestellt, die haben frischen Spargel. Wir laufen einfach dort hin, dann können wir auch in der Weinkarte schwelgen. Ich freue mich darauf, heute in deinem Gästezimmer zu nächtigen, und vergiss nicht, frische Bettwäsche zu überziehen.“

„Vier?“, fragte Faber und ignorierte seinen anderen Kommentar.

„Na, wir nehmen Rikes Großvater mit! Wird Zeit, dass ich meinen zukünftigen Schwiegeropa endlich mal einlade.“

Faber grunzte und Rike verdrehte die Augen, sagte aber: „Geht in Ordnung, ich rufe ihn an, damit er nichts kocht. Nette Idee von dir, Philipp – damit meine ich die Essenseinladung, damit wir uns richtig verstehen.“

„Kommt Zeit, kommt Rat“, erwiderte er nur und ging beschwingt aus dem Büro.

„Du musst Philipp mal die Leviten lesen, er geht mit seiner Schäkerei langsam zu weit“, brummte Faber verärgert, nachdem Schorlau verschwunden war.

„Ist da jemand eifersüchtig?“, fragte Rike frech, dann grinste sie und meinte: „Na, immerhin würde mich Philipp nicht von der Bettkante schubsen so wie ein gewisser anderer Kollege!“ Faber holte tief Luft, verkniff sich aber einen Kommentar und ging kopfschüttelnd in Richtung seines Büros. „Hey, das war nur ein Scherz“, rief Rike ihm nach und er drehte sich noch einmal um und zog die Augenbrauen warnend hoch. „Richard“, meinte Rike plötzlich sehr ernsthaft. „Seit ich mit dir gesprochen habe, fühle ich mich viel besser. Mir ist sogar wieder nach Witzen zumute. Danke dafür, denn es ist nicht gut, solche Geheimnisse alleine zu hüten.“

***

Samstagabend, bevor die beiden das Revier verlassen hatten, hatte Faber noch einmal die Kollegen angerufen, und da es nichts Wesentliches zu berichten gab, hatte er die Besprechung abgesagt und den Sonntag für arbeitsfrei erklärt. Sie wollten sich gleich Montagmorgen zusammensetzen und Informationen austauschen. Das Essen mit Schorlau, Knut und Rike im Hohen Haus, gleich am Hafen von Greetsiel, war sehr angenehm gewesen. Philipp hatte ununterbrochen gescherzt und sich bei seiner Einladung nicht lumpen lassen. Die Stimmung war ausgelassen, und daher hatte Faber jegliches Gespräch über den Fall vermieden. Er brauchte Zeit für sich, um alles noch einmal zu überdenken, und machte, nachdem Schorlau Sonntagmorgen wieder nach Oldenburg gefahren war, alleine einen Spaziergang zum Pilsumer Leuchtturm. Erst schlenderte er Richtung Greetsieler Hafen und nahm dann die Sielstraße hoch zum alten Deich, um neben dem Leyhörner Sieltief entlangzulaufen. Es war wieder ein traumhafter sonniger Tag und das kleine Touristenörtchen war voller Wochenend- und Feriengäste. Sogar auf dem Deich begegneten ihm immer wieder Spaziergänger, die ihn mit einem freundlichen „Moin, moin“ begrüßten. Dabei konnte selbst Faber aufgrund ihrer Aussprache sofort hören, dass sie eigentlich irgendwo aus Dortmund oder Castrop-Rauxel stammten. Die Krummhörn war für viele der Leute aus dem Ruhrpott wie eine zweite Heimat und die meisten ansässigen Ostfriesen mochten diese trinkfreudigen und geselligen Urlauber. Faber ließ seinen Blick über die Wiesen des Siels wandern und beobachte die Nonnengänse, die jetzt im Mai den von Menschen verwaisten Badesee bevölkerten und völlig für sich vereinnahmten.

Seine Gedanken glitten wieder zu Gesine und was Schorlau über ihren Vergewaltiger gesagt hatte. Richard war sich sicher, dass Antje Weiland mit der Sache zu tun hatte. Dieses Mädchen hatte, wenn sie mit ihrer Theorie richtiglagen, Merkmale einer Soziopathin. Er fragte sich, wie ein sechzehnjähriges Mädchen einen jungen Mann zu einer Vergewaltigung überreden konnte, so gewalttätig sein konnte, zehnjährige Jungen fast zu Tode zu prügeln, und bereits ein gewisses Maß an Promiskuität an den Tag legte. Ihr Vater Kai Weiland hatte ihnen gesagt, dass das Mädchen früh ihre Mutter verloren und er sie zur Selbstständigkeit erzogen hatte. Doch Faber hielt diese sogenannte freizügige Erziehung nur für eine Ausrede. Es war der Weg des geringsten Widerstands für einen Mann, der von seinem Job eingenommen war und keine Zeit für seine kleine Tochter hatte. Wahrscheinlich waren Antjes Taten eine Art Hilferuf und anstatt darauf zu reagieren, hatte ihr Vater sie auch noch bei diesem rechten Verein untergebracht.

Am Leuchtturm angekommen betrachtete er sich den gelb-rot gestreiften Otto-Turm, wie er genannt wurde. Eine Gruppe Touristen umzingelte den Turm und wahrscheinlich wurde er gerade hunderte Male von allen Richtungen mit Handykameras abgelichtet. Richard setzte sich etwas entfernt auf eine der Stufen, die vom Deich runterführten, und blickte auf die Nordsee. Es war elf Uhr und gerade Hochwasser, bald würden die sanften Wellen wieder verschwinden und das Watt zurücklassen, bis in zwölf Stunden das Wasser wiederkehrte.

Vielleicht hatte Rike recht, dachte er und steckte sich eine Zigarette an. Vielleicht waren die Lieblosigkeit der Eltern und der unmäßige Umgang mit den sozialen Netzwerken schuld an dem Zustand dieser Teenager. Eine Art Verrohung durch Isolation und Einsamkeit. Warum wurden Menschen wie Kai Weiland eigentlich Eltern?, fragte er sich. Vor eineinhalb Jahren lebte Faber noch in Frankfurt mit seiner schwangeren Freundin zusammen. Er hatte ihnen ein Heim geschaffen und wollte seine Karriere aufgeben, um ein guter Vater zu sein. Bis zu dem Zeitpunkt, als Bea ihm sagte, dass er nicht der leibliche Vater war, und ihn hochkant aus seinem eigenen Haus schmiss. Beas Kind wird es mit einer solchen Mutter auch nicht einfach haben, dachte er.

Vor seinem geistigen Auge sah er Rike, wie sie mit ihren zukünftigen Kindern im Watt rumtobte, ihnen beibrachte, wie man mit einer Jolle auf dem Meer schipperte und wie man frische Krabben pulen musste. Allein der Gedanke ließ ihn lächeln. „Wovor habe ich eigentlich Angst?“, sagte er laut zu sich selbst. Rike hatte mehr als einmal deutlich gemacht, dass sie mit mehr als nur Freundschaft einverstanden wäre. Vielleicht wäre es nur Sex, aber vielleicht würde auch eine Beziehung zwischen ihnen wachsen, grübelte er. Wenn es nach Knut ginge, würde er Rike lieber heute als morgen mit Faber verheiraten. Richard war nicht verrückt, er kannte sich gut genug, um zu wissen, dass er sich bereits in seine attraktive Mitarbeiterin verguckt hatte. Jede Aufmerksamkeit eines anderen Mannes ihr gegenüber machte ihn innerlich wahnsinnig. Und er wusste auch, wenn er noch lange zögerte, würde ihm ein anderer Mann Rike vor der Nase wegschnappen.

„Es geht nicht, du bist noch nicht wieder so weit, du wärst ein schlechter Partner für sie“, artikulierte er seine Gedanken laut und erntete neugierige Blicke von einem Pärchen, das gerade Hand in Hand an ihm vorbeischlenderte. Fabers Vertrauen in die Liebe war schwer erschüttert worden, und wenn er Rike mit dieser unnatürlichen emotionalen Vorsicht und Zurückhaltung begegnen würde, würde nur eines passieren: Er würde Rike damit wehtun und das hatte sie nicht verdient!

***

Montag um neun Uhr waren alle, samt Tamme Hehler, im Großraumbüro versammelt. „Da Tamme gleich weg muss, soll er anfangen“, wandte sich Faber an die Runde. „Im Übrigen, nettes Outfit“, fügte er an und begutachtete Tamme eine Weile. Der Wikinger hatte sich die Haare glatt zu einem Zopf gebürstet, seinen Bart auf akzeptable Länge gekürzt und trug eine Nickelbrille, die zu seinen Lehrer-Bluejeans und dem karierten Hemd passte.

„Danke“, meinte der IT-Experte überschwänglich. „Ich habe mir Mühe gegeben. Also, es ist alles mit dem Direktor des Max eingefädelt. Ich übernehme die drei Oberstufenklassen und unterrichte EDV, was wohl keinen wundert“, sagte er und lachte sonor. „In einer der Klassen ist Antje Weiland, und ich werde dem Mädchen besondere Aufmerksamkeit schenken. Ich weiß zwar, dass

Sie mich dort einschleusen, um den Moderator zu finden, doch ich habe mir etwas anderes überlegt", berichtete Tamme und alle sahen ihn neugierig an. „Mein Plan ist es, ihr Handy in die Hände zu bekommen und eine Spyware darauf zu laden. Ein Programm, das uns ermöglicht, ihre SMS und alle anderen Netzwerktätigkeiten zu überwachen. Es hat mich gestern einiges an Zeit gekostet, den Staatsanwalt und den Richter zu überzeugen, dafür eine Genehmigung auszustellen. Jedoch nachdem ich ihnen das Video von Gesine vorgespielt hatte und von den kleinen türkischen Jungs sprach, ließen sie sich erweichen."

„Wow", entwich es Rike. „Da müssen Sie schon eine gewisse Überzeugungskraft eingesetzt haben. Handys zu verwanzen ist nichts, was Richter gerne genehmigen."

„Wie ich sagte, es war einiges an Arbeit. Heute fange ich um Punkt elf Uhr an, die Kids zu unterrichten, und habe ein Auge auf Antje", erwiderte Tamme. „Faber, wenn das Mädchen Kontakt aufnimmt mit jemand, der unserem Vergewaltiger ähnlich ist, dann kann ich nicht Hals über Kopf aus der Klasse stürmen. Haben Sie darüber nachgedacht?"

Faber nickte. „Hab ich. Frau Petersen", wandte er sich an die junge PMA, „denken Sie, Sie könnten in einem Zivilwagen eine Vierundzwanzig-Stunden-Überwachung übernehmen und Herr Leitmann ist Ihr Schichtwechsel?"

„Sie meinen eine Rund-um-die-Uhr-Überwachung. Dunnerkiel, Sie sind sich aber sicher, dass Antje Weiland damit zu tun hat", kommentierte Frauke. „Klar, Johannes und ich machen das."

„Gut!", meinte Faber. „Und ja, ich habe mir viele Gedanken darüber gemacht. Ich denke, Antje Weiland ist eine der entschlossensten Mitspielerinnen bei Designated Choosen One. Ehrlich gesagt glaube ich, sie und einer ihrer Freunde sind nicht nur für die Vergewaltigung zuständig, sie haben auch die Kinder angegriffen." Danach sah er Tamme an. „Wenn bei Ihnen nichts mehr ansteht, dann treten Sie Ihren neuen Job an, Herr Lehrer!"

„Erst einmal die Wilhelm-Leuschner-Straße", ergriff Friedhelm als Nächster das Wort. „Johannes und ich haben von dort eine Menge Meldungen wie Ruhestörung, leichte Körperverletzungen und auch Drogenbesitz ausgegraben. Leider gibt es dort eine Menge Jugendliche und junge Männer, die im Alter des Vergewaltigers sein können." Er seufzte und fügte an: „Ergo erst einmal eine Sackgasse, doch wenn Antje mit jemandem dort Kontakt aufnimmt, haben wir wenigstens die Namensliste."

„Die Nagelsperre", fuhr Leitmann fort, während Tamme sich seine speckige Ledertasche über die Schulter warf und sich auf den Weg machte. „Das ist ein altes Modell, eine Rolle. Das Militär benutzt heutzutage genau wie wir die Ziehharmonika-Technik oder einen Stop-Stick. Daher muss die Rolle aus alten Militärbeständen sein. Bekommt man im Internet, besonders bei den Typen, die gerne Krieg spielen. Die meisten dieser Gruppen sind rechtslastig, bei paramilitärischen Übungen haben die solche Sachen dabei. Dennoch kann jeder im Internet diese Dinger kaufen, wird schwer sein, den Käufer zu identifizieren."

„Wir landen immer wieder bei den Rechtsradikalen", merkte Rike an.

„Ja, besonders was den Moderator angeht", bestätigte Faber. „Das Flüchtlingsheim und auch die türkischen Jungen weisen darauf hin. Aber lasst uns nicht vergessen, Gesine passt eigentlich nicht in das Schema", stellte Faber klar. „Friedhelm, Torben, könnt ihr euch um die Schwimmvereine in Emden und Umgebung kümmern, während die Observierung von Frau Petersen und Herrn Leitmann läuft? Schorlau ist der Meinung, unser Vergewaltiger ist ein Sportschwimmer. Während Tamme und unsere PMAs an Antje und den eventuellen anderen Mitspielern dran sind, werden Rike und ich jetzt in der Vergangenheit der Hannlers graben. Es muss da etwas geben!" Anschließend gab Faber die detaillierten Informationen weiter, mit denen Schorlau sie am Samstag überrascht hatte.

„Chef", meinte Torben. „Was ist denn mit dem Handy von Marius Werfel und der Datenbank bei MediaReTec?"

„Ein Kollege von Tamme ist in Aurich bei der Firma und observiert zusammen mit diesem Burkhard die Plattform. Er behält auch das Handy von Marius im Auge", erklärte Faber, denn das hatte er mit Schorlau organisiert. „Wir haben dafür gesorgt, dass Marius nicht in Emden ist. Der Untersuchungsrichter hat sich einverstanden erklärt, dass der Junge bei der Familie bleibt, und die sind in ihr Ferienhaus an die Küste gefahren. In der Schule ist Marius entschuldigt."

„Aber wenn Marius mit seinen Schulkameraden Kontakt aufnimmt, könnte Tammes Undercover-Identität gefährdet sein", warf Frauke Petersen besorgt ein.

„Wir haben mit Marius' Vater gesprochen, im Ferienhaus gibt es keinen Computer, kein Telefon, nur das Handy des Vaters", erläuterte Rike diesen Punkt. „Marius' Eltern sind so sauer, die haben ihren Sohn unter ständiger Kontrolle. Außerdem hat der Richter aufgrund der schweren Brandstiftung eine temporäre Fußfessel für den Jungen bestimmt."

„Noch irgendwelche Vorschläge oder Ideen?", fragte Faber dann in die Runde.

„Ich hätte noch eine Frage", erwiderte PMA Johannes Leitmann. „Was hat die Forensik bezüglich des Unfallvideos von Pfarrer Klugenhagen herausbekommen?"

„Guter Punkt, Schorlau hat mich heute Morgen noch einmal angerufen", reagierte Faber und selbst Rike sah ihn erstaunt an. „Hatte ich fast vergessen. Der Mann, der die Nagelsperre über die Straße rollt, entspricht der Statur des Vergewaltigers. Wahrscheinlich hat er Antje bei der Vergewaltigung geholfen und sie hat diese Challenge unter ihrem Namen verbucht. Der Autounfall war wohl seine eigene Challenge und es würde mich nicht wundern, wenn Antje den Unfall für ihn filmte."

„Sollten wir nicht Antjes Alibi prüfen für den Unfallzeitpunkt?", fragte Torben.

„Und sie alarmieren, damit sie ihren Freund warnen kann?", bemerkte Faber. „Nein, lassen wir Tamme das mit der Spyware erledigen, dann haben wir viel mehr in der Hand. Es wäre für uns das Schlimmste, wenn Antje jetzt aus dem Spiel aussteigt und ihr unbekannter Freund sich verdünnisiert! Wir brauchen den Freund, denn DNA lügt nicht."

„Ach ja, ich habe mit dem Grundbuchamt gesprochen", sagte Rike dann. „Die Villa der Weilands ist nicht unterkellert. Das bedeutet, Gesine wurde woanders vergewaltigt und wir können davon ausgehen, dass der unbekannte Freund ein Auto hat. Denn sie müssen das betäubte Mädchen in der Nacht auch wieder zu Weilands Villa gebracht haben." Sie sah Faber skeptisch an. „Ich nehme mal an, du willst auf eine Befragung von Weilands Nachbarn ebenfalls verzichten, um keine schlafenden Hunde zu wecken?"

„Das machen wir erst, wenn Tamme irgendeinen Beweis auf Antjes Handy findet. Bis dahin lassen wir die Weilands in Ruhe!" Faber blickte noch einmal prüfend auf Frauke und Johannes. „Ich hoffe, Sie verstehen, wie wichtig es ist, dass Antje nichts von Ihrer

Observierung merkt. Wenn Sie Bedenken haben, rufe ich lieber erfahrene Zivilbeamte dazu."

„Wir werden sehr vorsichtig sein", bestätigte Frauke selbstbewusst und nickte Leitmann zu.

„Alls klaar, Chef, wi schafft dat!", steuerte Johannes bei.

Kapitel 7

„Stephen Hannler, mit doppeltem n", sagte Faber in den Telefonhörer und schüttelte angenervt den Kopf. Rike saß bei ihm im Büro und arbeitete mit seinem Laptop, während er am Telefon hing. „Was? Sind Sie sich sicher?", fragte er und schnippte mit den Fingern nach Rike, damit sie aufsah, bevor er auf Lautsprecher stellte. „Es ist immerhin fast fünfzehn Jahre her", fügte Faber an.

„Und ich bin seit fünfzig Jahren auf dem Trenkelhof", erwiderte die Stimme mit einem deftigen Thüringer Akzent. „Wenn hier jemals ein Stephen Hannler gearbeitet hätte, dann wüsste ich das. Gibt's noch etwas oder kann ich jetzt wieder zu meiner Reitstunde?", murmelte der Mann ungeduldig. Faber bedankte sich und legte auf.

„Wie ist das möglich, der Besitzer des Trenkelhofs in Eisenach kennt Hannler nicht?", stieß Rike überrascht aus.

„Du hast es gehört", murmelte Faber und warf die Stirn in Falten.

„Aber ich habe hier die Kopien des Finanzamts vor mir. Da steht eindeutig, dass er über Jahre dort beschäftigt war", sagte Rike und drehte den Laptop so, dass Faber es einsehen konnte.

„Dein Bauchgefühl hat dich nicht getäuscht, irgendwas stimmt mit der Vergangenheit der Hannlers nicht."

„Okay, nehmen wir mal an, Hannler hat seine Vergangenheit aus irgendeinem Grund vertuscht. Wie hat er es geschafft, das Finanzamt zu manipulieren? Außerdem sind seine Papiere so gut, die können keine Fälschungen sein", grübelte Rike. „Ruf doch mal die Kollegen vom KED in Eisenach an, vielleicht haben die was!"

„Wie war der Name?", fragte der Hauptkommissar Klaus Koblo des Kriminal- und Ermittlungsdienstes in Eisenach, nachdem Faber ihm den Fall umrissen, jedoch mit keinem Wort erwähnt hatte, dass er bereits den Trenkelhof kontaktiert hatte. Faber gab ihm den Namen noch einmal und der Kollege stutzte für einen Moment, versprach dann aber zurückzurufen und den Sachverhalt zu klären.

Während Rike und Faber sich weiter durch die Datenbanken wühlten, um mehr über die Vergangenheit der Hannlers zu erfahren, warteten sie ungeduldig auf den Rückruf des Kollegen aus Thüringen. Es waren mindestens drei Stunden vergangen und Rike prüfte gerade die Grunderwerbsurkunde des Pferdehofs bei Freepsum, als Fabers Festnetzanschluss endlich klingelte.

„Hallo KHK Faber, hier spricht PHK Sander aus Eisenach“, meldete sich ein anderer Mitarbeiter der Polizei. „Sie hatten mit meinem Kollegen Herrn Koblo gesprochen und ich habe die Sache übernommen.“

„Ah, gut“, erwiderte Faber. „Und haben Sie Informationen für uns?“

„Sagen Sie mal, worum geht es denn überhaupt?“, fragte Sander, anstatt zu antworten.

„Nun ja, die Tochter von Stephen Hannler ist zu Tode gekommen und wir ermitteln“, versuchte Faber die Dinge etwas nebulös zu schildern, denn es kam ihm doch eigenartig vor, dass der Kollege in Eisenach so explizit hinterfragte. Normalerweise war die Amtshilfe der Polizei zwischen den einzelnen Bundesländern immer sehr informell.

„Ein Gewaltverbrechen?“

„Nein, Selbstmord, aber wir vermuten einen sexuellen Missbrauch, bevor Gesine Hannler sich das Leben nahm“, erklärte Faber, denn es blieb ihm nichts anderes übrig, wenn er auf die Amtshilfe des KED Eisenach hoffen wollte. Rike hörte die Unterhaltung mit und verzog ihr Gesicht argwöhnisch.

„Verstehe, jedoch haben Sie nicht Stephen Hannler in Verdacht, oder?“, fragte der Beamte wieder.

„Nein, er wurde per DNA ausgeschlossen.“

„Na ja, es hätte mich auch gewundert, denn wir haben nichts gegen Stephen Hannler und seine Frau vorliegen“, sagte HK Sander schnell. „Er war hier in Eisenach für Jahre ansässig und arbeitete auf einem Gestüt, seine Frau in einer Kita. Ich habe mir sogar die Mühe gemacht und auf dem Gestüt angerufen, dort hat man uns das damalige Arbeitsverhältnis bestätigt. Er hat keinen Eintrag im polizeilichen Führungszeugnis, alles in Ordnung“, betonte der Mann. In dem Moment sahen sich Faber und Rike an, als ob sie ein Blitz getroffen hätte. Faber fing sich indes schnell.

„Na, dann ist ja alles in Ordnung. Danke für Ihre Hilfe, wir waren wohl auf dem Holzweg“, meinte er und verabschiedete sich.

„Hat uns der Kollege gerade angelogen?“, fragte Rike entrüstet.

Faber hielt ihr den Hörer hin und wählte wieder die Nummer des Trenkelhofs. „Gib dich als Reitschülerin aus und frage explizit nach Stephen Hannler. Sag einfach, dass eine Tante von dir vor Jahren bei ihm das Reiten lernte und ihn empfohlen hat.“

Rike hielt den Hörer zu und fluchte: „Und jetzt soll ich einen Thüringer Akzent nachahmen?“

„Dann rede halt Hochdeutsch, verdammt noch mal“, schimpfte Faber, „Hauptsache, kein Ostfriesenplatt.“

Es dauerte eine Weile, bis jemand beim Trenkelhof abnahm. Es war eine jüngere Stimme, die antwortete, und nicht der ältere Mann von vorhin. Zur Überraschung der Ermittler bestätigte der junge Mann, der sich als Juniorchef vorstellte, dass Stephen Hannler vor langer Zeit auf dem Trenkelhof gearbeitet hatte, aber seit fünfzehn Jahren bereits nicht mehr dort war. Der Mann empfahl Rike einen anderen Reitlehrer. Sie bedankte sich und bat sich Bedenkzeit aus.

„Was ist denn das plötzlich für eine Sauerei?“, donnerte Faber los.

„Jetzt reg dich ab“, sagte Rike. „Ich kann mir nicht vorstellen, dass die Kollegen uns einen Bären aufbinden, warum sollten sie das tun? Vielleicht ist der Seniorchef des Trenkelhofs einfach etwas senil“, schlug sie halbherzig vor, doch im Inneren roch sie den Braten ebenfalls.

Faber quittierte das mit einem argwöhnischen Blick. „Das glaubst du selbst nicht, oder?“

„Nein“, erwiderte sie. „Lass uns PHK Sander prüfen“, meinte sie und tippte seinen Namen in die Personalanfrage der Polizeidienststellen der Länder. Sie wartete einen Moment und meinte dann: „Es gibt keinen PHK Sander in Eisenach, aber Kriminalhauptkommissar Klaus Koblo, mit dem du zuerst gesprochen hast, ist dort Leiter des KED.“

„Was soll das?“, brummte Faber verärgert. „Was hat sich dieser Koblo dabei gedacht, und wer zum Teufel ist Sander?“ Er dachte kurz nach, dann wählte er wieder die Dienststellennummer von Eisenach und ließ sich mit KHK Koblo verbinden.

„Hallo Herr Faber“, begrüßte dieser ihn. „Hat mein Kollege Sie nicht erreicht?“

„Wollen Sie mich auf den Arm nehmen? Was wird da bei Ihnen gespielt, warum werde ich von meinen Kollegen bei der Polizei angelogen?“, polterte Faber lauter, als er es geplant hatte, los, doch mittlerweile lief ihm die Galle über.

Erst einmal war am anderen Ende Stille und es dauerte eine Weile, bis KHK Koblo hörbar ausatmete. „Hören Sie, Kollege, ich habe Sie nicht angelogen. Als Sie mir den Namen Stephen Hannler nannten und ich unsere Daten abfragen wollte, lag darüber ein Vermerk. Wissen Sie, was ich meine?“

„Nein, weiß ich nicht! Wovon reden Sie, Mann?“, drängte Faber sauer auf eine Antwort und Rike öffnete den Mund und deutete ihm an, den Hörer zuzuhalten.

„Faber, der Verfassungsschutz versiegelt Akten“, flüsterte sie.

„Es ist einer dieser Vermerke – falls jemand nach Stephen oder Anna Hannler fragt, muss ich eine gewisse Telefonnummer und einen Ansprechpartner beim LKA Thüringen anrufen. Jetzt kapiert?“, erwiderte der Kollege säuerlich.

„Sie meinen Herrn Sander von der Abteilung Verfassungsschutz?“, fragte Faber.

„Das habe ich nicht gesagt. Wenn Sie das annehmen, ist das Ihre Schlussfolgerung. Jedenfalls habe ich persönlich weder Zugang zur Akte Hannler, noch kann ich Ihnen irgendetwas über Herrn Sander sagen, und ich werde den Teufel tun, zu bestätigen, dass er in der Abteilung für Verfassungsschutz beim LKA arbeitet“, meinte der Kollege Koblo ganz klar. Damit hatte er offiziell nichts gesagt, war aber eigentlich eindeutig geworden, und Faber verstand den Hinweis.

„Danke für die Amtshilfe, ich meine es ernst“, sagte Faber wesentlich freundlicher. „Ich habe noch eine Frage: Wie gut kennen Sie Ihre Pappenheimer in Eisenach?“

„Da ich hier groß geworden bin und schon zu DDR-Zeiten im Kriminaldienst war, ziemlich gut. Was wollen Sie wissen?“

„Der Seniorchef vom Gestüt Trenkelhof, kennen Sie ihn, und wenn, ist der ältere Herr senil?“, schob Faber seine nächste Frage sofort hinterher.

„Der ältere Herr? Nett umschrieben! Das ist ein verdammter dieringscher Nüschel, der hat mir persönlich schon den Hintern versohlt, als ich noch ein Rotzwanst war. Von wegen senil, der hat alles noch im Griff und kann sich an mehr erinnern als ich selbst. Er hat einen Sohn, der leitet zwar offiziell den Trenkelhof, doch der arme Kerl kann einem manchmal leidtun, denn zu sagen hat er nichts“, meinte HK Koblo. Auch wenn Faber nicht alles verstanden hatte von dem Thüringer Dialekt, war ihm klar geworden, dass der Seniorchef die Wahrheit gesagt hatte.

„Verstehe! Sagen Sie, in welchen Fällen ist der Verfassungsschutz beim LKA Thüringen so tätig?“

„Darüber machen Sie sich mal schön selbst Gedanken, ich will nicht in Teufels Küche kommen“, sagte Koblo und wollte schon auflegen, doch Faber stoppte ihn.

„Nur noch eine Frage: Wenn der Verfassungsschutz eine Tarnidentität für Hannler in Eisenach aufgebaut hat und seine Anstellung auf dem Trenkelhof dazugehört, warum sagt der alte Chef des Trenkelhofs dann die Wahrheit?“

„Schon mal darüber nachgedacht, dass der alte Mann im DDR-Regime gelebt hat? Glauben Sie, nachdem er sich jahrelang mit Stasi-Überwachungen rumschlagen musste, da akzeptiert er so einfach, dass jemand vom Verfassungsschutz ihn zum Lügen zwingen will?“, kam Koblo zum Punkt. „Die jungen Leute lassen sich bestimmt vom Verfassungsschutz einschüchtern, doch ein alter Sturkopf wie der Mann ganz bestimmt nicht! Jetzt machen Sie es gut, Herr Kollege, ich habe schon viel zu viel gesagt. Und verbrennen Sie sich nicht die Finger!“, riet ihm Koblo und dann legte er auf.

„Jetzt haben wir unsere Verbindung zwischen Gesine, dem Flüchtlingsheim und den türkischen Kindern“, kombinierte Faber und sah besorgt aus.

„Du denkst, bei der Sache mit dem Verfassungsschutz geht es um Neonazis?“, fragte Rike eher rhetorisch.

„Ja, um den IS bestimmt nicht“, gab Faber pampig zurück.

„Sei nicht so ein Idiot und sprich gefälligst vernünftig mit mir“, pflaumte Rike ihn an, Faber verzog entschuldigend den Mund. „Aber was hat Hannler mit dem Verfassungsschutz am Hut und warum wird er zur Zielscheibe für rechte Radikale?“

„Fahren wir hin und fragen ihn“, verkündete Faber und stand auf. Er legte Rike eine Hand auf die Schulter. „Ich wollte dich nicht blöd anmachen, mir stinken solche Sauereien nur.“ Faber sah sie an, weil sie sich nicht rührte. „Kommst du?“

„Du willst, dass ich mit zu den Hannlers komme, nach der Szene, die ich dort gemacht habe?“

„Ja, denn Hannler hat auch Dreck am Stecken. Ist mir völlig egal, ob er Beschwerde einreicht, Hauptsache, wir bekommen Antworten. Du kannst dich ja prophylaktisch bei ihm entschuldigen, bevor wir ihm die Hölle heißmachen“, erwiderte er und griff sich die Autoschlüssel und seine Dienstwaffe aus der Schublade.

***

Als Faber den Audi parkte, stand Stephen Hannler draußen im Hof und spannte einen der zwei großen schwarzen Kaltblüter vor ein Gespann, das mit weißen Kunstrosen geschmückt war. Der Mann sah immer noch erbärmlich aus, sein Gesicht grau und ohne jegliche Mimik, bis er Rike beim Aussteigen beobachtete. In dem Moment verhärtete sich seine Miene.

„Was will sie hier?“, fragte Hannler verbittert an Faber gewandt.

„Mich entschuldigen“, ergriff Rike das Wort. „Es tut mir leid, doch Gesines Tod ist mir nahegegangen. Ich kannte mal ein junges Mädchen, das genau in der gleichen Situation war, und sie stand mir sehr nahe. Darum konnte ich meinen Gefühlen nicht Herr werden, verzeihen Sie mir.“ Hannler sah sie lange an, dann nickte er kurz.

„Aber was wollen Sie denn schon wieder?“, sprach er erneut mit Faber.

„Wir haben Neuigkeiten, leider keine guten, und wir müssen dringend mit Ihnen reden, vielleicht besser ohne Ihre Frau, denn es wird schmerzhaft sein.“

„Dann reden Sie, ich muss die Kutsche fertig machen, es ist für eine Hochzeit heute Nachmittag, ich fahre das Brautpaar zur Kirche. Ich habe das leider vor Wochen zugesagt und muss mich dafür auch noch umziehen“, erwiderte Hannler und werkelte weiter am Geschirr des einen Pferdes.

„Ich helfe Ihnen“, sagte Faber, nahm das zweite riesige schwarze Pferd am Zaumzeug und drückte es seitlich nach hinten zur Kutsche.

„Sie kennen sich aus?“, fragte Hannler und beobachtete jede von Fabers Bewegungen. Richard nickte nur und fing an zu sprechen. Darüber, dass Gesine vergewaltigt wurde. Stephen Hannler atmete tief durch, befestigte jedoch das Geschirr akribisch.

„Stephen“, nannte ihn Faber jetzt beim Vornamen. „Es wurden drei Ihrer Pferde getötet, Ihre Tochter vergewaltigt und auch der Pfarrer, der Ihnen ein so guter Seelsorger war, getötet. Dahinter steckt jemand, der Ihnen schaden will, denn das waren Auftragstaten.“

Hannler legte beide Hände auf den Rücken seines Pferdes und blickte Faber kritisch an, der den Riemen am Geschirr festzog. „Meine Tochter war nicht der Engel, für den ich sie hielt, und hatte Sex mit irgendeinem Jungen. Die Pferde haben schlechtes Futter gefressen. Und Pfarrer Klugenhagen starb in seinem Wagen, weil er von der Straße abkam. Manche von Gottes Taten sind nicht einfach zu verstehen, aber er wird seinen Grund haben. Es waren Unfälle."

Faber tätschelte das schöne Tier, strich ihm über die Nüstern und ging rüber zu Hannler. „Sie sind gut! Reden Sie sich das wirklich ein oder war Ihre eigene Vergangenheit so fürchterlich, dass Sie alles dafür tun, dass sie im Verborgenen bleibt?" Hannlers Gesichtszüge verhärteten sich wieder. Bevor er etwas sagen konnte, meinte Faber: „Wollen Sie das Video betrachten, auf dem man sieht, wie Ihre betäubte Tochter von einem Kerl geschändet wird? Oder vielleicht das Video, auf dem die Nagelsperre über die Straße gerollt wird, wegen der Ihr Pfarrer von der Straße abkam und starb?"

„Videos?", fragte Stephen atemlos. „Sagen Sie mir gerade, dass jemand das gefilmt hat?"

„Ja, das tue ich. Es wurde gefilmt für die Person, die diese Taten in Auftrag gegeben hat. Man hat es auf Sie abgesehen, und ganz nebenbei wurden auch noch zwei kleine türkische Jungen fast zu Tode geprügelt und ein Asylantenheim angezündet. Alles das hat mit Ihnen zu tun und dem Verfassungsschutz. Was ist hier los, Stephen?"

„Oh Gott", murmelte der Mann und dann sank sein Kopf gegen den Hals des Pferdes. „Es ist so weit", murmelte er.

„Stephen, reden Sie mit uns", bekniete ihn Faber. „Wir können helfen!"

„Nein", sagte Hannler. „Das können Sie nicht, glauben Sie mir. Es ist …"

„Stephen, was ist hier los, was will diese Frau hier?", rief Anna Hannler von der Haustür, zeigte auf Rike und rannte zu ihrem Mann. Sie legte die Hände an sein Gesicht. „Was haben die schon wieder gesagt? Du bist ganz blass."

„Anni, Gesine wurde vergewaltigt, sie waren es. Wir sollten …", weiter kam er nicht, weil seine Frau beide Hände auf seinen Mund legte.

„Verschwinden Sie, Sie haben keine Ahnung, was Sie tun. Wir legen jetzt Beschwerde ein und sorgen dafür, dass Sie unseren Hof nie mehr betreten dürfen!" Die Frau war wie von Sinnen.

„Frau Hannler, es gibt ein Video, auf dem man sieht, wie Ihre Tochter betäubt vergewaltigt wird", sagte Richard, er musste die Frau mit allen Mitteln überzeugen, endlich zu reden.

Anna Hannlers Augen wurden wässrig und plötzlich sehr schmal. „Verschwinde endlich, du dreckige Zecke!“, schrie sie. Die zerbrechliche Frau hatte sich gerade in eine Furie verwandelt.

Faber war schockiert über ihre Worte und ihr hassverzerrtes Gesicht. Er rührte sich nicht von der Stelle und in dem Moment griff sie nach der Gerte auf der Kutsche und holte aus. Richard konnte so schnell gar nicht reagieren, wie der Schlag direkt in seinem Gesicht landete. Rike zog sofort ihre Waffe, doch Faber hielt sie mit der Hand zurück, griff sich an die Wange und spürte den blutigen Schnitt.

„Ihre Beschwerde wird nicht mehr viel nützen, denn Sie haben gerade einen Polizisten tätlich angegriffen“, erwiderte er mit unterdrücktem Zorn. „Wenn Sie klug sind, Frau Hannler, dann reden Sie mit uns, anstatt auf uns einzuprügeln. Merken Sie denn nicht, dass wir Ihnen nur helfen wollen!“ Rike sah ihn völlig verständnislos an, denn seine Wange blutete, das musste höllisch wehgetan haben, und dennoch redete er ruhig mit der Frau. Anna Hannlers Augen füllten sich mit Tränen.

„Es tut mir leid, oh Gott, was habe ich getan?“, hauchte sie, endlich wieder sie selbst. „Aber wie wollen Sie uns denn helfen? Das hat man uns schon einmal versprochen und jetzt ist meine Tochter tot und unser Freund, der Pfarrer. Wer ist der Nächste? Mia, ihre Kinder oder wir beide?“, rief sie und schluchzte. Ihr Mann riss sie in seine Arme und hielt sie fest.

„Kommissar Faber, es tut mir leid, meine Frau wollte das nicht. Bitte, halten Sie sich da heraus, es ist eine Nummer zu groß für Sie und Ihr Revier. Ich weiß, was ich jetzt tun muss“, sagte der Mann und der Blick, den er Faber dabei zuwarf, ließ Rike eine Gänsehaut über den Rücken laufen.

***

„Ich fahr beim Krankenhaus vorbei, das muss versorgt werden, sonst bekommst du eine üble Narbe auf der Wange“, sagte Rike aufgebracht, als sie vom Hof fuhren.

„Hast du gemerkt? Er war kurz davor, mit uns zu reden“, grübelte Faber und drückte ein Taschentuch auf den blutenden Schnitt, den die Gerte hinterlassen hatte. „Die beiden haben Todesangst!“

„Die beiden sind durchgeknallt! Die Frau hat mit der Gerte nach dir geschlagen, du hättest ein Auge verlieren können. Eigentlich hätte ich sie verhaften müssen“, hielt Rike hart dagegen und legte eine Hand auf seinen Oberschenkel. „Wovor sollen die denn Angst haben, vor ihrer Vergangenheit? Wenn das so ist, haben die Hannlers selbst Scheiße gebaut und jemand rächt sich jetzt. Selbst gemachtes Leid, sage ich da nur.“

„Selbst gemachtes Leid“, erwiderte Faber ruhig und sah sie von der Seite an. „Wenn das jemand von dir oder Knut behaupten würde, wäre das zutreffend? Bist du daran schuld, dass du jung, unerfahren und naiv warst und jemand das ausgenutzt hat? Bist du schuld daran, dass Knut eventuell etwas getan hat, was er für den Rest seines Lebens bereut? Ist das selbst gemachtes Leid oder bist du momentan einfach nur selbstgerecht?“

„Das ist nicht fair, Richard“, erwiderte sie kleinlaut.

„Nein, ist es nicht, doch es ist leider wahr, Rike.“ Er griff ihre Hand. „Hey, ich will dir nicht wehtun. Ich glaube, die Hannlers stecken in enormen Schwierigkeiten und vielleicht ist der Verfassungsschutz daran nicht unschuldig. Ich will nur, dass du auch diese Seite siehst.“

„Du hast recht, man ist nie alleine schuld. Aber warum blocken die beiden so sehr, warum reden sie nicht mit uns?“

„Weil sie Angst haben, ich weiß nur noch nicht vor wem. Hast du gehört, was Hannler zu seiner Frau sagte? Er meinte: Sie waren es“, erklärte er ihr. „Wer sind sie?“

„Haben die Hannlers vielleicht gegen jemand in Eisenach ausgesagt, du weißt schon, ein Fall wie die NSU-Morde?“

„Das werden wir bald erfahren“, sagte Richard. „Denn wenn die beiden in einer Art länderspezifischem Polizeizeugenschutzprogramm sind, das ihnen eine Tarnidentität und eine Sperre zur Weitergabe ihrer persönlichen Daten zugesichert hat, dann erfahren wir es bald.“

„Was meinst du damit?“, fragte Rike und fuhr nach Emden rein.

„Dieser Sander wird uns den Fall wegnehmen, und zwar schnell. Eventuell werden die Hannlers sogar von hier weggebracht“, erklärte Faber ihr. „Der Verfassungsschutz fackelt nicht lange, wenn ihre Zeugen in Gefahr sind.“

„Aber fünfzehn Jahre, Richard“, hielt Rike entgegen und steuerte auf den Parkplatz des Krankenhauses. „Glaubst du wirklich, die Hannlers sind nach fünfzehn Jahren noch als Zeugen für den Verfassungsschutz relevant?“

„Keine Ahnung, immerhin liegt immer noch eine Sperre auf Stephen Hannlers Akte. Wichtig war er auf jeden Fall einmal, wir werden sehen!“

„Komm, jetzt soll sich ein Arzt mal deine Wange ansehen“, wechselte Rike das Thema. „Männer mit einem Schmiss im Gesicht haben so was Patriarchalisches, darauf stehe ich nicht!“

Kapitel 8

Auf den Moment hatte Tamme gewartet. Die Schüler der 11c betraten den EDV-Raum des Max-Windmüller-Gymnasiums und unter ihnen war Antje Weiland. Jetzt muss ich nur noch Glück haben, dachte Tamme und baute sich in voller Größe vorne auf. Er blickte über den schnatternden Schwarm von Schülern, und wie er erhofft hatte, spielten fast alle mit ihren Handys rum.

„Moin, moin, Herrschaften", sagte er und sein alles überschallender Bariton bewirkte, dass die meisten aufsahen. „Wie ihr schon gehört habt, vertrete ich euren EDV-Lehrer Herrn Wieland. Ich habe ja keine Ahnung, wie der verehrte Kollege es gehandhabt hat", begann Tamme, schnappte sich den Papierkorb, leerte ihn einfach auf dem Boden aus und ging dann zielstrebig auf Antje Weiland zu, die in der ersten Reihe hinter einem Computer saß. „Aber bei mir gibt es keine Handys während des Unterrichts. In den Papierkorb mit dem Handy", befahl er Antje und sah sie erwartungsvoll an.

„Das dürfen Sie nicht, das ist mein Eigentum", erwiderte sie schnippisch.

„Was ich darf und nicht darf, wirst du nicht entscheiden", konterte er und legte seine Pranke um ihr Handy, zog es weg und platzierte es in den Papierkorb. Antje blieb vor Erstaunen der Mund offen. „Aber um meinen guten Willen zu zeigen und um fair zu sein", meinte Tamme dann, „schmeiße ich mein eigenes Handy mit dazu." Er griff in seine Hosentasche und deponierte es ebenfalls in den Papierkorb. Jetzt fingen einige der Schüler an zu lachen, andere ließen Buhrufe hören. Tammes Blick schweifte über jeden einzelnen der Schüler und allein sein Gesichtsausdruck brachte sie zum Schweigen. „Ihr haltet also nichts von Fairness, auch gut", sagte er und nahm sein Handy wieder an sich. „Jetzt reicht den Papierkorb weiter und alle Handys verschwinden darin. Wenn ich einen von euch Pfeifen erwische, der sein Handy nicht abgegeben hat, dann verteile ich null Punkte, versaue euch euren Notendurchschnitt und diejenigen dürfen beim Direktor antreten. Haben wir uns verstanden?"

Erstaunlicherweise waren die zwanzig Oberstufenschüler plötzlich sehr leise geworden und bemühten sich, ihre Telefone so schnell wie möglich in den Papierkorb zu legen. Doch darum war es Tamme gar nicht gegangen. Für ihn war es nur wichtig gewesen, dass sein eigenes Handy für ein paar Sekunden neben dem von Antje gelegen hatte. Er hatte die Spyware aktiviert und nur durch die unmittelbare Nähe seines Handys zu Antjes Telefon hatte er mit seinem ISMI-Catcher ihr Gerät auf seines geklont. Jetzt würde er jegliche Aktivitäten von Antje Weilands Handy, ob SMS, Anrufe oder andere Meldungen aus den Netzwerken, simultan verfolgen können. Es war sogar möglich, ihre Kamera einzuschalten und zu überwachen. Antje würde davon absolut nichts mitbekommen. Um aber nicht die Klone aller zwanzig Schüler auf seinem Handy zu haben, war es notwendig gewesen, sein Gerät wieder an sich zu nehmen.

Als einer der Teenager in der letzten Reihe mit dem gut gefüllten Papierkorb nach vorne kam, sagte Tamme: „Stell ihn neben die Tür, und wenn es zur Pause klingelt, könnt ihr euch eure Handys wieder nehmen“, er lächelte dämonisch. „Und bei der nächsten Stunde, die wir gemeinsam haben, kommt ihr hier rein, legt eure Handys ausgeschaltet in den Papierkorb, bevor wir mit dem Unterricht anfangen. Kapiert?“

Einige lustlose Zustimmungen waren zu hören. „Noch was ist zu klären. Ich duze euch und nenne euch beim Vornamen. Fiel mir noch ein, euch Grünschnäbel zu siezen. Aber ich bin fair, darum könnt ihr mich auch Tamme nennen, oder Boss, wenn euch das lieber ist.“ In dem Moment gab es wildes Gekicher, was er mit einem strengen Blick wieder abschaltete.

„Das war das“, fuhr er dann fort. „So, ich nehme mal an, dass ihr schon so einiges über Computer wisst und euch der Standardkram nicht interessiert. Darum dachte ich, dass wir in der gemeinsamen Zeit etwas Cooles machen“, meinte er und schritt durch den Gang. „Wie viele von euch spielen online Computerspiele?“

„Macht doch jeder in unserem Alter“, erhielt Tamme gleich eine Antwort von einem der Schüler.

„Okay, aber manche Spiele sind cool und manche sind völlig Banane, oder?“

Der gleiche Schüler schüttelte den Kopf und meinte: „Geht schon klar, ist so, trotzdem: Das heißt schmoof und nicht cool, solche Worte benutzen nur noch Gruftis.“

„Na gut, dann kann ich Grufti auch was von euch lernen. Was haltet ihr davon, wenn wir unser eigenes Spiel schreiben, das schmoofe Computer-Game der 11c!“ In dem Moment hatte Tamme die Aufmerksamkeit aller Schüler und sofort fingen wilde Debatten an, wie solch ein Game aussehen sollte. Tamme grinste in sich hinein, vielleicht würde sein Undercover-Einsatz auch ein bisschen Spaß machen.

***

Der Arzt in der Ambulanz hatte den glatten Schnitt mit ein paar Strips und einer Wundheilungscreme behandelt, bevor Faber ein längliches Pflaster auf die Wange bekam. Anne Hannler hatte mit ziemlicher Wucht zugeschlagen, sodass der Schnitt glatte Ränder hatte und keine Narben hinterlassen würde. Während sie zum Revier zurückfuhren, meldete sich Frauke Petersen und berichtete, dass Antje Weiland auf dem Nachhauseweg war. Frauke würde in der Nähe die Villa beobachten, bis Leitmann später übernahm. Sobald sich etwas Neues ergeben sollte, wollten sie sich melden.

„Beim Rasieren geschnitten oder hat Ihnen die Kollegin eins auf die Backe gegeben?“, fragte Tamme fröhlich. Auch er war nach Schulschluss zum Revier gelaufen und durch den Hintereingang am Parkplatz hoch ins Büro gegangen.

„Eins auf die Wange bekommen, aber nicht von Rike!“, erwiderte Faber und zog sich sein Jackett aus. „Ist es sinnvoll, aufs Revier zu kommen? Ein Schüler könnte Sie sehen.“

„Keine Sorge, ich bin von hinten rein und habe aufgepasst“, entgegnete Tamme, danach hielt er Faber sein Handy hin. „Ich dachte, Sie wollten das so schnell wie möglich haben. Das ist der Klon von Antje Weilands iPhone. Faber, damit haben Sie ihre gesamte Adressliste, die alte Korrespondenz, und sobald Antje jetzt irgendetwas mit dem Ding macht, sehen Sie es live, als ob Sie auf Antjes Handy schauen.“

„Unglaublich! Ich bin mal wieder tief beeindruckt von Ihnen, Tamme“, lobte Faber anerkennend, aber eigentlich war er ein bisschen halbherzig bei der Sache, weil er immer noch über die Involvierung des Verfassungsschutzes nachdachte. „Warum zeigen Sie es nicht Rike? Sie ist technisch viel besser als ich.“

„Und viel hübscher“, flirtete Tamme und grinste Rike an, die sich mit ihm an ihren Schreibtisch setzte, um sich die verschiedenen Möglichkeiten auf dem Handy zeigen zu lassen.

Faber hatte sich in sein Büro zurückgezogen und wollte der Sache in Eisenach auf den Grund gehen. Er googelte im Internet und suchte

Zeitungsartikel, die von 2002 bis 2004 erschienen waren und mit Neonazis, Prozessen und außergewöhnlichen Festnahmen im rechten Milieu zu tun hatten. Was er als Erstes fand, waren Artikel aus späteren Jahren, die sich auf die Jahre 2002 bis 2004 bezogen:

Berliner Zeitung: *(...) Der Erfurter Verfassungsschutz hat laut einem Bericht der „Berliner Zeitung" bestätigt, dass zwischen 1997 und 2003 insgesamt zwölf V-Leute deutscher Geheimdienste im rechtsextremistischen „Thüringer Heimatschutz" (THS) aktiv waren. (...)*

Süddeutsche Zeitung: *(...) Nach Recherchen des NDR und der Süddeutschen Zeitung liegen den Ermittlungsbehörden zahlreiche Hinweise zu Aktivitäten der Gruppe vor. „Combat 18" gilt als der bewaffnete Arm der europaweit tätigen Neonazi-Gruppe „Blood & Honour". Letztere Gruppierung ist in Deutschland seit dem Jahr 2000 verboten. (...)*

Thüringer Allgemeine: *Thüringen trauriger Spitzenreiter bei Nazi-Szene-Treffs (...)*

Musik scheint das ideale Mittel zu sein, um Jugendlichen den Nationalsozialismus näherzubringen. Allein in Thüringen fanden im vergangenen Jahr 27 rechte Konzerte statt. So manches Musik-Spektakel ist über die Jahre zu einem bundesweiten Event geworden. So findet beispielsweise seit 2003 in Gera das Festival „Rock für Deutschland" statt. Kamen am Anfang gerade einmal 100 Leute, sind es mittlerweile mehrere Tausend (...)

„Wenn Hannlers Vita vom Verfassungsschutz nach Eisenach verlegt wurde, dann kommt er bestimmt nicht daher", sagte er laut zu sich selbst, als Rike reinkam.

„Ich bin hier, du musst nicht mit dir selbst sprechen", veralberte sie ihn. „Hast du einen Moment?", fragte sie anschließend ernst.

„Klar, komm rein, ich fische nur im Trüben", antwortete er und Rike setzte sich mit dem Telefon, das Tamme ihr gegeben hatte.

„Ich habe mir Antjes SMS durchgesehen, speziell die vom Faschingswochenende. Leider ist die Kleine verdammt clever, keine klaren Aussagen, ansonsten haben wir SMS mit einer ganzen Menge Leute. Tamme versucht über die Telefonnummer mehr über die Kontakte herauszubekommen", fing sie an zu berichten.

„Rike, Videos, hat Tamme versucht gelöschte Videos wiederherzustellen?“, unterbrach Faber sie wieder mal ziemlich ungeduldig.

„Hältst du uns eigentlich für blöd? Klar hat er das, doch mit dem Telefon wurden keine Videos gemacht, weder das von Gesine noch das von dem Unfall des Pfarrers.“

„Entschuldige, war nicht so gemeint“, warf er sofort ein. „Aber was heißt das jetzt? Irren wir uns, was Antje angeht?“

„Kann schon sein. Aber Tamme hatte noch eine andere Idee. Er hat Antje heute im Unterricht näher kennengelernt und glaubt, sie ist schlau und richtig skrupellos. Sie scheint in ihrer Klasse so eine Art Diva zu sein, denn wenn sie den Mund aufmacht, dann hören ihr alle zu. Tamme denkt, sie hat ein zweites geheimes Handy, das sie ausschließlich für das Game und die Videos nutzt“, fasste Rike zusammen, was sie mit ihrem Kollegen besprochen hatte.

„Mist“, fluchte Faber. „Ich habe Bedenken, dass uns die Zeit davonläuft“, sagte er gerade, als sein Festnetzanschluss klingelte. Er blickte auf die Nummer und stöhnte auf. „Friedrichs, jetzt geht es los!“

„Faber“, meldete er sich und hielt den Hörer etwas von seinem Ohr weg. Rike war neben ihn getreten und beugte sich runter, um mitzuhören. Hätte er auf Lautsprecher gestellt, dann hätte sein direkter Vorgesetzter das mitbekommen und gleich losgepoltert. Friedrichs und Faber waren seit dem ersten Tag, den Faber hier in Emden angefangen hatte, auf Kriegsfuß. Was weniger an Richard Faber lag. Der Erste Kriminalhauptkommissar Friedrichs war ein Egozentriker und ein Politiker, wie er im Buche stand. Sein Ziel war es, lieber heute als morgen Kriminalrat zu werden, und dafür ging er sprichwörtlich über Leichen. Nicht, dass er bekannt war für seine aufgeklärten Mordfälle, nein, seine Leichen waren Mitarbeiter, vor allem Untergebene in der Hierarchie. So wie Faber, denn er war einer der Kriminalermittler, denen Friedrichs nie das Wasser reichen könnte.

„In was für einer Scheiße rühren Sie jetzt schon wieder, Faber?“, kam die wie gewohnt freundliche Begrüßung seines Vorgesetzten. „Ich habe Sie gewarnt, keine Cowboy-Show abzuziehen, doch mit jedem Fall, den Sie übernehmen, irritieren Sie die allerhöchsten Chefetagen.“

„Ihnen auch einen guten Tag, Herr Friedrichs", erwiderte Faber und spürte den Zorn, der sich in seinem Bauch wie eine Faust zusammenballte. „Ich habe leider keinen blassen Schimmer, wovon Sie reden. Vielleicht könnten Sie mir es in Ihrer blumigen Art erklären."

„Werden Sie ja nicht frech. Nur weil Sie mit Ihrem letzten Fall einen Glückstreffer erzielt haben und die Presse deutschlandweit auf Emden und den Müllskandal aufmerksam wurde, schützt Sie das nicht vor einer Suspendierung."

„Wissen Sie was", setzte Faber an und bekam in der Sekunde von Rike einen festen Schlag ins Genick. Er verkniff es sich aufzuschreien und sah sie nur böse an. Rike hingegen hob ihre Hände warnend hoch und wedelte mit einer Hand vor ihrem Hals, was so viel bedeutete wie: Halt ja den Mund! Faber atmete tief durch und sagte: „Wollen Sie mir erklären, was Sie meinen, EKHK Friedrichs?"

„Der Polizeipräsident von Niedersachsen hat mich angerufen. Es gab eine unmissverständliche Anweisung im Fall Gesine Hannler", fuhr Friedrichs im gleichen scharfen Ton fort. „Sie, Faber, und Ihr Team halten sich von der Familie Hannler fern, Sie ermitteln nicht in der Vergangenheit der Familie und lassen die Leute in Ruhe. Die haben doch schon genug mitgemacht", fügte Fabers Chef dann scheinheilig an. Denn die Gefühle der Eltern waren Friedrichs reichlich egal.

„Verstanden und heute Abend werde ich den Verfassungsschutz in meine Gebete mit einbeziehen", konnte Faber sich nicht verkneifen und bekam wieder eine Kopfnuss von Rike. Er hielt den Hörer zu und sagte aufgebracht: „Noch ein Mal und ich versohle dir den Hintern, dass du nicht mehr sitzen kannst."

„Verfassungsschutz?", war alles, was Friedrichs besorgt wiederholte.

„Wenn man Sie schon zum Hermes macht, sollten Sie als Götterbote eigentlich eingeweiht sein, oder?", konnte Faber sich einfach nicht bremsen.

„Treiben Sie es nicht auf die Spitze. Sie haben gehört, was ich gesagt habe, Finger weg von den Hannlers und von dem anderen Mist will ich erst gar nichts wissen. Faber, ich warne Sie: Keine Alleingänge, wir sind hier nicht im Wilden Westen und Sie nicht John Wayne!"

„Jawohl“, betonte Faber zynisch. „Keine Hannlers mehr, aber die Vergewaltigung von Gesine Hannler darf ich aufklären. Wenn ich den Kerl habe, dann dürfen Sie Stephen und Anna Hannler das mitteilen.“

„Stecken Sie sich Ihren Sarkasmus dahin, wo die Sonne nicht scheint“, pöbelte Friedrichs und legte auf.

„Bist du noch gescheit?“, pflaumte Faber Rike an. „Weißt du eigentlich, wie zärtlich Knuts Schläge in mein Genick sind? Du hingegen haust zu, als ob ich ein Maulesel wäre.“

„Guter Vergleich“, lobte Rike ihn und meinte anschließend sarkastisch: „Und ja, bitte, gerne geschehen. Ich weiß, wie sehr du es schätzt, wenn man dir den Job rettet. Nur keine Blumen oder Pralinen, das wäre übertrieben.“

Faber sah sie an, dann grinste er und am liebsten hätte er sie in dem Moment in den Arm genommen. Stattdessen aber sagte er: „Setz dich auf deinen Hintern, damit ich ihn nicht verhauen kann. Und reden wir darüber, was wir jetzt machen. Die erste Warnung haben wir bekommen. Wenn wir jetzt nicht vorsichtig sind, geht uns der Fall flöten.“

Rike ließ sich sofort wieder auf den Stuhl fallen, so als wolle sie wirklich ihren Allerwertesten in Sicherheit bringen. „Also gut, was machen wir jetzt?“, fragte sie.

„Lass uns spekulieren, das tust du doch am liebsten“, schlug Faber vor. „Los, was haben wir über die Hannlers?“, forderte er Rike auf.

„Haben wir denn genug Fakten?“, fragte sie schelmisch und meinte mit tragender Stimme: „Es wäre ein enormer Fehler, Theorien aufzustellen, ehe man die Fakten hat. Ohne es zu merken, dreht man am Ende die Fakten so, dass sie zu den Theorien passen, statt die Theorien so aufzustellen, dass sie zu den Fakten passen.“

„Jetzt klaue mir nicht mein eigenes Sherlock-Holmes-Zitat, sondern denke lieber nach!“, wies Faber sie in die Schranken.

„Okay, Hannler steht unter dem Gewahrsam des Verfassungsschutzes, und da er bereits seit bald fünfzehn Jahren hier unter diesem Namen lebt, muss er einmal enorm wichtig gewesen sein oder er ist unter seiner wahren Identität immer noch hochgradig gefährdet“, fing Rike an. „Die kleinste Anfrage zu seiner Vergangenheit und wir bekommen bereits einen Maulkorb.“

„Ich bin für hochgradig gefährdet“, erwiderte Faber. „Denn Anna Hannlers Reaktion hatte mit Angst zu tun und er hat davon gesprochen, dass SIE es waren.“

„Dem stimme ich zu. Nehmen wir mal die Aufgabengebiete des Verfassungsschutzes. Bei denen stehen alle Organisationen, die aufgrund ihrer Aktivitäten als verfassungsfeindlich oder terroristisch eingestuft sind, unter Beobachtung. Auch wenn Hannler wahrscheinlich nicht aus Thüringen kommt, so vermute ich, er kommt aus dem Osten“, sagte Rike überzeugt und Faber runzelte erstaunt seine Stirn. Rike fuhr bereits fort: „Ich habe mal gehört, dass man bei der Vergabe von Tarnidentitäten so weit wie nur möglich bei der Wahrheit bleibt. Damit die Personen im Zeugenschutzprogramm es nicht so schwer haben.“

„Wovon redest du? Ich stehe auf der Leitung“, erwiderte Faber immer noch verwirrt.

Rike stöhnte, doch fing an zu erklären: „Man bleibt zum Beispiel bei den Initialen der Namen. Ein anderes Beispiel ist, dass man jemandem aus Bayern bestimmt keine Tarnidentität in Thüringen verschafft. Erstens ist die Mentalität von Bundesland zu Bundesland verschieden, aber auch der Dialekt. Darum denke ich, die Hannlers sind zwar nicht aus Eisenach, doch vielleicht aus Sachsen, Sachsen-Anhalt oder Brandenburg. Kein Ostfriese kennt wirklich den Unterschied bei den Dialekten der neuen Bundesländer.“

„Stimmt“, war alles, was Faber von sich gab.

„Und um aufs Thema zurückzukommen, dort im Osten sind es bestimmt die radikalen Rechten, eventuell sogar die NPD, auf die der Verfassungsschutz ein Auge hat.“

„D’accord, die Rechten. Ich denke, alle Fakten sprechen dafür. Besonders weil unser Moderator, wenn er nicht die Hannlers auf dem Kieker hat, ausländerfeindliche Challenges vergibt. Gehen wir davon aus, dass der Moderator eine Person aus dem Neonazi-Umfeld ist, aber warum will er Hannler schaden?“, warf Faber ein.

„Rache, Hannler hat etwas getan, vielleicht gegen einen Neonazi ausgesagt und ihn hinter Gitter gebracht“, schlug Rike vor.

„Daran habe ich auch schon gedacht und im Internet nach Prozessen gesucht, die vor vierzehn, fünfzehn Jahren gegen die Rechten liefen. Jedoch muss seine Zeugenaussage damals Ungeheuerliches ausgelöst haben, denn wer sucht schon so viele Jahre nach einer Person?“

Rike runzelte die Stirn. „Faber, wenn diese Neonazis all die Jahre nicht lockergelassen haben, dann ist es persönlich. Ich meine, die mit ihrem ganzen Kameraden-Theater und der nationalistischen Loyalität, für die wäre Verrat das schlimmste Verbrechen."

„Willst du damit andeuten, dass Stephen Hannler selbst einmal einer von dem Verein war?", fragte er, doch kaum hatte er das ausgesprochen, klingelte irgendwas in seinem Hinterkopf.

„Ja, denn denke mal nach, Richard. Wenn er nur ein normaler Zeuge gewesen wäre und er hätte einige dieser Kerle hinter Gitter gebracht, würden die direkt Rache an ihm nehmen. Aber er war eine echte Ratte, einer, der bei den Neonazis mitgemischt hat und seine eigenen Kameraden verraten hat. Den lässt man leiden, bevor er selbst attackiert wird", Rike zog die Augenbrauen hoch und unterstrich das Gesagte mit einem Nicken. „Erst die Pferde, dann seine Tochter und auch noch den Pfarrer, der der Familie so wichtig war. Als Nächstes vielleicht den Rest der Familie oder Stephen selbst. Wie seine Frau es gesagt hat."

„Das ist ein verdammt guter Gedanke, denn es hat mich gestört, dass der Verfassungsschutz so lange die Hand über Hannler gehalten hat", ging Faber auf ihre Theorie ein. „Außerdem hat es mich völlig irritiert, was seine Frau zu mir sagte, kurz bevor sie mich schlug."

„Du meinst: Verschwinde, du dreckige Zecke", wiederholte sie Annas Worte und kräuselte die Stirn.

„Zecke, das hat mich gestört. Es ist ein beliebtes Wort bei den Neonazis, wurde von dem Wort Parasit im Dritten Reich abgeleitet und bezieht sich jetzt auf Linke und Ausländer", erklärte Faber. „Wahrscheinlich war nicht nur Stephen, sondern auch Anna Hannler mal bei dem Verein. Jemanden als Zecke zu beschimpfen, fiele keinem Thüringer und keinem Ostfriesen ein. Diese Anna Hannler ist vorhin auf dem Hof so zornig geworden, dass sie bestimmt auf ihren alten Wortschatz zurückgegriffen hat. Im Übrigen zeigt die Aktion mit der Gerte, wie sie mit Gewalt umgeht. Bevor ich jemanden mit einer Gerte schlagen würde, müsste schon verdammt viel passieren!"

„Aha, interessant! Und warum zeigst du sie dann nicht an?", entfuhr es Rike, denn sie war immer noch wütend darüber, dass Faber so etwas nicht in Erwägung zog.

„Wollen wir den Fall für Gesine lösen? Oder wollen wir jetzt einen Kleinkrieg mit den Hannlers anfangen? Ich sage dir, dann bringen wir gar nichts mehr in Erfahrung!“, raunzte er sie an. „Bleiben wir beim Thema, du sagtest: Anna Hannler zeigt Gewaltbereitschaft.“ Rike runzelte zwar verständnislos die Stirn, nickte jedoch.

„Vor allem, wenn man bedenkt, dass die beiden doch angeblich so gläubig sind“, griff sie den Faden wieder auf.

„Weißt du, eigentlich werden Tarnidentitäten in Deutschland nur vorübergehend gewährt, ein so ausgeklügeltes Zeugenschutzprogramm wie in den USA haben wir in Deutschland nicht“, kam Faber auf den Verfassungsschutz zurück. „Es sei denn, Hannler war selbst eine große Nummer bei den Rechten, weit oben in deren Hierarchie, und hat dann seine eigenen Leute verraten. Da würde man bestimmt eine Ausnahme machen.“

„Dann muss das damals ein Riesending gewesen sein. Wahrscheinlich nicht bei der NPD, denn es gibt von deren Mitgliedern zu viele Fotos im Internet. Da hätte Hannler nicht untertauchen können“, überlegte sie. „Vielleicht war er in einer der militanten Gruppen, die ihre Gesichter von Kameras fernhalten.“

„Welche meinst du?“

„Du weißt schon, die Organisationen, die bereits verboten wurden, die Weisse Wölfe Terrorcrew, Kameradschaft Walter Spangenberg oder auch die Aryan Brotherhood, die sind sogar international tätig.“

„Das macht Sinn, nur wie kommen wir an die Daten? Das wird besonders schwierig!“

„Als ich vorhin reinkam, hast du bereits gemurmelt, dass Hannler höchstwahrscheinlich ursprünglich nicht aus Eisenach stammte, wenn man seine Tarnidentität dort angesiedelt hat.“ „Wir sollten deutschlandweit suchen“, brachte Rike es auf den Punkt. „Selbst wenn der Verfassungsschutz Hannlers Identität geheim gehalten hat, muss die Presse irgendetwas von einer Verhaftungswelle oder von Durchsuchungen mitbekommen haben.“

„Das wird eine Menge Arbeit, denn wir müssen auch nach kleinen Meldungen suchen. Vielleicht hat der Verfassungsschutz der Presse nur Häppchen hingeworfen. So ein großes Theater wie die NSU-Morde war das bestimmt nicht“, grübelte Faber und meinte dann: „Ich übernehme Nordrhein-Westfalen, Hessen, Thüringen und alle Bundesländer, die südlich davon liegen, du checkst alles, was nördlich davon liegt. Erst einmal nur Internet und Zeitungen. Zur Not rufe ich noch einen ehemaligen Kollegen bei Europol an, bevor wir einen Staatsanwalt befragen. Nicht, dass Friedrichs wieder einen

Beschwerdeanruf bekommt", ordnete Faber an und Rike verzog den Mund.

„Na super, dann habe ich die Bundesländer mit den meisten Nazihochburgen. Nur gut, dass ich beim Recherchieren genialer bin als du, sonst wäre das nämlich unfair!"

„Mach, dass du rauskommst, und geh an die Arbeit", quittierte er ihren Kommentar.

***

„Faber", sagte Tamme und kam mit Rike in sein Büro. „Sie ist am Handy, SMS mit einer Schulfreundin. Ich kenne das Mädchen, Sabine Drews, sie ist auch in der 11c." Alle drei blickten auf das geklonte Telefon.

Bine: WZTWD warte seit 1h?
Antje: Sorry, busy DD.
Bine: Dbido! ☺
Antje: Cul8er ☺☺

„Du lieber Himmel, was soll denn das bedeuten?", fragte Faber und blickte auf das Kauderwelsch.

„Ich übersetze", meinte Tamme und lachte. „Teenager-SMS-Sprache. Also, Bine fragt: Wo zum Teufel warst du? Warte seit einer Stunde. Antwort von Antje: Entschuldigung, bin beschäftigt, drück dich. Bine: Du bist doof. Antje wieder: Sehe dich später."

In dem Moment klingelte Fabers Handy, es war Frauke Petersen. „Chef, Antje Weiland steht an der Bushaltestelle, hat gerade mit ihrem Handy rumgespielt. Doch dann hat sie es in ihre Jeans gesteckt und ein zweites Handy rausgeholt."

„Verdammt. Okay, folgen Sie ihr unauffällig und melden Sie sich noch einmal, wenn sie sich mit jemand trifft", ordnete Faber an und legte auf. „Antje nimmt einen Bus, und Sie haben recht, Tamme, sie benutzt zwei Handys. Mit etwas Glück trifft sie sich mit ihrem Freund, denn diese Bine hat sie ja wohl gerade versetzt."

„Wir können nicht durch ihr geklontes Handy an das andere heran, oder?", fragte Rike an Tamme gewandt.

„Nein, nur auf meinem Telefon ist der ISMI-Catcher. Wenn sie aber das geklonte Handy nicht abschaltet, dann können wir die Kamerafunktion übernehmen“, erklärte Tamme.
„Und uns die Innentasche ihrer Jeans ansehen?“, erwiderte Faber sarkastisch.
Tamme verzog den Mund. „Ist der immer so?“, brummte er an Rike gewandt und sie nickte übertrieben. „Wenn ich die Kamerafunktion einschalte, hören wir sie auch, wenn sie in der Nähe des Handys bleibt.“
„Na, das klingt schon besser“, lenkte Faber ein. „Nichts für ungut, Tamme, ich bin ein bisschen angespannt. Bleiben Sie am Telefon und zeichnen Sie auf, was man hören kann.“
In dem Moment klingelte Fabers Telefon wieder und er stellte es auf Lautsprecher. „Ich bin es noch einmal“, sagte Frauke. „Sie werden es nicht glauben, Chef, wo Antje ausgestiegen ist. Sie hat den 501er-Bus genommen und ist in Emden-Borssum, Wilhelm-Leuschner-Straße ausgestiegen. Dort ist sie in einem der Hochhäuser verschwunden.“
„Dann fraternisiert die verwöhnte Göre also mit den Assis aus der Wi-Leu-Street?“, warf Rike ein und wiederholte Antjes Schimpfwort.
„Konnten Sie sehen, in welche Wohnung sie gegangen ist?“, hinterfragte Faber sofort.
„Nein, aber ich habe mir alle Namen von den Klingelschildern notiert, die wollte ich jetzt PM Husman durchgeben. Er hat die Liste und kann feststellen, welche Familien das sind.“
„Gut gemacht, Frau Petersen. Bleiben Sie dran“, meinte er gerade, als Tamme die Hand hob. Er stellte die Lautstärke des Klons so hoch wie möglich und hatte die Aufzeichnungsfunktion bereits eingeschaltet. Alle drei setzten sich um Fabers Schreibtisch und lauschten konzentriert.
„Komm rein, du siehst scharf aus, Baby“, hörte man gedämpft die Stimme eines Mannes.
„Bin ich auch. Sind deine Alten da?“, fragte Antje.
„Ausgeflogen, komm her“, erwiderte der Jugendliche.
Dann vernahm man eine ganze Weile nichts und plötzlich eine Art Aufschlag, als wäre das Handy runtergefallen.
„Ich nehme mal an, das Handy ist mit der Jeans gerade auf dem Boden gelandet“, mutmaßte Tamme.

„Na, dann kann ich mir schon vorstellen, was wir als Nächstes hören werden“, brummte Faber. „Das muss ich mir jetzt nicht antun. Zeichen Sie weiter auf, Tamme, und wenn die beiden wieder zum Reden übergehen, hören wir uns das an.“

Kapitel 9

Es wurde Zeit, das Endspiel sollte beginnen! Heute Nacht würde es passieren. Er begann zu tippen:

Challenge: Inferno

Meine Lieben. Es gab drei ganz hervorragende erste Plätze, seit wir mit dem Spiel begonnen haben, doch der momentane Erste ist nicht gleich Gewinner des Spiels. Jetzt kommt eure größte Herausforderung, die Zusammenarbeit. Natürlich weiß ich, dass einige von euch bereits zusammengearbeitet haben und das ist gut. Heute Nacht aber wird sich zeigen, wer von euch die neue Number One wird! Erinnert euch, was ich ganz zu Anfang des Spiels an euch verschickt habe, die Grundregel für das Endspiel. Dieses beginnt heute Nacht! Hier sind eure Codes. Ruft eure Gewinnernachricht auf. Tragt diese Passwörter ein und dann erhaltet ihr die Anweisungen, die Standorte und wo ihr das Material findet, was einige von euch benötigen:

Challenge: Gefallenes Mädchen: X8%L?2@7!
*Challenge: Himmelfahrt: J7&y*_9)“*
Challenge: Kakerlake: U§4#Z5;i%

Schickt keine Bestätigung über die Plattform, macht euch sofort an die Arbeit. Viel Glück, heute Nacht entscheidet es sich.
Eure Number One

Er grinste, als er die Challenge auf die Plattform kopierte und abschickte.

***

„In 2003 wurde in Brandenburg eine ziemlich große Razzia durchgeführt und verschiedene Leute verhaftet“, sagte Rike, als sie sich später am Nachmittag wieder mit Faber zusammengesetzt hatte. Beide hatten im Internet recherchiert und Tamme hörte weiter das Telefon ab, in der Hoffnung, dass Antje und ihr Freund etwas

Verdächtiges besprachen. „Die Ermittler hatten es auf eine Ableger-Organisation von Combat 18 abgesehen, der gewalttätigen Kampfgruppe von Blood and Honour. Obwohl es Verhaftungen gab, wurde es in der Presse nur nebenbei erwähnt."

„Auf die bin ich auch gestoßen", bestätigte Richard. „Combat 18 wurde ursprünglich 1992 als Saalschutz für Veranstaltungen der British National Party gegründet und angeführt von einem David Myatt vom National Socialist Movement", erklärte er Rike, denn er hatte sich schlaugemacht, als er ebenfalls 2003 Aktionen in Süddeutschland entdeckt hatte.

„Das habe ich gesehen", erwiderte sie. „Die Gruppe ist trotz des Verbots in Deutschland weiter europaweit und in den USA aktiv. Ihr werden die Drohungen und Anschläge gegen Gewerkschaftler und Politiker 1999 in Elmshorn nachgesagt, da das Kürzel Combat 18 verwendet wurde."

„Combat 18", brummte Faber verärgert. „Diese Typen sind einfach nur krank. Du weißt, was Combat 18 bedeutet, oder?"

Rike nickte. „Die 18 steht für Adolf Hitler, der erste und achte Buchstabe des Alphabets, und Combat ist das englische Wort für Kampf."

„Die Ermordung eines Tunesiers, der 2007 in Dortmund erschossen wurde, soll ebenfalls von einem mutmaßlichen Combat-18-Mitglied verübt worden sein", fuhr Richard fort mit dem, was er entdeckt hatte. „In 2003 habe ich auch ein paar nebensächliche Berichte der Presse gefunden über Hausdurchsuchungen, Überprüfungen sogenannter Wehrsportübungen nahe der tschechischen Grenze in Bayern, und dabei hat sich rausgestellt, dass die Mitglieder aus allen möglichen Bundesländern kamen, vor allem den südwestlichen."

„Meinst du, es könnte der Verein sein? Diese Durchsuchungen kommen mir alle zu klein vor. Wenn jemand hinter Hannler her ist, müsste das größere Wellen geschlagen haben als nur ein paar Verhaftungen."

„Das habe ich mir auch gedacht, und darum habe ich meinen Freund in Brüssel angerufen", holte Faber sein Ass aus dem Ärmel. „Er arbeitet für Europol und ich habe vor Jahren einmal bei einer internationalen Drogenermittlung mit ihm zusammengearbeitet, als ich noch bei der Drogenfahndung in Frankfurt war. Er hat kurz danach zur Terrorbekämpfung gewechselt, dennoch sind wir in Kontakt geblieben."

„Jetzt mach es nicht so spannend“, drängte Rike. „Was hat er gesagt?“

„Er hat sich gedreht und gewendet wie ein Aal. Wollte erst nicht mit der Sprache raus, meinte dann aber, dass es 2003 eine Aktion gab, die in Deutschland, Frankreich, Italien und auch gemeinsam mit dem MI5, dem britischen Inlandsgeheimdienst, simultan erfolgte. Es hat wohl ein Insider aus der höchsten Führungsebene der Neonazis gesungen und internationale Namen genannt. In dem Jahr waren sowohl Blood and Honour als auch ihre Kampftruppe Combat 18 bereits in Deutschland verboten. Doch du kannst dir denken, was in solchen Fällen passiert: Es bilden sich neue Gruppen, unter neuen Namen, und der ganze braune Scheiß ist derselbe.“ Faber schüttelte den Kopf. „Mein Freund ließ den Namen Victory 444 fallen und gegen diese Gruppe wurde ermittelt.“

„444?“, grübelte Rike für einen Moment. „Der vierte Buchstabe im Alphabet ist ein D.“

„Ja, Victory DdD! Sieg Deutschland den Deutschen.“

„Oh Mannomann!“, entfuhr es Rike. „Kann das Hannler gewesen sein?“

„Keine Ahnung, mein Kontakt meinte nur, dass er alles, was er mir gesagt hat, offiziell nicht gesagt hat und ich mich auf keinen Fall auf ihn berufen soll“, beantwortete Faber ihre Frage. „Ich glaube, er wusste den Namen des Spitzels selbst nicht, er konnte noch nicht einmal bestätigen, dass die Person aus Deutschland stammte. Doch die Aktion war ein voller Erfolg. Victory 444 musste in 2003 herbe Rückschläge einstecken und war danach für Jahre von der Bildfläche verschwunden.“

„Erstaunlich, dass nichts davon zur Presse durchdrang“, grübelte Rike.

„Nein, ist es nicht. Wenn die Geheimdienste eine solche gemeinsame Aktion durchführen, herrscht Schweigen auf allen Ebenen. Ich habe so etwas einmal mit einem europaweiten Schlag gegen einen Drogenring mitgemacht. Es galt absolute Verschwiegenheitspflicht und eigentlich dürfte ich dir davon gar nicht erzählen. Denn wir hatten damals keinen Erfolg, wir bekamen nicht die Hintermänner und darum lief es auch nicht über die Presse.“

„Das heißt, dass man damals zwar eine Menge von den Köpfen dieses Nazivereins geschnappt hat, wichtige Leute jedoch entkommen konnten“, spekulierte Rike.

„Ist anzunehmen", sagte Faber. „Vielleicht haben sie Victory 444 zerschlagen, aber festgestellt, dass andere hohe Mitglieder, vielleicht auch von der NPD, da mitgemischt haben. Natürlich bewahrt man in dem Fall Stillschweigen, um weiter ermitteln zu können."

„Obwohl wir keine richtigen Fakten haben, sollen wir dennoch unterstellen, dass Hannler der Spitzel in dieser Aktion war?", fragte Rike eher rhetorisch und runzelte die Stirn. „Wenn Victory 444 ein Ableger von Combat 18 ist, dann handelt es sich um die gewalttätigste Splittergruppe der Neonazis. Ich könnte mir vorstellen, dass die nach fünfzehn Jahren immer noch einen Groll gegen den Verräter haben", überdachte sie die Situation. „Was machen wir jetzt mit der Erkenntnis? Willst du diesen Sander vom Verfassungsschutz anrufen und warnen?"

Faber schüttelte den Kopf. „Was soll ich ihm sagen? Dass ein Victory-444-Mitglied seit einem Jahr als Moderator ein perverses Internetgame mit gewaltbereiten Teenagern spielt, um an Hannler, dem ehemaligen Spitzel, Rache zu nehmen, und nebenbei Flüchtlingsheime abfackelt?", fragte Faber etwas zynisch. „Der lacht mich nicht nur aus, der sorgt dafür, dass Friedrichs hier auf der Matte steht und mich aus dem Verkehr zieht."

„Dann hoffen wir, dass Sander für die Sicherheit der Hannlers sorgt, und wir bleiben bei dem, was wir beeinflussen können. Unseren Mitspielern", schlug Rike vor.

„Das würde ich auch vorschlagen", meinte Tamme. „Sorry, ich stand an der Tür und habe einiges von dem mitbekommen, was Sie beredet haben. Hört sich nach einer wilden Story an, jedoch nicht nach beweisbaren Tatsachen." Dann hob er das Telefon. „Bleiben wir lieber bei den Fakten. Antje und ihr Freund hatten eine nette Zeit miteinander und danach ein bisschen Bettgeflüster, aber jetzt passiert gerade etwas!"

Tamme spulte vor, damit er die vorherige Geräuschkulisse der beiden Jugendlichen übersprang. Sie hörten auf der Aufnahme plötzlich ein Piepen und das Gedudel eines Popsongs. „Das sind die Handys, aber nicht das Gerät, das wir abhören. Es muss Antjes zweites Handy sein und das des Mannes. Ich nehme an, es ist eine SMS eingegangen", klärte Tamme sie auf.

„Psst!", machte Rike, denn es war schwer zu verstehen, was die beiden sagten. Antje schien plötzlich aufgeregt und meinte:

„Wie schmoof, ich bin im Endgame!"

„Nicht nur du“, erwiderte der junge Mann. „Wir zusammen und noch ein Dritter, das wird der Hammer. Komm, wir geben die Codes ein.“

Dann hörte man eine Weile gar nichts, bis der Jugendliche davon murmelte, dass sie sich jetzt vorbereiten müssten und Antje so schnell wie möglich verschwinden sollte. Der Ton wurde besser, Faber nahm an, dass Antje sich ankleidete und daher ihr abgehörtes Handy wieder näher bei ihr war. Doch sie sagten nicht mehr viel, verabschiedeten sich nur noch.

„Es muss eine neue Challenge rausgegangen sein“, schloss Tamme und wollte gerade seinen Kollegen bei MediaReTec anrufen, als sein Handy klingelte.

***

„Gut, fassen wir zusammen“, meinte Faber im Großraumbüro, nachdem eine halbe Stunde später die schlimmste Hektik vorüber war. „Torben?“

„Friedhelm ist mit PMA Leitmann gerade los in die Wilhelm-Leuschner-Straße. Sie haben eine Streife zur Unterstützung mit dabei und werden Michael Häberlin erst einmal festnehmen“, begann PM Husman.

„Und wir sind uns sicher, dass er der Richtige ist?“, fragte Rike noch einmal nach, denn sie standen unter enormem Druck und jetzt durfte nichts schiefgehen.

„Michael Häberlin ist einundzwanzig und der einzige junge Mann in dem Komplex, der noch bei seinen Eltern lebt. Die Kinder der anderen Familien sind zu jung“, entgegnete Husman sofort. „Außerdem ist uns der Name bei der Überprüfung der Schwimmvereine aufgefallen, er schwimmt für den Emder Verein Neptun. Wir haben aber noch mehr“, meinte er stolz. „Nämlich eine Ahnung, wo Antje Weiland ihn kennengelernt hat. Er ist ebenfalls Mitglied des JRVD, dem Jugendverband der Partei Rechtes Votum Deutschland.“

„Gut, ich denke, er ist unser Mann, der Vergewaltiger von Gesine“, sagte Faber.

„Wir haben ein Foto von ihm, da er eine Anzeige wegen einer Schlägerei bekommen hat. Von der Statur und den Haaren her passt er. Außerdem trägt er einen Ohrring und als Beruf ist Kfz-

Mechaniker angegeben“, fuhr Husman fort. „Darum habe ich bereits mit dem Staatsanwalt geredet. Er besorgt uns einen Durchsuchungsbefehl für die Wohnung und den Keller in der Wilhelm-Leuschner-Straße. Dr. Schorlau ist mit seinem Team bereits auf dem Weg.“

„Gut gemacht, Torben. Tamme, wie weit sind Sie mit der neuen Challenge?“, trieb Faber die Besprechung voran.

„Kniffelig“, erwiderte er kurz. „Drei Mitspieler, die die besten ersten Plätze gemacht hatten, haben einen Code bekommen. Ich nehme an, dass die Gewinnmitteilung, die der Moderator ihnen schickte, ein Unterprogramm hat. Wenn der Code dort eingegeben wird, öffnen sich bestimmt detaillierte Anweisungen. Was mir große Sorgen macht, ist, dass der Moderator von einem Standort spricht, wo Material bereitliegt. Er kann dafür sorgen, dass die Jugendlichen bewaffnet sind“, erklärte er. „Aber ohne die Handys kommen wir da nicht ran.“

„Was ist mit Marius Werfels Handy, hat das die Challenge bekommen?“

„Nein, nichts auf seinem Handy. Faber, ich vermute, dass Marius zwar einmal auf dem ersten Platz war, da er aber niemand verletzte bei dem Brand im Flüchtlingsheim, gehört er nicht zum ausgewählten Kreis der drei Endspieler. Ich vermute, die Endspieler sind: Antje Weiland mit der Vergewaltigung, die den Challenge-Namen *Gefallenes Mädchen* hatte. Dann dieser Michael Häberlin, dem wahrscheinlich der Tod von Pfarrer Klugenhagen zuzuschreiben ist, die Challenge *Himmelfahrt*. Und wir haben einen Unbekannten, der mit der Challenge *Kakerlake* gewann. Das war garantiert der Überfall auf die türkischen Kinder.“

„Die Person, die das Video der zusammengeschlagenen schwer verletzten türkischen Kinder hochgeladen hat! Der Moderator will nur die brutalsten Mitspieler für sein Endgame“, steuerte Rike bei.

„Ja, und am meisten Kopfzerbrechen macht mir Antje Weiland, denn sie ist diejenige, die bei allen drei Challenges dabei war. Sie filmte die Vergewaltigung, sie war bei dem Überfall auf die Kinder dabei und filmte wieder bei Klugenhagens Autounfall“, mutmaßte Tamme laut. „Und der Moderator weiß, dass seine Endspieler zusammengearbeitet haben.“

„Dann ist es unheimlich wichtig, dass wir bei Michael Häberlin sofort zuschlagen“, meinte Faber. „Wir brauchen sein Handy. Falls wir da nicht sofort rankommen, dann lassen wir Antje festnehmen und verhören.“ Er wandte sich noch einmal an Tamme. „Sind Sie sich ganz sicher, dass wir nicht die Codes in Marius Werfels Handy eingeben können, um die detaillierten Anweisungen zu lesen?“

„Faber, ich verstehe mein Handwerk“, grollte Tamme ihn an, aber er wusste auch, dass der Hauptkommissar unter enormem Druck stand, und meinte sanfter: „Nein, jeder der Codes ist für ein spezifisches Programm geschrieben worden, das in den unterschiedlichen Gewinnbenachrichtigungen versteckt ist. Das muss schon ewig lange geplant worden sein und Marius war nie in der Auswahl der letzten Mitspieler. Denn seine Gewinnbenachrichtigung habe ich geprüft, da ist kein verstecktes Unterprogramm. Der Moderator wusste von Anfang an, wen er wollte!“

„Moment, Kommissar Hehler“, stoppte ihn Johannes Leitmann. „Jetzt haben Sie mich verloren. Wie war das?“ Auch die anderen des Teams sahen Tamme erwartungsvoll an. Sie waren dankbar, dass PMA Leitmann die Sache hinterfragt hatte.

Tamme seufzte. „Also gut, dann für IT-Anfänger. PMA Leitmann, stellen Sie sich mal vor, ich schicke Ihnen eine SMS, zum Beispiel mit dem Satz: Gehen wir heute Abend essen?“ Johannes runzelte die Stirn, nickte jedoch. „Das ist ein Satz, den Sie höchstwahrscheinlich mit einem Ja oder einem Nein beantworten, richtig?“ Wieder nickte Leitmann. „In der Nachricht kann ein Unterprogramm versteckt sein, zum Beispiel ein Trojaner, der dann Ihr Handy übernimmt. Um diesen Trojaner, oder auch Unterprogramm genannt, zu aktivieren, müssen Sie in Ihrer Antwort nur ein Ja oder ein Nein eingeben“, referierte Tamme weiter. „So weit klar?“

„Sie meinen, die SMS mit der Gewinnnachricht hatte so ein Unterprogramm“, stellte Johannes klar.

„Genau, nur, dass es keinen Trojaner beinhaltete, sondern eine weitere Nachricht. Die erscheint aber nur, wenn das richtige Codewort eingegeben wird. In unserem Fall ist das nicht ein Ja oder Nein, sondern das Passwort, das der Moderator verschickt hat. Und Marius’ Gewinnnachricht hatte kein Unterprogramm, jetzt klar?“

„Das bedeutet, die ursprünglichen Gewinnnachrichten nach dem Hochladen der Videos waren schlafende Programme, die später aktiviert wurden, als Antje und dieser Michael die Passwörter eingegeben haben“, grübelte Rike laut. „Aber die letzte Challenge,

Himmelfahrt mit Pfarrer Klugenhagen, ist doch erst vor ein paar Tagen passiert. Wie konnte der Moderator denn wissen, dass Michael Häberlin es wirklich tun würde? Ich meine, die Challenge annehmen", fragte Rike berechtigt und Tamme zuckte nur die Schultern.

„Weil er Michael kannte, genau wie Antje und die unbekannte dritte Person", erwiderte Faber resigniert. „Rike, weißt du noch, wie wir auf dem Rückweg von MediaReTec darüber geredet haben, dass der Moderator die Mitglieder aussucht, damit er sicherstellen kann, dass sie Gewaltpotenzial haben?"

„Ja, das war auch ein Grund dafür, warum Tamme den Undercover-Einsatz auf dem Max machen sollte. Wir dachten, dies wären die Fischgründe des Moderators, um die richtigen Jugendlichen zu finden", erinnerte sie sich.

„Aber es gibt noch eine andere Schnittmenge", sagte Faber. „Die Jugendgruppe dieser rechten Partei. Antje und Michael waren Mitglieder. Ich wette, dort finden wir auch den dritten Mitspieler und mit etwas Glück auch den Moderator. Torben, kannst du dich um eine Mitgliederliste kümmern und die durchleuchten?" Dann wandte er sich wieder an ihren Wikinger: „Tamme, wenn wir bei Michael nichts finden, in dem Fall müssen wir ihn verhören und vor allem auch Antje festsetzen. Denken Sie, mit unserer Aufzeichnung bekommen wir einen Haftbefehl für Antje Weiland?"

Tamme schob die Unterlippe vor und blies Luft aus, dann verschränkte er seine Arme. „Nur aufgrund von Antjes Aussage, dass sie im Endgame ist, keine Chance. Ich meine, ich kann es versuchen, aber ihr Vater, dieser Weiland, wird bestimmt sofort einen Anwalt einschalten. Da macht kein Richter mit."

„Hab ich mir schon gedacht", erwiderte Faber frustriert. „Nehmen wir uns Michael vor und Sie, Tamme, sprechen mit dem Staatsanwalt, wie er die Sache Antje Weiland sieht. Komm, Rike, wir holen Schorlau und sein Team ab und fahren ebenfalls in die Wilhelm-Leuschner-Straße. Anschließend sehen wir weiter."

***

In der Nähe der Wilhelm-Leuschner-Straße gab es nur eine einigermaßen große Fläche, um einen Hubschrauber zu landen, das Freibad Borssum. Aber wegen des schönen Wetters hatte man dort bereits geöffnet und es hätte für den Anflug geräumt werden müssen. Daher war Schorlaus Team auf dem Emder Flughafen gelandet und mit Faber und Rike zur Einsatzstelle gefahren.

„Als wir vor der Wohnung ankamen, meldete sich keiner. Wir haben sie aufgebrochen, Michael Häberlin war jedoch bereits weg“, überraschte sie PMA Leitmann, als sie vor der Siedlung aus dem Auto stiegen.

„Verfluchte Sauerei“, schimpfte Faber und Rike legte ihm die Hand auf den Rücken, damit er sich zusammennahm. „Ist doch wahr“, reagierte er darauf. „Ich hätte früher ein Team schicken sollen, schon als Antje bei ihm war.“

„Faber, wir konnten das alles nicht ahnen! Nicht, dass so schnell die neue Challenge reinkommt, und auch nicht, dass er verschwindet. Du hast entschieden, Frauke weiter Antje observieren zu lassen, so wissen wir wenigstens, wo das Fräulein sich befindet!“, versuchte sie, ihn zu beruhigen.

„Wissen Sie, welcher Keller zu der Wohnung dieser Häberlins gehört?“, unterbrach Schorlau ihre Diskussion. „Dort will ich anfangen. Wenn Gesine hier vergewaltigt wurde, dann habe ich dort am schnellsten Spuren. Richard, Rike, ihr könnt euch so lange in der Wohnung umsehen, aber vorsichtig bitte, macht mir keine Beweise kaputt“, wandte er sich an die drei.

„Das kriege ich sofort raus, kommen Sie“, beantwortete Johannes Leitmann die Frage des Pathologen.

PMA Leitmann brachte erst die beiden Kommissare in die Wohnung, die von einem Streifenpolizisten bewacht wurde, und erkundigte sich dann bei einem der Nachbarn nach dem Keller der Häberlins. Uniformierte befragten bereits sämtliche Nachbarn, ob sie gesehen hätten, wann und vielleicht in welche Richtung Michael Häberlin vor Kurzem das Haus verlassen hatte. Die Mitglieder der Familie Häberlin waren anscheinend nicht die angenehmsten Nachbarn. Michael ein Rowdy und die Eltern als Säufer bekannt. Daher taten die Befragten alles, um der Polizei zu helfen.

Als Leitmann den Keller der Häberlins für Schorlaus Team aufbrechen ließ, genügte Philipp nur ein Blick und er ließ Faber holen.

„Das ist der Ort, definitiv“, sagte Schorlau an Faber und Rike gewandt, die jetzt neben ihm standen. „Ich habe gemeinsam mit einem unserer Informatiker den Raum analysiert. Hier ist es passiert und ich finde garantiert DNA von der kleinen Hannler.“ Auf der linken Seite des Kellerraums stand ein Regal mit allem möglichen Kram, den man in Abstellräumen fand, bis hin zu einem Set Winterreifen. In der rechten Ecke befanden sich ein kleiner Tisch mit Aschenbecher und vier Sitzkissen. Es wirkte wie ein provisorischer Partyraum, denn es lagen leere Bierflaschen, eine zur Hälfte gefüllte Flasche Whiskey und Cola-Dosen rum. Selbst die benutzten dreckigen Gläser standen noch auf dem Tisch, es waren drei Stück.

„Drei Gläser, anscheinend war keiner mehr hier seit dem Abend der Vergewaltigung. Sie haben Gesine hierhergebracht. Ich wette, wir finden ihre DNA am Glas“, murmelte Rike wütend.

„Rohypnol“, sagte Schorlau, nachdem er die drei Gläser mit einem präparierten Wattestäbchen vorsichtig ausgewischt hatte. „In diesem Glas war das Betäubungsmittel. Ich nehme jetzt Fingerabdrücke, die sind bestimmt von unserem Opfer.“

„Rohypnol in einem Cola-Whiskey, wie du vermutet hast“, fügte Rike an und blickte auf Faber. Seine Augen waren auf den hinteren Bereich des Kellers gerichtet, wo sie die Matratze erkannten, die schon auf dem Video zu sehen gewesen war.

„Gut, dann lasse ich eine Großfahndung nach Michael Häberlin anlaufen“, erwiderte er. „Rike, ruf PMA Petersen an, wir dürfen Antje jetzt nicht verlieren. Sie soll in die Villa reingehen, sie festnehmen und dort warten, bis eine Streife zur Unterstützung angekommen ist.“ Sofort zückte Rike ihr Handy. Da sie jedoch keinen Empfang im Keller hatte, rannte sie die wenigen Treppen hoch zum Eingang.

„Johannes“, wandte Faber sich an PMA Leitmann und dessen Augen leuchteten auf, weil der Chef ihn das erste Mal beim Vornamen genannt hatte. „Bitte koordinieren Sie die Befragung der Streife, es soll nicht nur nach dem Verbleib von Michael Häberlin gefragt werden. Besorgen Sie ein Foto von Gesine und fragen nach, ob man sie hier gesehen hat. Fasching, sie trug ein Elfenkostüm, das ist wahrscheinlich aufgefallen, wenn jemand etwas beobachtet hat.“ Faber wusste genau, wie Zeugen tickten: Haarfarbe, Größe und Gesicht waren immer ein Problem. Wenn man aber nach Kleidung fragte und besonders nach etwas Auffälligem wie Elfenflügeln, dann erinnerten sich die Menschen.

„Hauptkommissar Faber“, sprach ihn einer der Polizisten in Uniform an, der gerade runtergekommen war. „Sie kommen besser mal, Frau Häberlin ist gerade nach Hause gekommen.“

„Und macht Ärger, richtig?“, fragte Faber und der Polizist nickte, hob die Hand und machte eine schüttende Bewegung an seinem Mund.

„De is steernhagelduun“, entgegnete der große Beamte und Faber sah fragend auf Philipp.

„Blau wie ein Veilchen“, übersetzte er. „Geh lieber hoch und sieh dir das an.“

Faber nickte. „Nicht nur, dass dieser Michael eine Hakenkreuzfahne in seinem Zimmer hängen hat, anscheinend sind seine Eltern wirklich Alkoholiker, wenn schon die Mutter um diese Uhrzeit betrunken ist“, brummte er. „Kein Wunder, dass der Junge völlig durchgeknallt ist!“ Er wandte sich noch einmal an Schorlau: „Philipp, wie schnell kannst du mir was geben, das vor einem Staatsanwalt standhält?“

Schorlau seufzte übertrieben. „Gesines Blutgruppe, gleich, denn ich denke, ich finde Blut auf der Matratze. DNA-Abgleich von dem Mann und DNA von Antje? Das dauert! Aber mit ein bisschen Glück finde ich Fingerabdrücke von beiden auf den Gläsern. Nehmt Antje Weiland erst einmal fest, der Haftbefehl hält stand, wenn sie Fingerabdrücke auf dem Glas hinterlassen hat.“

***

Frauke Petersen sprang nach ihrem Telefonat mit Kommissarin Waatstedt sofort aus ihrem Wagen, prüfte, ob sie ihren Ausweis auch wirklich in der Innentasche ihres Jacketts hatte, und tastete kurz nach der Dienstwaffe an ihrem Gürtelholster. Sie war es nicht gewohnt, in Zivilkleidung rumzulaufen, und obwohl die schwere Ausrüstung, die sie sonst als uniformierte PMA trug, unbequem und reichlich schwer war, hatte sie sich daran gewöhnt, dass alles ganz automatisch an seinem Platz war. Sie war aufgeregt, als sie zur Haustür ging. Ihr erster Einsatz als Zivilbeamtin, eine Observierung, und dann sollte sie auch noch eigenständig eine Festnahme durchführen. Jedoch war sie nicht erstaunt, Kai Weiland an der Haustür zu sehen. In der Zeit, in der Frauke die Villa beobachtet hatte, war auch Antjes Vater nach

Hause gekommen und hatte seinen teuren BMW in der Auffahrt geparkt.

„Herr Weiland, ich bin PMA Petersen vom Kriminal- und Ermittlungsdienst in Emden, ich muss bitte zu Ihrer Tochter“, sagte Frauke professionell und zeigte ihren Dienstausweis.

„Meinen Sie nicht, dass die Polizei es langsam übertreibt?“, war die lapidare Antwort von Kai Weiland und er bat sie nicht herein.

„Herr Weiland, bitte sofort. Sie und Ihre Tochter müssen mit auf das Revier kommen“, erwiderte Frauke tapfer.

„Machen Sie Witze?“, schaffte es Kai Weiland noch zu sagen, wurde aber sofort von Frauke unterbrochen.

„Herr Weiland, geben Sie den Weg frei und führen Sie mich zu Ihrer Tochter. Ich werde Antje Weiland festnehmen, wegen vorsätzlicher Beteiligung an einer Vergewaltigung, und wenn Sie mich nicht durchlassen, dann machen Sie sich der Störung einer Amtshandlung gemäß § 164 Strafprozessordnung schuldig“, sagte Frauke erstaunlich nüchtern. „Da es sich um eine vorsätzliche Behinderung handelt, kann ich Sie dafür ebenfalls festnehmen.“

In dem Moment fiel Kai Weiland die Kinnlade runter. „Wovon reden Sie da bitte?“

„Wo ist Ihre Tochter?“

„Sie ist vor zehn Minuten aus dem Haus!“

„Nein, ist sie nicht, ich habe Ihre Tür observiert“, konterte Frauke und wurde immer mutiger. Endlich verstand sie, was es bedeutete, bei der Kripo zu arbeiten, und genoss den Moment.

„Ich habe mich zwar gewundert, doch sie ist hinten raus, hat ihr Mofa aus der Garage geholt, durch den Garten geschoben und ist am Kanal über das Baugrundstück“, erklärte er.

„Was, wie, wo?“, fragte Frauke und ihr sank das Herz in die Hose. Sie hatte die Observierung vermasselt. Entweder hatte Antje sie bemerkt oder sie war klüger, als alle dachten.

„Also schön, ich habe zwar keine Ahnung, wovon Sie sprechen, aber kommen Sie, ich zeige es Ihnen“, sagte Weiland verstimmt. Er ging ins Wohnzimmer und raus durch die offene Terrassentür. Frauke sah die Hintertür der Garage und die Holztür am Kanal, die auf das Baugrundstück führte, an dem gerade gearbeitet wurde. Sofort holte sie ihr Handy raus und rief Faber an.

„Jetzt erklären Sie mir erst einmal, was das mit der Festnahme und dieser Beschuldigung auf sich hat“, meinte Kai Weiland, aber Frauke hielt die Hand hoch, um ihn zum Schweigen zu bringen, weil sich ihr Chef gerade meldete. „Gut, wie Sie wollen“, maulte Weiland und jetzt war sein Gesichtsausdruck feindlich geworden. „Dann rufe ich jetzt meinen Anwalt an!“

***

Sofort nach Frauke Petersens Anruf hatte Faber auch für Antje Weiland eine Großfahndung rausgegeben. Alle Streifen, die in Emden und Leer zur Verfügung standen und nicht mit Einsätzen beschäftigt waren, fahndeten mittlerweile nach den beiden Jugendlichen. Gerade als Rike und Faber mit der Liste des JRVD losfahren wollten, um jeden einzelnen der Mitglieder aufzusuchen, schneite Kai Weiland mit einem Anwalt in das Revier. Der Mann schäumte vor Wut und bestand darauf, mit dem Hauptkommissar zu sprechen. Der Anwalt informierte Faber darüber, dass bereits eine Beschwerde gegen ihn beim Polizeipräsidenten eingelegt wurde. Der Vorwurf lautete auf Rufschädigung und Einsatz unverhältnismäßiger Mittel.

„Rike, bitte führe die Herrschaften in den Besprechungsraum“, sagte Faber, während der Anwalt versuchte, den aufgebrachten Vater von Antje zu beruhigen. „Ich werde den Staatsanwalt bitten, sofort herzukommen, seine Anwesenheit scheint mir notwendig.“

„Philipp, ich brauche dich, Tamme und Rike im Besprechungsraum, sobald der Staatsanwalt da ist“, wandte sich Richard dann an sein Team. „Friedhelm, fahr mit Johannes los. Sucht die Mitglieder des JRVD auf, jeder, der nicht aufzufinden ist, könnte der potenzielle dritte Mitspieler sein. Und seht euch an, wer die Jugendgruppe leitet, ob er in unser Profil des Moderators passt. “

„Richard, wir haben zwar erst halb sechs, doch das Endgame soll heute Nacht losgehen. Wir müssen die Hannlers und auch Mia Fredeburg und ihre Familie schützen“, drängte Rike.

„Du hast recht!“ Faber sah Torben an und auch Frauke Petersen, die wie ein Häufchen Elend an ihrem Schreibtisch saß, da sie sich die alleinige Schuld an Antjes Verschwinden gab. „Frauke“, sprach Richard sie an. „Es ist nicht Ihre Schuld, hören Sie auf, sich Vorwürfe zu machen. Das hatte nichts mit Ihnen zu tun, das wäre mir genauso passiert. Antje Weiland ist mit allen Wassern gewaschen oder hat ein genaues Briefing von diesem Moderator bekommen. Sie konnten nicht ahnen, dass sie über das Kanalgrundstück abhaut."

Frauke sah auf. „Wirklich, Chef?"

„Wirklich! Aber jetzt brauche ich Sie, voller Energie, verstanden? Torben, sind die Streifen bereits bei den Hannlers und auch Fredeburgs angekommen?

„Bereits erledigt, ich habe Rückmeldung. Die sichern die Umgebung und nehmen jede verdächtige Person, die sich nähert, erst einmal fest", bestätigte Torben.

„Sehr gut, Sie und Frauke fahren zu den Nachbarn der Weilands und übernehmen persönlich die Befragung. Jemand muss etwas gesehen haben an diesem Faschingssamstag. Machen Sie den Beamten Druck, die immer noch in der Wilhelm-Leuschner-Straße sind und die Nachbarn befragen. Wir brauchen dringend einen Augenzeugen, sonst komme ich in Teufels Küche."

„Was ist mit dem Verfassungsschutz?", fragte Tamme nüchtern.

„Diesen Sander rufe ich jetzt an und dann gehen wir in die Besprechung", erwiderte Faber.

„Wenn du das machst, steht Friedrichs garantiert innerhalb kürzester Zeit hier auf der Matte", wandte Rike ein.

„Ist das wirklich eine gute Idee?", gab auch Tamme zu bedenken. „Eigentlich gibt es nur zwei Möglichkeiten bei dem Mann vom Verfassungsschutz: Entweder er ist bereits bei den Hannlers und bereitet einen Ortswechsel vor oder er nimmt Sie nicht ernst. In dem Fall können Sie damit rechnen, Faber, dass er unsere Vorgesetzten anruft. Damit und mit der Beschwerde von Weiland wäre Ihre Suspendierung wirklich über die Bühne", sagte Tamme erstaunlich ruhig, obwohl die Atmosphäre in dem Büro vor Anspannung knisterte.

„Das ist der Punkt, Tamme, ich muss wenigstens mit dem Anruf meinen Arsch retten", erklärte es Faber unverblümt. „Heute Nacht startet das Endgame, es soll die Hannlers treffen, irgendwie. Wenn ich nicht anrufe, kann das als Zurückhaltung von Informationen, im schlimmsten Fall als unterlassene Hilfeleistung angesehen werden. Denn wer weiß, ob wir bis zur Umsetzung der Challenge genug herausbekommen, um zu helfen. Wenn der Verfassungsschutz nicht reagiert, die Hannlers nicht schützt und irgendwas passiert, kann ich wenigstens das von meinen Schultern nehmen und mir sagen: Ich habe es versucht“, Faber seufzte. „Rike, Philipp, kommt mit in mein Büro, ich brauche Zeugen für das Telefongespräch.“

„Rufe erst Koblo in Eisenach an, damit er dir die Nummer von Sander gibt“, schlug Rike vor, als die drei in Fabers Büro waren, denn ob das LKA Thüringen Sanders Nummer rausrückte, war fraglich. Faber ließ sich an seinen Schreibtisch fallen und wählte auf seinem Handy die Nummer von Koblo. Ohne irgendwas zurückzuhalten, stellte er ihre Situation in Emden dar und beschrieb sie als lebensbedrohlich. KHK Koblo zögerte nicht und gab Faber die Nummer des Verfassungsschutzmannes. Dann wählte Faber erneut und stellte sein iPhone auf Lautsprecher.

„Ja“, hörte er eine Stimme am anderen Ende.

„Kriminalhauptkommissar Faber hier, wir müssen dringend reden“, sagte Richard.

„Wir müssen gar nichts, hat man Ihnen denn nicht mitgeteilt, dass Sie sich da raushalten sollen?“, entgegnete Sander verstimmt.

„Ja, das hat man“, erwiderte Faber. „Doch das kann ich nicht. Heute Nacht wird etwas passieren und ich befürchte, es wird Stephen Hannler und seine Familie treffen.“ Sander schwieg erst einmal. „Ich erzähle Ihnen jetzt alles, was hier vorgefallen ist. Hören Sie mir gut zu“, fing Faber an und redete dann geschlagene zehn Minuten, bis er zur letzten Challenge gekommen war. Noch hatte er nichts von ihrer Vermutung durchklingen lassen, dass sie Hannler für einen ehemaligen Victory-444-Mann hielten und für einen Spitzel im Zeugenschutz.

„Wissen Sie, wie sich das für mich anhört?“, fragte Sander arrogant. „Es hört sich an, als ob Sie in Ihrem beschaulichen Ostfriesland zu viele Verschwörungstheorien verfolgen.“ Anschließend lachte er auf.

Faber musste sich zusammenreißen, denn es brachte nichts, wütend und womöglich laut zu werden. Anscheinend stimmte es, was er von Geheimdienstleuten gehört hatte. Jedenfalls traf es auf Sander zu, er war aalglatt, voller Vorurteile, was die Polizei in der Provinz anging, und ein Ekel. Darum holte Richard tief Luft, bevor er weiterredete. „Gut, dann erzähle ich Ihnen noch von unseren Verschwörungstheorien. Wir glauben, dass Hannler ein Ex-Neonazi ist, jemand von Victory 444, und seine eigenen Leute in 2003 nicht nur in Deutschland, sondern auch in Ländern wie Frankreich, Italien und England verraten hat. Als Dank wurde er von Ihnen mit einer neuen Identität ausgestattet, aber seine alten Kameraden haben ihn jetzt gefunden."

Richard konnte Sander atmen hören, bloß sagte der Mann kein Wort, darum fuhr Faber fort: „Dieser Moderator ist wahrscheinlich einer der Typen, die von Hannler, oder wie der Mann auch immer richtig heißen mag, verraten wurden, und hat seine Rache von langer Hand geplant. Außerdem ist der Moderator ein Computerexperte, der weiß, wie man Teenager verführt, und ihre Sprache spricht. Drei tollwütige Jugendliche sind heute Nacht unterwegs und müssen gestoppt werden. Sie sollten endlich mit mir reden, denn Sie brauchen unsere Hilfe."

„Durch Ihre unsinnigen Aktionen wecken Sie nur schlafende Hunde", kam endlich ein Kommentar von Sander. „Wir sind die Experten, es gibt keinen Grund, warum etwas passieren sollte. Meiner Meinung nach sind das Hirngespinste, die den Steuerzahler wegen Ihnen jetzt viel Geld kosten", legte Sander im strengen Ton los. „Sie, KHK Faber, haben die Familie inzwischen so verängstigt, dass die Hannlers darauf bestehen, umgesiedelt zu werden."

„Sind Sie noch zu retten?", fuhr ihm Faber in die Parade. „Ich habe sie verängstigt? Habe ich Gesine Hannler betäubt und vergewaltigt? Ihren Pfarrer umgebracht?" Mittlerweile hatte er seinen Ton nicht mehr so gut unter Kontrolle und war laut geworden. „Oder habe ich Frau Hannler mit einer Reitgerte ins Gesicht geschlagen?"

„Machen Sie sich nicht lächerlich. Anna hat mir erzählt, was passiert ist. Sie haben ihr gedroht, und sie wusste sich nicht anders zu wehren. Doch das wird für Sie ein Nachspiel haben. Ich lasse jetzt Ihre beiden Witzbolde von Streifenpolizisten, die so auffällig vor dem Pferdehof und dem Haus der Fredeburgs stehen, abziehen und Sie können schon mal probieren, ob Ihnen Ihre alte Uniform noch passt. Denn mehr, als Strafzettel für falsches Parken auszustellen, werden Sie in Zukunft nicht machen."

„Moment", sagte Faber sofort. „Dann sind Sie bereits bei den Hannlers?" Anstatt eine Antwort zu geben, legte Sander auf.

„Ist der Kerl so verärgert darüber, dass Provinzpolizisten sein Geheimnis rausbekommen haben, oder einfach nur borniert?", fragte Schorlau und Rike tippte auf ihrem Handy rum.

„Was machst du da?", meinte Faber an sie gewandt, ohne auf Schorlaus Kommentar einzugehen.

„Ups“, sagte Rike. „Jetzt habe ich das Telefongespräch zufällig mit meinem Handy aufgenommen, na so was!“ Faber und Schorlau grinsten sich für einen Moment an.

„Dann sieh mal zu, dass du die Aufzeichnung nicht zufällig löschst, liebe Rike“, riet Schorlau ihr, und an Faber gewandt fuhr er fort: „Was machst du jetzt? Sander will die Streife abziehen lassen, das bedeutet, er kontaktiert Friedrichs oder sogar noch eine Chefetage höher.“

„Ich harre der Dinge, die da kommen. Sehen wir nach, ob der Staatsanwalt schon da ist“, erwiderte Faber und ging zurück ins Großraumbüro.

Kapitel 10

Faber hatte gerade einmal fünf Minuten Zeit gehabt, mit dem eingetroffenen Staatsanwalt zu reden, als EKHK Friedrichs in das Großraumbüro des Emder Reviers stürmte.

„Als die Beschwerde von Herrn Weiland gegen Sie bei mir einging, bin ich gleich losgefahren“, polterte Friedrichs vor versammelter Mannschaft los. „Doch kaum fahre ich hier von der Autobahn ab, ruft mich ein Beamter vom Verfassungsschutz an. Sie hätten zwei wichtige Zeugen bedroht und sie gefährdet. Der Verfassungsschutz musste sogar seinen Mitarbeiter zu den Hannlers schicken, um sie zu beruhigen. Jetzt reicht es mir mit Ihnen!“

„Bevor Sie jetzt etwas sagen, das Sie nicht mehr zurücknehmen können, möchte ich Sie erst einmal unserem Staatsanwalt vorstellen. Dann sollten wir gemeinsam in die Besprechung mit Herrn Weiland und seinem Anwalt gehen“, reagierte Faber ruhig. „Wenn Sie dort alle Fakten gehört haben, danach entscheiden Sie von mir aus!“

Der Staatsanwalt reichte Friedrichs die Hand, um ihn zu begrüßen, und sagte: „Ich denke, Hauptkommissar Faber hat recht. Auch ich möchte mir erst einmal jede Einzelheit anhören, was Antje Weiland und KHK Fabers Entscheidungen in dem Fall betrifft. Danach können wir gemeinsam entscheiden, ob die Großfahndung nach Fräulein Weiland aufrechterhalten wird und ob eine Beschwerde überhaupt substanziell ist.“ Über die Intervention des Mannes war Faber mehr als dankbar.

Zähneknirschend, um sein Gesicht nicht zu verlieren, meinte Friedrichs: „Einverstanden. Jedoch was die Sache mit Herrn Sander angeht, darüber reden Faber und ich später.“ Er sah zu Rike. „Kommissarin Waatstedt, Sie ziehen jetzt die Streife bei den Hannlers und auch bei den Fredeburgs ab.“

„Aber …“, wollte Rike ansetzen.

„Sofort“, schnitt Friedrichs ihr das Wort ab. Richard nickte ihr zu und sie telefonierte mit dem Wachhabenden, damit er die Observierungen stoppte und die Kollegen zurückbeorderte.

„Dann sollten wir in den Besprechungsraum gehen. Wegen der Einzelheiten müssen KK Hehler, Dr. Schorlau und KK Waatstedt mit dabei sein“, machte Faber klar. Innerlich bebte er, teils vor Zorn, teils, weil er Bedenken hatte, was für ihn auf dem Spiel stand. Selbst wenn die Beschwerde nicht standhalten sollte, würde Friedrichs ihn wegen der vermeintlichen Bedrohung von Zeugen des Verfassungsschutzes rankriegen. Entweder die Hannlers haben gelogen, was die Behauptung der Bedrohung angeht, oder Sander, dem würde ich es auch zutrauen, dachte er und griff sich die mittlerweile ziemlich dicke Akte.

Zu acht saßen sie um den ovalen Besprechungstisch und Faber fasste den Fall der Anstiftung zur Vergewaltigung, schwerer Körperverletzung und der Beihilfe zum Totschlag zusammen. Alles, was die Hannlers und den Verfassungsschutz anging, gehörte hier nicht her und wurde nicht erwähnt. Tamme trug die IT-Erkenntnisse bei und Schorlau referierte über die forensischen Beweise, die man im Keller der Häberlins gefunden hatte.

„Sie werfen also meiner Mandantin vor, im Endspiel irgendeines Computergames zu sein, das jedenfalls hört man auf der Aufnahme. Wobei weder das Spiel namentlich erwähnt wird noch Details besprochen werden“, fing der Anwalt an. Er wirkte sehr selbstsicher, was nicht erstaunlich war bei der dünnen Indizienlage. „Als Nächstes, dass ihre Fingerabdrücke an einem Glas waren in einem Keller, in dem ein Mädchen vergewaltigt wurde. Einem Keller, der der Familie Häberlin gehört und in dem Antje mit ihrem Freund Michael Häberlin regelmäßig Partys feiert. Sehe ich das richtig?“

„Herr Kollege“, griff der Staatsanwalt ein, „ich denke, Ihr Sarkasmus ist bei der Schwere der hier genannten Verbrechen fehl am Platz.“

„Ich bitte Sie. Niemand streitet ab, dass diese Taten schwer und abscheulich sind, doch es gibt nicht den geringsten Beweis, dass meine Mandantin involviert ist. Gut, sie hat zwei Handys, gut, sie spielt Computerspiele, und wir geben zu, sie hat sich in ihrer jugendlichen Naivität einen kriminellen Freund gesucht“, legte der Anwalt nach. „Denn wenn ich Sie richtig verstehe, ist bewiesen, dass Michael Häberlin der Vergewaltiger war, richtig? Aber was hat das alles mit Antje Weiland zu tun?“

„Ja, mit einem DNA-Schnelltest wurde Michael Häberlins DNA bestätigt. Das genaue Ergebnis erwarten wir in den nächsten Tagen“, erwiderte Schorlau professionell. „Wir haben auch das Blut von Gesine Hannler gefunden und ihre Fingerabdrücke und DNA. Und natürlich die Fingerabdrücke von Fräulein Weiland.“

„Sagen Sie, Herr Weiland", griff jetzt Faber ein und wandte sich direkt an den Vater. „Haben Sie in Ihrem Medikamentenmusterkoffer Flunitrazepam?"

Kai Weiland sah interessiert auf. „Ja, ich habe auch Rohypnol in meinem Sortiment, warum?"

„Weil Gesine damit betäubt wurde, das konnten wir in den Resten des Glases mit ihren Fingerabdrücken nachweisen", erklärte Faber. „Fehlt vielleicht eine Musterpackung in Ihrem Koffer? Denn ohne Rezept kommt man an den Wirkstoff nicht ran."

„Unterstellen Sie gerade, dass meine Tochter das Medikament aus meinem Bestand entwendet hat?", fragte er verärgert, aber etwas Unsicherheit schwang in seiner Stimme mit.

„Mein Mandant muss darauf nicht antworten, dies ist kein Verhör", machte der Anwalt klar.

„Nein, es ist eine Besprechung, weil Sie mir vorwerfen, unverhältnismäßige Mittel eingesetzt zu haben", antwortete Faber genauso scharf. „Herr Weiland, Ihre Tochter wird heute Nacht wieder eine große Dummheit machen, die vielleicht Menschen das Leben kosten wird. Werden Sie endlich wach, gehen Sie nach Hause und prüfen Ihren Rohypnol-Bestand, dann haben Sie die Antwort."

Kai Weiland sah Faber ernst an. „Sie glauben wirklich, dass Antje für die Taten verantwortlich ist?"

„Es tut mir leid, ich bin davon überzeugt! Was wissen Sie denn von Ihrer Tochter? War Ihnen klar, dass sie mit einem vorbestraften Jungen aus sehr schwieriger Familie intim ist, dass sie zwei Handys besitzt? Oder noch einfacher, wo sie jetzt gerade ist und warum Sie Antje nicht erreichen können?" Faber hatte die Worte bedacht gesprochen. „Lassen Sie uns weiter nach Antje suchen, damit sie nicht noch den größten Fehler ihres Lebens begeht und damit ihre Zukunft vorbei ist. Denn selbst in einem Jugendstrafverfahren können bis zu zehn Jahre in einer JVA auf sie warten, wenn man sie nicht wegen der Schwere ihrer Taten gar als Erwachsene aburteilt. Dann, Herr Weiland, reden wir von mehr als fünfzehn Jahren."

„Ich denke, es reicht, Sie schüchtern meinen Mandanten ein", sagte der Anwalt. „Wir sollten gehen, Herr Weiland!"

„Moment", stoppte ihn der Vater von Antje. „Wenn das alles stimmen sollte und Antje mit diesen Geschichten zu tun hatte, was würde das denn jetzt bedeuten?"

„Beihilfe zu einer Sexualstraftat, schwere Körperverletzung und Beihilfe zum Totschlag für den Unfall von Pfarrer Klugenhagen", beantwortete der Staatsanwalt die Frage. „Da kommt einiges zusammen, doch wenn Ihre Tochter geständig wäre und helfen würde, den Anstifter, diesen Moderator, zu finden, sähe die Sache anders aus. Sie müsste Zeit in einer Jugendstrafanstalt verbringen, aber ich würde mildernde Umstände bei dem geforderten Strafmaß vorschlagen."

„Herr Weiland, sagen Sie nichts. Man will Sie hier einlullen. Es gibt keine Beweise, die vor irgendeinem Gericht standhalten würden", empfahl ihm der Anwalt.

„Mein Anwalt hat recht, dennoch erkläre ich mich bereit, die Beschwerde zurückzuziehen, denn ich verstehe, warum Sie so gehandelt haben, Hauptkommissar Faber", meinte Weiland plötzlich. „Aber Sie kennen meine Tochter nicht, das hat sie nicht getan. Darum möchte ich nicht, dass Sie weiter nach ihr suchen oder sie verfolgen. Sie macht sich einen schönen Abend und hat einfach ihr Handy abgeschaltet", sagte er und es klang mehr, als wolle er sich selbst davon überzeugen.

„Einverstanden, Herr Weiland", sagte EKHK Friedrichs und stand auf. Faber tötete ihn mit Blicken, denn er war davon überzeugt, dass es ihn vielleicht noch fünf Minuten gekostet hätte, bei Kai Weiland richtige Zweifel zu wecken.

Alle sammelten ihre Unterlagen zusammen, und als Weiland an Faber vorbeiging, raunte Richard ihm leise zu: „Prüfen Sie den Bestand Ihres Rohypnols, nur so wissen Sie es!"

***

„Herr Faber, ich bin auf Ihrer Seite, unterstütze Ihre Theorie, was Antje Weiland angeht. Aber der Anwalt hat recht. Die Beweise reichen nicht und auf einen Indizienprozess würde ich es in dem Fall nicht ankommen lassen. Versuchen Sie eine Aussage von Antje Weiland zu bekommen, wenn sie wieder zu Hause ist. Jedoch rechtfertigt die Situation keine Großfahndung nach ihr", meinte der Staatsanwalt, schüttelte Faber, Rike und Friedrichs die Hand und anschließend verließ auch er das Revier.

„Wir gehen jetzt in Ihr Büro, Kriminalhauptkommissar Faber", ergriff Friedrichs sofort das Wort, drehte sich um und Faber folgte ihm. Friedrichs schloss die Tür und setzte sich auf Fabers Platz. Richard blieb einfach vor seinem eigenen Schreibtisch stehen.

„EKHK Friedrichs, die Beschwerde wurde zurückgezogen, Sie haben es gehört“, versuchte Faber es.

Friedrichs verzog den Mund zu einem amüsierten Lächeln. „Sie sind ein Querulant, in Frankfurt haben Sie sich mit einem Kollegen geprügelt. Im Fall Imke Dahlke sind Sie hohen politischen Persönlichkeiten auf die Füße getreten, und nur weil Sie den Umweltskandal aufdeckten, sind Sie nicht unberührbar. Ich habe Sie gewarnt!“

„Der Kollege, mit dem ich mich geschlagen habe, hat keine Anzeige erstattet, weil er wusste, dass er es verdient hatte. Die hohe politische Persönlichkeit im Fall Imke Dahlke war ein Vergewaltiger, und jetzt wurde die Beschwerde zurückgezogen“, hielt Faber dagegen.

„Sie vergessen, dass Sie eine direkte Anweisung Ihres Vorgesetzten missachtet haben und den Verfassungsschutz trotz mehrfacher Warnung in eine schwierige Situation gebracht haben. Außerdem haben Sie die Hannlers bedroht“, sagte Friedrichs und er genoss seine Worte. „Natürlich werde ich den Vorgang noch mit dem Polizeipräsidenten von Niedersachsen besprechen, doch als Ihr direkter Vorgesetzter suspendiere ich Sie hiermit erst einmal. Händigen Sie mir Ihren Dienstausweis und Ihre Waffe aus, sofort!“

„Friedrichs, Sie machen einen Riesenfehler“, knurrte Faber mit zusammengebissenen Zähnen. „Wenn es heute Nacht Tote gibt, gehen die auf Ihr Konto!“ Dann griff er in sein Jackett, legte seinen Ausweis auf den Tisch, klickte das Holster mit seiner Dienstwaffe vom Gürtel und zog das Ersatzmagazin ebenfalls heraus.

„Ich werde temporär den Fall übernehmen. Sie sollten Ihren Gewerkschaftsvertreter kontaktieren. Eine schriftliche Bestätigung der Suspendierung wird Ihnen in einigen Tagen zugehen. Ich erwarte, dass Sie in den nächsten zehn Minuten das Revier verlassen“, leierte Friedrichs die einstudierten Sätze runter wie ein Bürohengst.

„POS“, sagte Faber und drehte sich zur Tür.

„Was haben Sie gesagt?“, fragte Friedrichs erzürnt.

„Nur ein Kürzel, so unterhalten sich Teenager heutzutage. Die sollten Sie vielleicht lernen, wenn Sie jetzt den Fall leiten wollen“, meinte Richard und knallte die Tür von außen zu.

***

„Und?“, fragte Rike sofort, als Faber ins Großraumbüro kam.

Richard lockerte seine Krawatte, zog sie ab und steckte sie in sein Jackett. Er öffnete die oberen Knöpfe seines weißen Hemds. „Bin suspendiert, Friedrichs wird den Fall jetzt leiten“, war erst einmal alles, was er sagte. Schorlau stöhnte hörbar auf und Tamme schüttelte den Kopf. „Rike, könntest du mich nach Hause fahren? Den Dienstwagen darf ich selbst nicht mehr benutzen.“

Rike sah auf die Uhr. „Klar, mein Dienst ist eh seit zwei Stunden zu Ende, gehen wir!“

„Moment“, sagte Schorlau. „Wartet auf mich, ich bin hier auch fertig und muss ja irgendwo schlafen.“

In dem Moment erhob sich Tamme und schmiss seine Unterlagen in die Ledertasche. „Da wir alles haben, was wir brauchten, vermute ich, ist mein Undercover-Einsatz als Lehrer auch beendet. Und da EKHK Friedrichs mich nicht explizit gebeten hat, heute Abend hier zu bleiben, gehe ich ebenfalls“, erklärte er. Dann grinste er und meinte: „Wo geht’s hin, um die Misere zu besprechen?“

Die vier beeilten sich, aus dem Büro zu kommen, bevor Friedrichs sie noch einmal ansprechen konnte. Unten auf dem Parkplatz stieg Faber in Tammes Wagen, um ihm den Weg zu zeigen, und Schorlau fuhr mit Rike im Dienstwagen. Das Ziel war erst einmal Klein Hauen.

„Tamme, Sie müssen das nicht tun. Wahrscheinlich bekommen Sie und Schorlau auch eine Verwarnung, wenn Sie mich jetzt unterstützen“, warnte Faber den Wikinger, der seinen Wagen aus Emden steuerte. Rike und Schorlau waren direkt hinter ihnen.

„Die Sache stinkt zum Himmel“, erwiderte er mit seinem sonoren Bariton, denn Rike hatte ihm die Aufnahme mit Sander vorgespielt. „Ich bin nicht von gestern, nur weil ich die meiste Zeit vor einer Computertastatur hocke.“

„Das wäre das Letzte, was ich von Ihnen gedacht hätte. Eigentlich bin ich der Meinung, ein Mann wie Sie sollte im aktiven Kriminaldienst sein, Sie könnten viel erreichen“, kommentierte Faber.

„Genau das würde ich am liebsten tun, solche Sachen wie mal undercover arbeiten, bei Verhören dabei sein und arbeiten, wie ich es mit Ihnen getan habe, Faber. Friedrichs kann mich einfach nicht leiden, Sie sind nicht sein einziges Opfer“, klärte ihn Tamme auf. „Schon etliche Male habe ich ihn um eine Versetzung gebeten, doch Friedrichs sagte, ich hätte nicht die Kompetenz für den KED.“

„Der Kerl ist wirklich die Pest. Er hasst jeden, der auch nur ansatzweise besser und klüger ist als er selbst! Dennoch werde ich weiter an dem Fall bleiben, suspendiert oder nicht!“

„Aber ich helfe Ihnen nicht, weil ich Friedrichs eins auswischen will, ich muss einfach diese Göre Antje und ihren Dreckskerl von Freund hinter Gitter bringen. Auch wenn wir dem Bundesamt für Verfassungsschutz damit auf die Füße treten“, sagte der Wikinger voller Inbrunst. „Dieser Sander hat auch nur einen Gottkomplex, meiner Meinung nach spielt er mit dem Leben der Hannlers, egal ob Stephen selbst mal ein verfluchter Nazi war. Ihm wurde vom Staat Schutz zugesagt und den muss er auch erhalten.“

„Dem stimme ich zu, aber man hat mich suspendiert, damit sind auch Sie im Kreuzfeuer. Ich hoffe, das ist Ihnen klar.“

„Ganz und gar, und wenn es Sie nicht stört, denke ich, ist jetzt der Moment gekommen, dass wir uns duzen sollten, was meinst du?“, fragte Tamme verschwörerisch und Faber nickte zustimmend. „Gut, also, wir haben zwei Möglichkeiten. Entweder retten wir die Welt, sind Helden und werden vielleicht Friedrichs wegen Inkompetenz los oder wir kriegen so richtig einen auf den Deckel.“

Es war kurz nach sieben, als sie auf dem Hof der Alten Schule ankamen, und sofort ging das Licht bei Knut an. „Zu viert, na, dann bin ich ja froh, dass ich einen riesigen Pott gekocht habe. Kommt alle rein, es gibt Essen!“, rief Knut ihnen zu, als sie aus den Autos stiegen.

„Wir sollten lieber bei mir einen Plan ausarbeiten“, meinte Faber an Rike gewandt.

„Dumm Tüüg“, kanzelte Rike ihn ab. „Wir können genauso gut was essen und dabei reden. Opa hat immer die besten Ideen, wenn es um ausweglose Situationen geht.“

„Na, ich weiß nicht, dessen bin ich mir nicht mehr so sicher“, gab Richard zu bedenken und dachte wieder an Sebastian Huber, den jungen Mann, der Rike in solche Schwierigkeiten gebracht hatte. Rike sah ihn mit schmalen Augen an und boxte ihm auf den Oberarm.

„Benimm dich, sonst erzähle ich dir nie wieder etwas“, knurrte sie ihn an und er hob seine Hände zum Zeichen des Friedens. Keine zwei

Minuten später saßen alle vier um Opa Knuts kleinen Küchentisch gedrängt.
„Tuffelsoop mit dörwussen Speck und för mien Jung en Pott mit Granat“, erklärte Knut, und obwohl sich Faber anstrengte, er verstand rein gar nichts.
„Kartoffelsuppe mit durchwachsenem Speck und für dich mit Krabben“, übersetzte Rike.
„Un, büst du ok en Grööntüüg-Freter?“, wandte Knut sich an Tamme.
„Van wegen, ik bün en Wildswien, freet alls, wenn dat smaakt“, entgegnete der Wikinger und Knut lachte. Er schöpfte Faber seinen Suppenteller aus einem kleinen Topf auf dem Herd voll und stellte ihn vor Richard. Danach brachte er den größeren Topf und platzierte ihn einfach mit einer Kelle in der Mitte auf den Tisch. „Na, denn langt to“, forderte er die anderen auf und Tamme ließ es sich nicht nehmen, Rike, Schorlau und auch Knut die Suppe in die Teller zu füllen.
„Mahltied“, sagte Tamme und stürzte sich auf seine Suppe. Auch als alle bereits satt vor ihren leeren Tellern saßen, nahm sich der Wikinger seine dritte Portion. „Allerbest, Herr Waatstedt!“
„Knut för di“, erwiderte Opa. Dann wandte er sich an Rike. „Na, mien Lüttje, was ist los?“, wechselte er ins Hochdeutsche, damit Faber es auch verstand. „Ihr macht alle Gesichter wie drei Tage Sturmflut.“
„Wir haben große Probleme“, meinte Schorlau.
„Nein, es ist ein ausgemachter Schiet. Ich bin suspendiert worden und meine drei Kollegen inklusive deiner Enkelin reiten sich gerade tief rein, weil wir trotzdem weiter ermitteln“, steuerte Faber bei und dann begann er zu erzählen. Tamme löffelte in aller Ruhe seine Suppe weiter. Ihn schien es gar nicht zu stören, dass Faber Opa Knut alle Interna erzählte. Tamme war ein waschechter Ostfriese, und es stellte sich die Frage, was er wohl so seinem eigenen Opa erzählte, wenn er nach Hause kam.
„Saterdag!“, fluchte Knut, nachdem Faber zu Ende gekommen war. „Dann wisst ihr nicht, wo die drei Gören sind, nur dass sie heute Nacht zuschlagen werden. Und die Kerle vom Verfassungsschutz nehmen die Sache nicht ernst und wollen dir auch noch ans Leder?“
„Sieht so aus, Knut. Immerhin ist ein Mann des Verfassungsschutzes, wahrscheinlich dieser Sander, bei den

Hannlers auf dem Hof. Das hat Friedrichs jedenfalls gesagt", bemerkte Faber. „Daher gehe ich davon aus, dass der Pferdehof vor einem Angriff sicher ist."

„Aber Mia Fredeburgs Familie, die brauchen Schutz", merkte Rike an und räumte die Teller ab. „Friedrichs hat den Streifenwagen dort auch abziehen lassen." Kaum hatte sie das ausgesprochen, klingelte ihr Handy. Sie sah die Nummer und nahm ab.

„Friedhelm, du bist auf Lautsprecher", meinte sie. „Leg los!"

„Verflöckt, verflöckt", schimpfte Friedhelm. „Nu geht's los, Rike. EKHK Friedrichs hat angerufen, er war außer sich, weil keiner von euch mehr auf dem Revier war", berichtete Friedhelm atemlos. „Er meinte, er kann dich nicht auf deinem Handy erreichen, und ich soll dich suchen, Rike." Es war kein Wunder, denn Rike hatte ihr Handy nicht mehr beantwortet, nachdem sie das Revier verlassen hatten. Vor allem, weil die Nummer nicht in ihrer Kurzwahl war und sie Friedrichs nicht am Apparat haben wollte. Solange er sie nicht erreichte, konnte er sie auch nicht suspendieren.

„Und, Friedhelm, was haben Sie gesagt?", fragte Faber sofort.

„Na, dass unsere Rike unterwegs ist wegen Gesines Vergewaltiger und ihr Handy im Auto gelassen hat oder in irgendeinem Funkloch steckt. Haben wir hier in Ostfriesland ja viel", tat Friedhelm kund und man hörte ihn regelrecht grinsen. „Aber im Ernst, Friedrichs hat gesagt, dass Sie suspendiert sind und er den Fall leitet, Chef."

„Weiß er, dass Philipp und Tamme noch hier sind?", erkundigte sich Rike geistesgegenwärtig.

„Glaube ich nicht, er hat nichts erwähnt. Er wollte nur, dass wir noch einmal reinkommen, und wissen, was wir gemacht haben. Ich habe ihm gesagt, dass es keine neuen Erkenntnisse gibt und wir eigentlich nach Hause wollten. Is ja man düchtig laat", verkündigte Friedhelm salopp.

„Friedhelm", ergriff Faber wieder das Wort. „Sie, Torben und unsere beiden PMAs sind wirklich super, ich schätze Ihre Loyalität, aber bringen Sie sich wegen mir nicht in Schwierigkeiten, okay!"

„Schnickschnack, Chef!", rutschte es Friedhelm raus. „Sie gehören jetzt zu uns, sünd en puuren Oostfresen, der kann uns mal gernhaben, der Friedrichs aus Oldenburg. Darüber sind wir uns alle schon einig geworden. Wir sind im Übrigen nur noch fünf Minuten von Klein Hauen entfernt, dann erfahren Sie alle Neuigkeiten. Auch wir sind etwas weitergekommen", meinte Friedhelm noch und legte auf.

„Na, da mach ich die Suppe noch einmal warm“, sagte Opa und stellte den halb vollen Topf wieder auf den Herd, anschließend drehte er sich zu ihnen. Sie saßen immer noch am Tisch und diskutierten ihr weiteres Vorgehen. „Wenn ihr wirklich denkt, dass euer Moderator aus der rechten Szene ist und es auf Hannler abgesehen hat, wie hat er die Familie gefunden? Ich denke, so ein Zeugenschutzprogramm ist relativ sicher, oder? Die Typen vom Verfassungsschutz mögen zwar arrogant sein, aber nicht dumm!“

Faber sah Knut nachdenklich an. „Es kann nur ein Zufall gewesen sein oder jemand vom BfV hat einen Tipp gegeben, was ich eigentlich anzweifle“, erwiderte er.

„Dann bleibt doch mal beim Zufall, mien Jung“, schlug Opa vor und alle anderen verstummten plötzlich und spitzten die Ohren. „Fünfzehn Jahre ist eine lange Zeit, da verändern sich Menschen. Würde ich an jemandem, dem ich vor fünfzehn Jahren mal auf einer Versammlung begegnet bin, morgen in Emden vorbeilaufen, dann ist die Wahrscheinlichkeit, dass ich ihn erkenne, eher gering.“

„Du meinst, dass der Moderator ihn besser gekannt haben muss, ein guter Freund war oder einer seiner engsten Nazi-Kumpels, Opa?“, vergewisserte sich Rike und Knut nickte bestätigend.

„Unwahrscheinlich! Wir vermuten, dass der Moderator nicht viel älter als dreißig Jahre ist, sonst hätte er nicht so einen intensiven Draht zu den Jugendlichen. Das hieße, dass er vor fünfzehn Jahren maximal selbst noch ein Teenager war, wenn nicht sogar ein Kind“, gab Faber zu bedenken.

„Oder er wurde von Victory 444 geschickt, als so eine Art Auftragskiller, und die Organisation hat Hannler gefunden“, grübelte Tamme.

„Da würde ich ein Veto einlegen“, meldete sich Schorlau jetzt zu Wort. „Die beiden kleinen türkischen Jungs wurden letztes Jahr im Juni angegriffen, richtig?“, fragte er rhetorisch und Rike nickte mit dem Kopf. „Also ein Auftragsrächer, nennen wir ihn mal so, würde nicht sieben Monate darauf verschwenden, einen Vergeltungsschlag durchzuziehen.“

„Genau, Herr Doktor“, stimmte Knut ihm zu und schob seine Kapitänsmütze in den Nacken. „Ich bin einer Meinung mit euch, was die Rache angeht, nämlich wegen Hannlers Verrat. Aber hätten die Victory-444-Mitglieder nicht einfach kurzen Prozess mit den Hannlers gemacht?“ Knut kratzte sich am Schädel und rückte die

Mütze wieder zurecht. Dann stopfte er sich seine Pfeife bedächtig und zündete sie an. Keiner der Anwesenden sagte etwas, da sie darauf warteten, was Knut weiter vermutete. Nachdem er das erste Rauchwölkchen rausgepafft hatte, fuhr er fort. „Jemand hat da sehr viel Wut und Ausdauer."

„Du meinst, es ist persönlich?", stieg Faber auf die Theorie ein.

„Sehr persönlich, denn er geht ein großes Risiko ein mit der langen Zeit. Wenn es nur die Rache von Neonazis wäre, in dem Fall hätten die Stephen Hannler umgebracht und wären untergetaucht", führte Knut seine Überlegungen weiter. „Ein Exempel statuiert, nach dem Motto: Seht her, das passiert mit Verrätern, die zum Verfassungsschutz gehen."

„Doch was der Moderator tut, geht darüber hinaus. Stephen Hannler und seine Frau müssen ihm viel mehr als nur den Verrat angetan haben", stieg auch Rike auf den Gedanken ein.

„Vielleicht war der Moderator mit der Familie befreundet. Dann könnte es auch hinkommen, dass er die Hannlers bereits als Teenager kannte. Eventuell war Hannler sogar eine Art Mentor für ihn", spann Faber den Faden weiter. „Ein betrogener Teenager, der feststellen muss, dass sein Idol ihn hintergangen hat. Der könnte einen solchen Groll entwickeln."

„Okay", meinte Tamme. „Aber kann mir mal einer sagen, warum er so lange gewartet hat? Denkt ihr, es war wirklich eine Zufallsbegegnung, erst jetzt nach so vielen Jahren?"

„Das, oder der Moderator wurde damals als Jugendlicher ebenfalls verhaftet, ging erst einmal ein paar Jahre hinter Gitter und fing danach an zu suchen", beantwortete Knut die Frage und paffte weiter an seiner Pfeife.

***

Mittlerweile wurde es in Opas Küche richtig eng. Knut und seine ersten vier Gäste standen an den Küchenschränken und der Terrassentür gelehnt, während Torben, Friedhelm und ihre zwei PMAs über den Rest der Suppe herfielen.

„Meine Güte", meinte Faber. „Ich glaube, ich habe in meiner ganzen beruflichen Laufbahn noch nie so viel spekuliert. Hoffentlich basteln wir unsere Fakten nicht um eine völlig falsche Theorie herum." Dann sah er auf Torben, der sich mit einem Zewa gerade den Mund abwischte. „Los, erzählen Sie schon, was Sie in Erfahrung bringen konnten!“

„Darf ich loslegen“, meinte Frauke mit vollem Mund und schluckte schnell ihren Bissen runter. „Ich fühle mich wegen der vermasselten Observierung immer noch so schlecht, da will ich wenigstens mit ein paar guten Nachrichten aufwarten.“

„Gute Nachrichten, her damit“, sagte Rike sofort.

„Also die Kollegen in der Wilhelm-Leuschner-Straße haben erst vor einer Stunde einen Rentner angetroffen, der die Wohnung in Häberlins Mietshaus im Parterre hat. Er kann schlecht schlafen und ist daher oft mitten in der Nacht wach und liest. Er ist sich ganz sicher, dass er an dem Faschingssamstag drei junge Leute gesehen hat“, erklärte sie und Faber schöpfte endlich Hoffnung. „Er erwähnte eine Elfe, ein Playboy-Bunny und den Lümmel aus dem dritten Stock, damit meinte er Michael Häberlin.“

„Gesine, sie trug ein Elfenkostüm“, bestätigte Faber, als sein Handy klingelte. Er sah auf sein Display und reichte das Handy Rike. „Eine Nummer aus Emden! Es könnte Friedrichs sein, ich will vermeiden mit ihm sprechen zu müssen, damit er mich nicht noch einmal aufs Revier bestellt. Nimm du an, und wenn er es ist, sag ihm, ich hätte dir mein Diensthandy gegeben und du weißt nicht, wo ich bin.“

„Aber wenn er auch gegen mich vorgehen will? Er könnte auch mich suspendieren“, hielt Rike dagegen.

„Glaube ich nicht. Sag ihm, dass du eine Spur wegen Michael Häberlin verfolgst und auf dem Land bist. Morgen früh würdest du ihm alles erklären, in dem Fall wird er zufrieden sein“, antwortete Faber schnell, während es immer noch klingelte.

„Waatstedt, Apparat Faber“, meldete sich Rike, hörte zu und plötzlich zogen sich ihre Augenbrauen zusammen. „Einen Moment, Herr Weiland“, sagte sie und stellte auf Lautsprecher.

„Frau Waatstedt, ich muss Hauptkommissar Faber sprechen, es ist dringend, er muss mir helfen“, hörten sie die aufgebrachte Stimme von Antjes Vater.

„Er ist hier bei mir, Sie sind auf Lautsprecher gestellt, reden Sie ruhig.“

„Herr Faber, ich habe es getan, meinen Bestand Rohypnol überprüft. Es fehlt eine Packung. Oh mein Gott“, fügte der Mann an und man hörte, dass er völlig mit den Nerven am Ende war. „Es kann nur Antje gewesen sein, außer mir kennt nur sie die

Zahlenkombination des Koffers. Mein Anwalt hat mir geraten, Sie nicht anzurufen, doch ich habe Angst. Finden Sie Antje, bevor sie noch mehr schlimme Dinge tut."

„Die Großfahndung ist abgeblasen worden. Dennoch, wir versuchen es weiter. Herr Weiland", versuchte Faber ihn zu beruhigen. „Sagen Sie, trug Ihre Tochter zu Fasching ein Playboy-Bunny-Kostüm?"

„Ja, wie hilft uns das jetzt weiter?", erwiderte er etwas unwirsch.

„Antje wurde in der Nacht der Vergewaltigung gesehen, zusammen mit Gesine und Michael Häberlin in der Wilhelm-Leuschner-Straße. Damit gibt es keine Zweifel mehr", sagte Faber dem Vater die Wahrheit.

„Oh nein", stöhnte er, schwieg einen Moment und gestand dann: „Es gibt noch etwas, das ich Ihnen sagen muss." Antje hat meinen Reservekanister mit Benzin mitgenommen. Will sie jetzt einen Brand legen? Kann ich denn gar nichts tun, sie vielleicht suchen?"

„Herr Weiland, bleiben Sie ganz ruhig und vor allem zu Hause. Versuchen Sie weiter, Antje auf dem Handy zu erreichen, und wenn sie rangeht, beschwören Sie Ihre Tochter aufzuhören. Sie müssen in Ihrem Haus bleiben, falls Antje zurückkommt, und dann rufen Sie uns an. Ich melde mich, sobald es was Neues gibt", machte Faber ihm klar, anschließend trennte er die Verbindung. „Friedhelm, was habt ihr bezüglich des JRVD rausbekommen?", kam Faber ohne Kommentar auf ihren Bericht zurück.

„Zu unserem Glück ist die JRVD-Gruppe Emden klein, nur sieben Mitglieder, aber Tendenz steigend, wurde uns gesagt. Außer Antje und Michael sind es fünf Jugendliche zwischen sechzehn und neunzehn", ergriff Torben sofort das Wort.

„Ist Marius Werfel denn auch Mitglied?", unterbrach Tamme ihn. „Würde mich wundern, so wie seine Eltern gestrickt sind. Aber der Moderator muss ihn doch auch kennengelernt haben."

„Komme ich gleich drauf zurück", meinte Torben. „Drei Mitglieder haben wir zu Hause angetroffen bei ihren Eltern, und die werden das Haus heute nicht mehr verlassen. Der Neunzehnjährige ist gerade auf Mallorca, haben wir geprüft, es stimmt, und den letzten Jungen, Enno Johannsen, den konnten wir nicht finden. Seine Eltern wussten nicht, wo sich ihr sechzehnjähriger Sohn aufhielt. Er ging nicht an sein Handy, sie haben eine Nachricht auf seinem AB hinterlassen und melden sich bei uns, wenn sie etwas hören. Sie sagten uns, wir sollten es bei seinem besten Freund versuchen, Marius Werfel“, kam Torben auf Tammes Frage zurück. „Das ist Ihre Antwort. Marius war kein Mitglied, doch wenn Enno Johannsen ihn als Gast zu den Versammlungen mitgebracht hat, dann kann er den Moderator kennengelernt haben.“

„Wer leitet diese Gruppe?“, stellte Tamme gleich die nächste Frage.

„Ein Mitglied des RVD, er passt aber nicht in unser Profil. Ein fünfzigjähriger Mann, der sich um die sogenannte politische Bildung kümmert. Wir haben auch ihn aufgesucht, ein unangenehmer Bursche“, erwiderte Johannes Leitmann. „Der fing gleich an mit einer Rechtsbelehrung, dass wir ihn nicht befragen dürfen und so ein Zeug, aber plötzlich kam Friedhelm auf eine geniale Idee.“ Er sah Friedhelm Steiner an.

„Na ja, da ich heute schon unseren obersten Boss belogen habe, dachte ich, es würde nichts ausmachen, wenn ich noch ein bisschen weiterflunkere. Ich sagte diesem Burmeester, so heißt der Kerl, Hado Burmeester, dass Enno Johannsen verschwunden ist und wir ihn suchen. Dass er zuletzt mit einem zwanzig- bis dreißigjährigen Mann gesehen wurde, den er wohl vom JRVD kennt. Ich habe ein bisschen übertrieben und meinte, Ennos Eltern wären krank vor Sorge.“

„Tja, da meinte dieser Möchtegern-Faschist, wir sollten uns keine Sorgen machen und dass Enno wahrscheinlich nur einen Parteikameraden besucht, der momentan in Ostfriesland ist“, erklärte PMA Leitmann weiter. „Der Mann heißt Lucas Hardenberg, kommt aus Berlin, ist dort bei der Hauptzentrale des RVD und für eine Zeit beruflich hier in Emden. Burmeester konnte oder wollte uns nicht sagen, wo er wohnt, nur dass er im letzten halben Jahr oft zu den Versammlungen des JRVD kam und einen guten Draht zu den Jugendlichen hat. Er hat mit den Jugendlichen etliche Freizeitübungen gemacht. Was er wahrscheinlich meinte“, brummte der PMA, „ist wohl, dass er mit ihnen Krieg gespielt hat, so eine Art Wehrsportübung.“

„Das kann unser Mann sein“, meinte Faber und lächelte. „Bei solchen Übungen lernt man die Jugendlichen gut kennen und auch deren Bereitschaft, Gewalt einzusetzen. Das war gute Arbeit, doch diese Lügerei und Bezeichnungen wie Möchtegern-Faschist, die lassen Sie in Zukunft. Ich befürchte, ich habe einen schlechten Einfluss auf Sie!“

„Und jetzt?“, kam Rike zurück aufs Thema.

„Jetzt wird es Zeit, dass wir uns auf die Socken machen“, sagte Faber und sah auf die Uhr. „Es ist kurz vor neun. Ich denke, die werden erst gegen Mitternacht zuschlagen, vielleicht auch später. Wir sollten vor Ort sein“, erklärte Richard. „Frauke und Johannes, Sie bleiben hier, Sie arbeiten mit Rikes Laptop. Ich gebe Ihnen mein Passwort, dann kommen Sie an alle zur Verfügung stehenden Polizeidateien. Sie suchen den Mann, Lucas Hardenberg, er muss irgendwo hier wohnen, eine Wohnung haben oder in einer Pension oder einem Hotel leben. Finden Sie etwas über ihn heraus, vor allem eine Adresse, und danach fahren Torben und Friedhelm sofort dort hin. Sie gehen rein in die Wohnung oder das Zimmer und durchsuchen es.“

„Ähm, ohne Durchsuchungsbefehl?“, merkte Torben an.

„Einigen wir uns darauf, später zu sagen, es war Gefahr im Verzug. Dass Sie davon ausgingen, Enno Johannsen wurde von dem Mann entführt und schwebte in Lebensgefahr“, zog sich Faber eine rechtlich unverfänglichere Erklärung aus der Nase. „Finden Sie Beweise, die auf den Moderator schließen lassen, rufen Sie mich an, anschließend den Staatsanwalt und auch Friedrichs.“

„Auweia“, murmelte jetzt selbst Friedhelm, der eigentlich eher für solche Stunts zu haben war.

„Tamme und Schorlau, ihr fahrt zu Mia Fredeburg und observiert ihr Haus. Rike und ich fahren zu den Hannlers und sorgen dort für Sicherheit, vielleicht kann der Verfassungsschutz ein bisschen Unterstützung brauchen.“

„Und wir?“, fragte Frauke und blickte von Johannes auf Faber.

„Sie bleiben hier, Sie sind unsere Zentrale. Sobald Informationen reinkommen von einem von uns, schicken Sie eine SMS an die anderen weiter, damit jeder auf dem Laufenden ist“, ordnete Faber unmissverständlich an. „Ach, noch was, ich brauche Ihre beiden Dienstwaffen!“

Johannes stand vor Entsetzen der Mund offen, denn sich von der Dienstwaffe trennen zu müssen, war für einen Polizisten so ziemlich das Schlimmste. Doch Frauke reagierte sofort und gab Faber ihr Holster und die Ersatzmunition. „Hier“, meinte sie nur, und auch Leitmann rückte seine Waffe raus.

„Sollte alles schiefgehen, sagen Sie, dass ich Sie bedroht und Ihnen die Waffen abgenommen habe. Ob das funktioniert, weiß ich nicht genau, hoffen wir es“, seufzte Faber und sah Schorlau an. „Philipp, wann hast du das letzte Mal geschossen?“

„Letzte Woche“, erwiderte Schorlau zum Erstaunen aller. „Bin jede Woche auf dem Schießstand. Bloß weil ihr mich Leichenfledderer nennt, bin ich immer noch Polizist!“ Faber grinste, dann gab er ihm eine der Waffen und befestigte die andere an seinem Gürtel.

„Dann los! Vergesst nicht, eure Handys auf stumm zu schalten“, ermahnte er seine Leute, die ausrücken sollten. Er nahm sein eigenes Handy, das Rike immer noch in der Hand hielt.

„Dunnerkiel, ik segg man Vörsicht!“, meinte Knut besorgt, der alles schweigend mit angehört hatte. Opa wandte sich an Faber: „Passt bloß auf euch auf, du achtest auf die Lüttje!“, ordnete er an und danach drückte er seine Rike fest, bevor die vier aus dem Haus stürmten.

Kapitel 11

„Richard“, meinte Rike, als sie auf die Neu-Etumer Straße abbogen, die sie erst einmal in Richtung Pewsum und weiter nach Freepsum bringen sollte. „Wenn das heute Nacht schiefgeht, dann bist du am Moors.“

„Hast du gerade gesagt, dass ich dann am Arsch bin?“

„Ja, das mit den Dienstwaffen war keine gute Idee. Wenn wir keinen triftigen Grund nachweisen können und niemanden verhaften, wirst du rausfliegen“, sagte sie besorgt.

„Dann kaufe ich mit Knut einen Krabbenkutter und verdiene mit Granat mein Geld!“, erwiderte er zynisch.

„Mann, kannst du mal ernsthaft darüber nachdenken?“, grollte Rike ihm.

Faber sah sie kurz von der Seite an und verzog den Mund. „Wenn ich das tue, rutscht mir mein Herz in die Hose. Ich bin suspendiert, ich dürfte diesen Dienstwagen gar nicht fahren, keine Waffe tragen und schon gar nicht sieben Polizisten irgendwelche Anweisungen geben. Dafür fliege ich nicht nur raus, dafür bekomme ich ein Verfahren an den Hals wegen Amtsmissbrauch, Bedrohung, illegalem Waffenbesitz und was weiß ich noch“, erwiderte er ungehalten. „Nur wenn ich daran denke, wird mir schlecht. Mal ganz abgesehen davon, dass ihr alle, Tamme, Schorlau, unsere Polizeimeister, die PMAs und auch du, im schlimmsten Fall degradiert werdet. Darum, Rike, will ich nicht ernsthaft darüber nachdenken. Verantworten muss ich mich so oder so, selbst wenn man Friedrichs falsche Entscheidungen und Inkompetenz nachweist.“

„Lohnt sich die ganze Sache? Wir können es noch abblasen und keiner muss davon etwas wissen“, schlug sie halbherzig vor.

„Und deshalb lassen wir Menschen sterben, nur um unseren Moors zu retten?“

„Nein, lassen wir nicht“, antwortete Rike kleinlaut. „Entschuldige, dass ich das angesprochen habe“, sagte sie. „Ich mache mir nur Sorgen um dich, weil ich dich so gerne habe.“

Jetzt lächelte Faber sie an. „Ich dich auch, Rike“, erwiderte er sanft. „Wir sollten den Wagen ein ganzes Stück vor dem Pferdehof stehen lassen, sodass er nicht auffällt, und zu Fuß weitergehen. Wir wollten die Mitspieler nicht abschrecken“, wechselte er abrupt das Thema und bog von der Emder Landstraße in das Dörfchen Freepsum ein.

„Fahr auf der Langwehrstraße etwa drei Kilometer, danach kommt auf der rechten Seite ein altes Gehöft“, schlug sie vor. „Gegenüber ist ein kleines Wirtschaftsgebäude, dahinter können wir parken und laufen den letzten Kilometer über den Feldweg zum Pferdehof.“

Es war wieder eine laue Nacht, so langsam wurde es dunkel, und weil kein Mond schien, konnten Faber und Rike auf einem Feldweg, parallel der Landstraße, laufen, ohne gesehen zu werden. Über ihnen kehrten die letzten Seevögel ins Landesinnere zurück und stießen ihre Schreie aus. Doch abgesehen von den Vögeln und einigen unermüdlichen Grillen, die zirpten, als wäre es schon Hochsommer, hörte man keine Geräusche. Der Pferdehof lag jetzt nur noch vierhundert Meter vor ihnen und anscheinend hatte Sander die Familie noch nicht weggebracht, denn es brannte Licht im Haupthaus und auch die kleine Hoflampe war angeschaltet.

„Wenn jemand die Umgebung beobachtet, dann sieht man unsere Bewegungen, sobald wir näher herangehen, und ich befürchte, die Verfassungsschutzleute sind ebenfalls bewaffnet. Die brennen uns zuerst einen auf den Pelz und fragen später“, flüsterte Rike, als sie beide hinter einem Weißdornbusch Deckung gesucht hatten.

„Es sei denn, wir schleichen uns über die Koppel. Hannler hat einige der Pferde draußen, die bewegen sich und wir fallen dort nicht auf“, schlug Richard vor.

„Und du bist dir sicher, die Gäule tun mir nichts?“, flüsterte Rike skeptisch.

„Bin doch bei dir!“

Geduckt arbeiteten sie sich bis zur Koppel vor und stiegen schnell über den Gatterzaun. Wenigstens hatte Hannler den Zaun nicht elektrisch gesichert, sonst hätten sie ein Problem gehabt. Faber deutete Rike an, erst einmal am Zaun zu warten, und schlich zu einer Gruppe Pferde. Es handelte sich um die Reitpferde des Hofs, die an viele Menschen gewöhnt waren und nicht wild auseinanderstoben, sondern eher neugierig an Faber stupsten. Er griff sich eines der größeren Pferde mit Trense und führte es, geschützt von dessen Körper, zum Zaun. Auch Rike drückte sich an das Tier und sie gingen langsam weiter Richtung Hof. Es gesellten sich noch drei der Tiere zu ihnen, was die Tarnung perfekt machte. Jeder Beobachter würde nur die Gruppe Pferde sehen, die langsam zum Zaun am Hof kamen, wo auch das Wasserbecken der Tiere stand.

„Siehst du den Wagen? Erfurter Kennzeichen, das ist Sander, denn der Verfassungsschutz Thüringen hat seinen Amtssitz in Erfurt", meinte Rike leise. Sie lagen mittlerweile auf dem Bauch im Gras hinter dem Gatter.

„Ja, dieser Kerl nimmt mich wirklich nicht sonderlich ernst, sonst hätte er die beiden heute schon weggeschafft", fluchte Richard leise. „Na, immerhin haben wir hier einen gemütlichen Platz und können alles überblicken, ohne selbst entdeckt zu werden. Es ist erst zehn Uhr, es kann also noch dauern."

„Gemütlich ist für mich anders", raunte Rike ihm zu. Er sah sie nur an und grinste.

***

Tamme und Schorlau saßen im Privatwagen des Kommissars und beobachteten in einiger Entfernung das Haus der Fredeburgs in Upleward. Sie waren Luftlinie nur etwa vier Kilometer von Rike und Faber entfernt, doch eine Strecke von zehn Kilometern, wenn man mit dem Auto fuhr. Das Häuschen war weder besonders groß noch neu, was die beiden nicht verwunderte. Mias Mann war nur ein einfacher Versicherungsvertreter, der über Land fuhr und ein Homeoffice hatte. Mit ihren zwei kleinen Mädchen war das Gehalt für die Familie gerade so ausreichend, jedoch nicht so üppig, dass man sich viel leisten konnte. Immerhin lag das Haus gut für eine Observierung. Es stand im hinteren Teil des Grundstücks, welches rückwärtig und seitlich mit einem hohen Zaun gesichert war. Durch alte große Bäume hinter dem Haus waren die Fenster vor fremden Blicken geschützt. Vor der Haustür befand sich ein großer Garten mit Terrasse, der von der Straße einsehbar war, und Fredeburgs Mitsubishi stand links in der Auffahrt. Tamme parkte auf der anderen Straßenseite, vor der alten Dorfschenke, in die vor einer Viertelstunde etwa zehn Männer gegangen waren. Schorlau vermutete, dass es sich um Fußballspieler des ortsansässigen Vereins handelte, die nach dem Training noch etwas trinken wollten.

„Und, Sie sind sich sicher, dass keiner unserer Mitspieler von hinten kommen kann? Sollen wir uns nicht lieber trennen?", fragte Schorlau erneut und Tamme blickte ihn genervt an.

„Doktor Schorlau, ich bin einmal um das Grundstück herum gegangen. Wenn ich da nicht reinkomme, dann auch kein Teenager. Es kann nicht auf die oberen Fenster geschossen werden, da das Laubwerk der Bäume im Weg ist, und dort einen Brandsatz zu legen, wäre nicht effektiv, ginge nicht schnell genug, um das Haus zu erfassen“, erklärte ihm Tamme ein zweites Mal. „Nein, wenn heute Nacht jemand kommt, dann nur von hier vorne, warten wir es ab“, sagte er gerade und dann ging im Haus der Fredeburgs das Licht aus.

„Halb elf, die sind früh dran“, bemerkte Schorlau, nachdem er auf seine Armbanduhr geblickt hatte. Doch anschließend sah man schwaches Licht im ersten Stock, das Flackern eines Fernsehers. „Ein Fernseher im Schlafzimmer ist total ungesund. Der Elektrosmog ist nicht zu unterschätzen“, fügte Schorlau an.

„Schnickschnack“, erwiderte Tamme, „ich habe gelesen, dass ein Fernseher bei Schlafstörungen beruhigend wirkt. Man sollte nur einen Laptop oder ein Tablet vermeiden, wegen des bläulichen Lichts. Das kann den Melatonin-Rhythmus verschieben und das Einschlafen verhindern.“ Schorlau sah erstaunt auf Tamme. „Man merkt halt, dass Sie Doktor für Leichen sind!“, fügte der Wikinger an.

Schorlau wollte gerade eine deftige Erwiderung abgeben, als eine dunkle Gestalt mit Hoodie ein Fahrrad an der Ecke in die Sträucher schob. Er musste über die Felder gekommen sein, denn die Straße endete hier in einer Sackgasse. Wer immer es war, er war nicht koscher, denn auch er schob sich dichter an die Sträucher und schien zu warten. Tamme und Schorlau waren in ihren Sitzen heruntergerutscht, sodass man sie auf die Distanz nicht erkennen konnte. Als es elf wurde, öffnete sich die Kneipentür hinter ihnen und die letzten Gäste verließen das Lokal und machten sich auf den Heimweg. Weitere fünfzehn Minuten später wurde es in dem Lokal dunkel.

Als alles wieder ruhig war, schlich sich die Gestalt an der Hecke entlang, bis zu Fredeburgs Grundstück, ging um den Mitsubishi herum in den Garten. Sofort schaltete Tamme das Licht der Innenbeleuchtung um, damit sie nicht anging, wenn sie die Tür öffneten. Beide zogen ihre Waffen und entsicherten. „Er hat nichts dabei, keinen Kanister, kein Gewehr“, murmelte Schorlau, aber Tamme öffnete bereits leise die Tür des Wagens und stieg geduckt aus. Schorlau folgte ihm, beide schlossen die Türen nicht, um keinen

Lärm zu machen, denn es war um diese Uhrzeit unglaublich still in dem kleinen Dorf. Sie rannten geduckt zu dem Mitsubishi und hockten sich hinter das Heck.

„Da“, flüsterte Schorlau und sie sahen ihn. Der Teenager mit der schlanken Statur stand etwa sechs Meter vom Haus und ihrem Standort entfernt und blickte hoch zu dem Schlafzimmerfenster, in dem immer noch der Fernseher flackernde Schatten warf.

Dann griff der junge Mann in seine Bauchtasche und nahm etwas heraus. Er hielt es in der rechten Hand, doch es war keine Pistole, es war wesentlich kleiner. Dann legte er seine Rechte auf den Oberschenkel und zog irgendwas aus dem Objekt. In dem Moment brüllte Tamme laut „Scheiße, eine Handgranate!“ und sprang auf. Mit der Pistole im Anschlag schrie er den Jungen an, der die beiden jetzt völlig entsetzt anstarrte. „Polizei! Lass deine Hände genau so, damit ich sie sehen kann, mien Jung, und stecke den verdammten Splint wieder rein!“

Das Licht der Straßenlaterne spiegelte sich auf seinem jungen, pickligen Gesicht. Der Junge, bei dem es sich wohl um Enno Johannsen handeln musste, reagierte nicht. Doch plötzlich zog sich ein teuflisches Lächeln über sein Gesicht, er drehte sich zum Haus und setzte zum Wurf auf das Schlafzimmerfenster an. Noch bevor er den Arm hinter seinen Kopf bringen konnte, um zu werfen, knallte der Schuss aus Schorlaus Waffe.

„Eins“, brüllte Tamme, griff Schorlaus Kragen und zerrte ihn mit sich, fort von dem zusammengebrochenen Teenager. „Zwei“, erklang Tammes angstverzerrte Stimme, und noch bevor er drei rufen konnte, riss er Schorlau mit sich auf den Boden und beide schützten ihre Köpfe. Die Explosion ließ nicht nur den Boden erbeben, auch ihre Ohren, gefolgt von einem lauten Klingeln, das ihre Trommelfelle erzeugten. Dann zischten Metallsplitter über sie hinweg und alle Frontscheiben von Fredeburgs Haus zersplitterten.

Als Tamme und Schorlau sich mühsam aufrappelten, war von dem Jungen nichts mehr zu sehen. Wo er vorher gelegen hatte, war nur noch ein tiefer Krater im Grasboden, es roch verbrannt und nach aufgewühlter Erde. Fredeburgs Tür war durch die Druckwelle aus der Verankerung gerissen worden und überall lagen Glassplitter von den Fenstern. Obwohl ihre Ohren lautstark fiepten und alles wie durch Watte gedämpft klang, hörten sie die Schreie einer Frau und das Weinen von Kindern. Herr Fredeburg tauchte plötzlich an der

Haustür auf und Blut lief ihm die Wange herunter, in der ein Stück Glasscherbe steckte.
„Polizei, alles in Ordnung?“, krächzte Tamme, der auf ihn zugelaufen war. „Sind Ihre Frau und die Kinder okay?“
„Ja“, erwiderte der Mann verstört. „Was ist hier passiert?“, fragte er apathisch und sah Tamme und Schorlau an. „Sie beide bluten aus den Ohren“, meinte er mechanisch wie ein Roboter. Der Mann stand definitiv unter Schock.

***

Fabers Handy vibrierte und er sah sich die SMS an.

Handgranatenexplosion, Enno Johannsen tot. Fredeburgs unverletzt. Großeinsatz Feuerwehr und Polizei. Müssen Friedrichs benachrichtigen. Schorlau und Tamme sind so gut wie taub, auf dem Weg ins Krankenhaus. Brauchen Sie Unterstützung? Frauke.

Er zeigte die SMS Rike und schickte ein paar Worte zurück, dass sie keine Unterstützung brauchten und dass bisher noch nichts passiert sei. Faber fragte nach Friedhelm und Torben und erfuhr, dass sie gerade erst nach Aurich losgefahren waren, da sie bis jetzt gebraucht hatten, um die Pension zu finden, in der Lucas Hardenberg als Gast gemeldet war.
„Ich denke, ich rufe jetzt Sander an“, flüsterte Faber. „Die Handgranatenexplosion wird ihn überzeugen, dann erklärt er sich vielleicht bereit, mit uns zusammenzuarbeiten.“ Rike nickte bestätigend. Sofort suchte er die Nummer, die immer noch bei ihm in der Wahlwiederholungsliste war, und drückte die Verbindungstaste. Es klingelte, doch nicht nur an Fabers Ohr. Auch Rike hörte den Klingelton des Handys. Es kam irgendwo vom Hof, aus der Nähe des Wagens mit dem Erfurter Kennzeichen.
„Leg auf“, flüsterte Rike.
„Wieso klingelt Sanders Handy dort?“, murmelte Faber, er drehte sich ein wenig zur Seite, weil ihm allmählich das Kreuz wehtat vom unbequemen Liegen. „Scheiße, da stimmt was nicht. Ich sehe nach“, flüsterte er und wollte sich schon unter dem Holzgatter durchrobben, als Rike ihn zurückriss.

„Psst“, machte sie. Denn in dem Moment hörten sie ein Motorengeräusch, es war ein Mofa, das gerade ausgeschaltet wurde. Auf einmal sahen sie Antje Weiland, mit einem Benzinkanister in der Hand, auf den Hof kommen. Sie ging völlig selbstsicher auf das Haupthaus zu, so als ob es ihr völlig egal wäre, dass die Hannlers sie sehen könnten. Aber plötzlich stoppte sie, stellte den Kanister ab und lief in die Richtung, in der die beiden Polizisten lagen. Sie duckten sich sofort.

„Wow, wie cool ist das denn“, sagte Antje plötzlich und war neben dem Wagen des Verfassungsschutzes stehen geblieben. Sie sah herab und trat mit dem Fuß an etwas, was auf dem Boden lag. Faber und Rike konnten es von ihrer Position aus nicht erkennen, da es durch das Auto verdeckt war. Antje beugte sich runter und hantierte da unten herum, und als sie sich wieder aufrichtete, hatte sie eine Waffe in der Hand. „Saustark!“, meinte sie laut und Rike sah ihr Lächeln im trüben Licht der Hoflampe. Sie schob die Pistole hinten in ihre Jeans und ging zu ihrem Kanister zurück. Faber beobachtete jede ihrer Bewegungen, wie sie den Kanister wieder anhob und zu Hannlers Haustür ging.

In dem Moment zogen Rike und Faber ihre Waffen und entsicherten, weil sie vermuteten, dass Antje das Benzin dort ausschütten und den Brand legen wollte. Doch zu ihrer Überraschung öffnete sich die Tür und eine männliche Gestalt ließ sie ins Hausinnere.

„War das Michael, ist er bereits im Haus?“, raunte Rike Faber zu.

„Sieht so aus, verdammt! Hör zu, ich muss rüber zum Auto. Ich befürchte, Sander liegt dort, vielleicht lebt er noch“, meinte Faber und sein Atem hatte sich beschleunigt. „Wir sind in einer Scheißsituation, Michael und Antje sind im Haus und haben die Hannlers als Geiseln. Ein Einsatzteam zu rufen, würde zu lange dauern, außerdem provozieren wir dann einen Overkill, denn Friedrichs wird nicht leise hier anrücken. Torben und Friedhelm sind in Aurich und Tamme und Schorlau im Krankenhaus. Unsere PMAs sind zu unerfahren, um zu helfen, das müssen wir also alleine lösen.“

„Gotts Verdori“, fluchte Rike leise. „Okay, wie machen wir es?“

„Ich robbe mich erst einmal zu dem Wagen und sehe nach, was da los ist. Danach versuche ich, ans Haupthaus heranzukommen, um mir einen Überblick zu verschaffen, was die beiden dort treiben und ob die Hannlers überhaupt noch leben.“

„Und ich?"
„Rike, du bist mein Feuerschutz, wenn etwas passiert. Falls Antje und Michael sich trennen, bleibst du an dem Mädchen dran und ich nehme mir Michael vor."
„Alles klar, es sind nur zwei Teenager, nicht wahr?", versuchte sie sich selbst Mut zu machen.
„Genau, wir schaffen das schon. Aber denke daran, die beiden sind sehr brutal!" Faber robbte unter dem Gatter durch und Rike sah, wie er sich auf dem Kopfsteinpflaster langsam dem Wagen näherte. Kaum war er aus ihrem Blickfeld verschwunden, hörte man Schreie im Haus. Es war Anna Hannler, und anschließend polterte etwas. Faber rollte sich sofort unter den Audi und blieb ruhig dort liegen, als sich die Haustür öffnete.
„Los, du Schlampe, vorwärts, wir beide haben ein Date", sagte Antje laut und schubste die geknebelte und an den Händen gefesselte Anna Hannler aus dem Haus. Anna fiel längs auf das Kopfsteinpflaster, und weil sie sich nicht mit den Händen abstützen konnte, schlug ihr Kopf hart auf. Rike beobachtete, wie Antje der Frau in die Rippen trat, und kochte innerlich vor Zorn. Das Mädchen griff in Annas Haar und zerrte sie wieder auf die Beine. An den Haaren zog sie die am Kopf blutende Frau hinter sich her zum Pferdestall.
Als sie endlich im Stall verschwunden war, robbte auch Rike los, und zwar ebenfalls in Richtung des Gebäudes. Aus den Augenwinkeln sah sie Faber, wie er geduckt neben einem Mann am Boden lag und seinen Gürtel aus der Hose zog. Damit band er den Oberschenkel des Mannes ab, nickte ihr zu und bewegte sich vorsichtig Richtung Haupthaus.
Rike hatte die Stalltür erreicht und schlich sich mit ihrer Pistole im Anschlag hinein. Die Pferde waren unruhig, Antje hatte die einzelnen Boxen geöffnet und einige der Tiere waren bereits im Gang. Sie sah Antje ganz hinten, wie sie Anna in eine der letzten Boxen schubste. Dann brach die Hölle los.

***

Das Geräusch erinnerte an ein lautes Zischen und plötzlich standen die hinteren Boxen in Brand. Die Pferde wieherten, bäumten sich auf und galoppierten los, raus aus dem Stall. Rike war inmitten der einsetzenden Stampede. Die Tiere flüchteten instinktiv in Richtung Stalltür und Rike konnte nur dafür sorgen, dass sie nicht umgerissen und niedergetrampelt wurde. Dabei verlor sie ihre Waffe, und als sich das letzte Pferd an ihr vorbeidrückte, war sie völlig ungeschützt und stand Antje gegenüber, die eine Pistole auf sie richtete.

„Tag, Bulle!“, sagte das Mädchen. „Jetzt knall ich dich ab!“, und sie drückte, ohne mit der Wimper zu zucken, den Abzug durch.

Rike war in dem Moment einen Schritt auf sie zugegangen, holte aus und schmetterte ihre Faust mit aller Kraft auf die Nase des Mädchens. Es gab ein knirschendes Geräusch, als die Nase brach und Antje bewusstlos rückwärts auf den Stallboden donnerte. „Eine Waffe muss man entsichern, du blöde Kuh“, fluchte Rike atemlos und griff die Pistole aus Antjes Hand. Doch dann sah sie die Feuerzungen, die bereits hinten zwei Boxen ergriffen hatten, und rannte los, um Anna Hannler zu retten.

Faber war mittlerweile am Haupthaus angekommen und spähte durch eines der Fenster. Er sah den gefesselten Hannler und den Mann mit einem Gewehr in der Hand, der ihn hochzerrte. „Verdammt, wer bist du?“, entwich es ihm, aber in dem Moment traf ihn der Schlag so unerwartet, dass er keine Luft mehr bekam. Der Schmerz in seiner rechten Seite war stechend und er hatte seine Pistole fallen lassen. Automatisch drehte er sich zu seinem Angreifer. Michael Häberlin schwang den Baseballschläger erneut und zielte auf Fabers Kopf, der duckte sich in der Sekunde zur Seite und trat nach Michaels Füßen. Der Junge geriet ins Wanken, sein eigener Schwung mit dem Schläger und auch Fabers Tritt hatten ihn aus dem Gleichgewicht gebracht.

„Arschloch“, brüllte Michael und versuchte, nicht zu fallen. Faber griff in dem Moment nach dem Schläger, riss ihn Michael aus der Hand und schlug mit aller Kraft auf die Schulter des Jungen. Michael schrie auf wie ein Tier, als sein Schlüsselbein brach, verdrehte die Augen und blieb still am Boden liegen.

„Selber“, keuchte Faber und hielt sich seine rechte Seite. Er schnappte immer noch nach Luft und so langsam bekam er wieder Sauerstoff in seine Lungen. Faber reckte sich nach der Pistole auf dem Boden und sah wieder durch das Fenster. Doch Hannler und der andere, fremde Mann waren verschwunden. Nur die Küchentür am hinteren Ende war offen. Plötzlich nahm er den Brandgeruch wahr, bemerkte die Pferde auf dem Hof, die Richtung Straße davonstürmten. „Rike schafft das“, sagte er zu sich selbst und rannte ins Haus und durch die Küchentür hinaus in den Garten.

***

Rike war an der hinteren Box angekommen. Der Rauch war beißend, und sie hatte sich ihr T-Shirt runtergerissen und hielt es sich vor den Mund. Dann sah sie Anna Hannler in den Flammen, die Frau war ohnmächtig. Rike riss eine Decke vom Gatter, tauchte sie in den Wasserkübel neben der Box, legte sie sich über und ging in die Flammen. Rike tastete sich zu der bewusstlosen Frau durch, weil sie in den heißen Flammen nichts sehen konnte, und griff endlich Annas Arm. Die Flammen verbrannten ihre Hand, doch sie ließ nicht los und schleifte Anna hinter sich her, nur raus aus der Box. Sie schmiss die nasse Decke auf die Frau, denn die Kleider brannten bereits an ein paar Stellen. Es zischte, als die Flammen erloschen, und Rike schleppte die Frau mit letzter Kraft nach draußen vor die Stalltür.

Obwohl ihre Hand brannte wie ein Höllenfeuer und sie vor lauter Husten kaum Luft bekam, versuchte sie tief durchzuatmen und rannte zurück in das Flammeninferno. Das Feuer hatte Antje noch nicht erreicht, aber die Balken über ihnen brannten lichterloh. Es würde nicht mehr lange dauern, bis das Dach der Scheune einbrechen würde. Darum griff sich Rike einfach Antjes Pferdeschwanz und zerrte den Teenager an ihren Haaren hinter sich her, bis sie im Freien und in Sicherheit waren. Rike fiel auf die Knie, stützte sich mit den Händen auf dem Kopfsteinpflaster ab und schnappte nach Luft. Antje neben ihr räusperte sich und schlug die Augen auf, sie griff sich an ihre Nase und machte ein heulendes Geräusch.

„Halt’s Maul“, krächzte Rike und verpasste ihr einen weiteren Kinnhaken, sodass das Mädchen wieder die Augen verdrehte. Danach legte die Kommissarin Antje Handschellen an und sah nach Anna Hannler. Die Frau hatte starke Verbrennungen, atmete aber, und Rike kramte das Handy aus der Jeans. Sie rief einen Krankenwagen, die Feuerwehr und anschließend Frauke an, die ein Einsatzteam schicken sollte. Erst jetzt bemerkte sie den bewusstlosen Michael Häberlin vor dem Haus und torkelte zu ihm. Auch er lebte, sie konnte einen Puls fühlen, doch seine Schulter war gebrochen und durch den offenen Bruch stach ein Knochensplitter durch sein T-Shirt und es blutete heftig.

„Scheiße, Faber, wo bist du?", fluchte sie atemlos. Sie tastete sich durch die offene Haustür weiter bis zur Küchentür, die ebenfalls offen stand. Dann hörte sie die Stimmen.

Stephen Hannler stand aufrecht mit einer Augenbinde an einen Baum gefesselt und ihm gegenüber richtete ein Mann sein Gewehr auf ihn. Die Szene mutete wie eine Hinrichtung an, ein Erschießungskommando. Faber hatte sich nahe genug an die beiden rangeschlichen und hob seine Pistole. „Ich habe eine Waffe auf Sie gerichtet, legen Sie das Gewehr runter, Moderator!"

„Erstaunlich, die Provinzbullen kapieren mehr als der Verfassungsschutz. Könnt ihr überhaupt schießen? Das müssen Sie nämlich, denn ich richte diesen Verräter jetzt hin", sprach der Mann erstaunlich ruhig, ohne seinen Blick von Hannler abzuwenden.

„Lucas, nehmen Sie das Gewehr runter. Ich kann schießen, und zwar gut. Meine Pistole ist auf Ihren Hinterkopf gerichtet und das gibt ein böses Loch, von Ihrem Gesicht bleibt nichts übrig", keuchte Faber.

„Bitte", hörte er Stephen Hannler plötzlich. „Schießen Sie nicht!", flehte er. Faber dachte erst, er meinte Lucas Hardenberg, aber Hannler sagte plötzlich: „Erschießen Sie meinen Sohn nicht!"

„Nenn mich nicht deinen Sohn, du Ratte", reagierte Lucas und dann knallte es.

***

Es war Rike, die das Gewehr aus Lucas Hardenbergs Reichweite brachte. Faber hatte die rechte Schulter von Lucas erwischt, ihn jedoch nicht lebensgefährlich verletzt. Als sie Stephen Hannler befreite, rannte er sofort zu seinem Kind.

„Ich musste das tun, Lucas. Ich wollte dich nur retten, sie haben dich mit ihrer Ideologie vergiftet und es war meine Schuld", redete er auf seinen verletzten Sohn ein. „Es ist alles meine Schuld, wir haben dich zu dem gemacht, und als ich erkannte, was aus dir geworden ist, musste ich etwas unternehmen. Verzeih mir, ich konnte einfach nicht ahnen, dass sie dich auch verhaften. Wir brauchten ein neues Leben, für dich und deine Schwester, denn Mama war wieder schwanger. Bitte, mein Junge, verzeih mir!" Lucas sah seinen Vater nur kurz an und drehte unter Schmerzen seinen Kopf voller Verachtung in eine andere Richtung.

Faber griff nach Hannlers Arm und zog ihn hoch. „Kommen Sie, Hannler“, sagte er und hielt sich seine Rippen. Nur widerstrebend ließ sich Stephen Hannler ins Haus ziehen. Mittlerweile waren die Sirenen der Einsatz- und Krankenwagen zu hören und keine drei Minuten später war der Hof von Blaulicht erleuchtet. Die Feuerwehr hatte den Brand schnell unter Kontrolle, denn das Dach der Scheune war inzwischen heruntergebrochen.

„Wie siehst du denn aus?“, fragte Faber, als er wieder in den Garten kam. Rike hockte neben dem verletzten Lucas. Sie hatte ihre Jeans an, doch ihr Oberkörper war bis auf einen Sport-BH nackt. „Ist zwar ein netter Anblick, aber den will ich keinem anderen gönnen“, versuchte er zu scherzen, seine verletzten Rippen erlaubten ihm indes nicht mal ein Grinsen. Er zog schwerfällig sein Hemd aus und legte es um sie. Dann erst sah er ihre Hand. „Rike, du hast Verbrennungen“, bemerkte er besorgt und untersuchte die Hand.

„Halb so wild“, entgegnete sie und zog sein Hemd über. Dennoch legte er seinen Arm um Rikes Schultern und sie ließ sich von ihm zu einem Krankenwagen bringen, während ein Notarzt zu Lucas rannte. Jetzt kümmerten sich alle medizinischen Einsatzkräfte um die vielen Verletzten.

Faber saß neben Rike auf der Ladefläche eines geöffneten Krankenwagens. Man hatte ihre Hand mit Brandsalbe versorgt und verbunden. Der Arzt war der Meinung, dass Faber lediglich einige Rippen geprellt hatte, da beim Abhören keine Krepitationen, also ein hörbares Knirschen, festgestellt werden konnten. Jedoch wurde Faber angewiesen, tief durchzuatmen und später im Krankenhaus eine Röntgenaufnahme machen zu lassen. Sie warteten nur noch darauf, dass der Einsatzleiter zu ihnen kam, und wollten anschließend selber mit einem Krankenwagen nach Emden.

„Hey, du hast dich super geschlagen, Anna Hannler das Leben gerettet“, meinte Faber und streichelte über Rikes Wange, nachdem sie ihm alles erzählt hatte. Beide waren jetzt hundemüde, da das Adrenalin wieder auf normales Niveau gesunken war. „Doch Knut verzeiht mir nie, dass du dir die Hand verbrannt hast“, fügte Richard an. In der Sekunde preschte ein schwarzer Mercedes mit Blaulicht zu den anderen Einsatzfahrzeugen auf den Hof.

„Ich glaube, da hast du andere Sorgen", erwiderte sie und nickte in Richtung Friedrichs, der aus dem Wagen sprang und auf sie zustürmte.

„Faber, ich lasse Sie verhaften!", schrie er ihn an. Doch in dem Moment schoben die Sanitäter eine Trage an ihnen vorbei. Der Mann darauf machte eine Bewegung und man hielt an. „Sie sind Faber?", fragte der verletzte Mann und Richard nickte nur. Der schwer verletzte Mann meinte mit schwacher Stimme: „Es tut mir leid, ich war ein Idiot, mein Name ist Sander vom Verfassungsschutz. Sie haben mir den Oberschenkel abgebunden und das Leben gerettet, das werde ich Ihnen nie vergessen", stöhnte er. Dann wurde er eilig in den nächsten Krankenwagen geschoben.

„Vielleicht sollten Sie auch erst einmal ins Krankenhaus", meinte Friedrichs plötzlich wesentlich kontrollierter und sah Rike und Faber an. „Wir besprechen alles später", sagte er, machte auf der Stelle kehrt und wandte sich dem Einsatzleiter zu, der den Tatort übernommen hatte.

Kapitel 12

Bei dem Verfahren, das gegen Antje Weiland eröffnet wurde, verlangte der Staatsanwalt zehn Jahre Jugendhaft ohne Bewährung. Sie hatte zugegeben, den Film der Vergewaltigung von Gesine Hannler gemacht zu haben. Jedoch plädierte sie auf unschuldig. Ihr Freund Michael Häberlin hätte ihr gedroht und sie gezwungen, das alles zu tun, und er wäre Antje gegenüber gewalttätig gewesen. Weder sie noch der Topanwalt aus Hamburg wussten zu dem Zeitpunkt, dass man den Zufluchtsort des Moderators gefunden hatte. Es war Tamme ein persönliches Anliegen, die Festplatte dieses Computers zu durchforsten. Wobei sich auch Antjes Rückmeldungen von ihrem zweiten Handy fanden. Leider war sie arrogant genug gewesen und hatte die Nachrichten und das Video der Vergewaltigung stolz mit ihrem Namen und begeisterten Kommentaren unterzeichnet. Eigentlich reichte es schon, dass man Antje am Tatort, dem Hof der Hannlers, erwischt hatte. Sie hatte nicht nur die Scheune angezündet, sondern auch versucht, Anna Hannler und eine Polizistin zu töten. Das machte die Geschichte für die Staatsanwaltschaft mehr als einfach, denn es waren unwiderlegbare Fakten. Rikes und Anna Hannlers Aussagen würden reichen. Das Verfahren lief noch, doch Faber rechnete mit den zehn Jahren ohne Bewährung, die sie zum größten Teil in einer Jugendstrafanstalt absitzen würde. Das war genug, um ein verwöhntes Mädchen wie Antje vielleicht auf einen neuen, besseren Weg zu bringen, wenn sie als erwachsene Frau wieder ihre Freiheit zurückbekam.

Michael Häberlin sollte wegen Vergewaltigung, Totschlags und schwerer Körperverletzung zu einer lebenslangen Haft verurteilt werden. Seine Geschichte war schneller erledigt, da er weder einen Staranwalt aus Hamburg hatte noch einen besonders guten Ruf. Seine Eltern waren noch nicht einmal zur Vernehmung auf dem Revier erschienen, wahrscheinlich waren sie zu betrunken. Ist das Gerechtigkeit?, fragte Faber sich an dieser Stelle. Nein, war es nicht, aber so war die Welt. Es erwischte die armen, gequälten Menschen immer schlimmer als die, die mit einem goldenen Löffel im Mund geboren wurden.

Marius Werfel wurde der Brandstiftung angeklagt. Er würde Sozialstunden abarbeiten, viele, unendlich viele Stunden. Jedoch, weil er diese Stunden in einem Asylantenheim in Emden leisten sollte und sich beim Sozialdienst dort engagieren musste, gab es Hoffnung. Vor allem, weil seine Eltern der Polizei nicht nur dankbar waren, sie versicherten auch, dass Marius die psychologische Unterstützung bekommen würde, die notwendig war. So würde er den verantwortlichen Umgang mit den sozialen Medien lernen und rechtsradikales Gedankengut hoffentlich hinterfragen.

Faber musste zwei Tage nach den Vorfällen in Upleward und auf dem Hof der Hannlers vor einer offiziellen Kommission erscheinen und dem Polizeipräsidenten von Niedersachsen persönlich Rede und Antwort leisten. Doch das Verfahren gegen ihn wurde auf der Stelle eingestellt. Auch seinem Team passierte nichts, da man davon ausging, dass sie sieben Leben gerettet hatten. Als er darum bat, Tamme Hehler in den KED nach Emden zu holen, wurde sogar diese Bitte erfüllt. Wie viel davon der Unterstützung des Verfassungsschutzes und besonders einem gewissen Herrn Sander, der sich von einer gefährlichen Oberschenkelschussverletzung erholte, zu verdanken war, fand Faber nie raus.

EKHK Friedrichs reichte überraschend seinen vorzeitigen Ruhestand ein. Es wurde intern nicht weiter über seine Involvierung in dem Fall ermittelt, er ging mit vollen Bezügen in Pension. Ein Nachfolger war angekündigt und das ganze Revier war schon gespannt, wer demnächst der oberste Chef werden würde.

Faber saß zwei Wochen später wieder in seinem Büro in Emden und wickelte den letzten Schreibkram ab. Er hatte letzten Endes einen telefonischen, inoffiziellen Bericht des Bundesverfassungsschutzes bekommen. Er wusste jetzt, wie furchtbar Stephen und Anna Hannler aka Stefan und Annalena Hardenberg in Brandenburg gelebt hatten. Er wusste, dass Lucas, der Moderator, den er schwer verletzt hatte, ihr Sohn war. Das Kind war in einer Welt des Nationalismus groß geworden, als Reichsbürger, hatte an Jugendfreizeiten teilgenommen, die ihn zum Nazi gemacht hatten. Seine Eltern waren sehr jung, als Lucas geboren wurde, und vor allem waren sie sehr verblendet gewesen. Sie hatten dem Kind von klein auf beigebracht, ihren eigenen verstörten Ideologien zu folgen, und aus ihm ein Monster gemacht. Doch als Stephen plötzlich ein Licht aufgegangen war, wahrscheinlich, weil Anna wieder schwanger geworden war und er seinen Sohn mit Mord und Tod konfrontiert gesehen hatte, hatte er selbst seine eigenen Auffassungen verraten. Er hatte Victory 444 an den Verfassungsschutz ausgeliefert, dessen Leiter Deutschlands Stephen selbst gewesen war.

„Dein eigener Sohn“, seufzte Faber, als er über die Geschichte nachdachte, und verstand Stephen immer weniger. Denn Stephen hatte nicht nur Victory 444 verraten, sondern auch seinen Sohn. Ob er es wusste oder nicht, war dahingestellt. Jedenfalls war Lucas in dieser Zeit, mit zarten vierzehn Jahren, bereits in die Rangfolge von Victory 444 eingestiegen und hatte seine Prüfung hinter sich gebracht. Lucas hatte damals an einer organisierten Prügelei teilgenommen, um sich seine Sporen zu verdienen. Dabei war ein fünfzehnjähriges türkisches Mädchen so schwer verletzt worden, dass sie für immer behindert bleiben würde. Sie war die in Deutschland geborene Tochter einer kurdischen Familie, die nicht nur ein gut gehendes Restaurant in Berlin geführt hatte, sie war auch ein Musterbeispiel an Integration gewesen.

All das passierte, als Stephen bereits mit dem Verfassungsschutz Kontakt aufgenommen hatte. Aufgrund der Brutalität von Lucas' Tat hatte sich die Behörde geweigert, den Sohn ebenfalls mit ins Zeugenschutzprogramm zu nehmen. Sander hatte schon damals befürchtet, dass der junge Lucas völlig verblendet gewesen war. Es war damit zu rechnen gewesen, dass der radikale Teenager die Tarnidentität sofort verraten würde. Beim Großeinsatz, den Europol geleitet hatte, war Lucas' Name auf ihrer Liste gewesen. Er war wegen seines Alters in eine Anstalt für jugendliche Straftäter geschickt worden, und den Hannlers war nichts übrig geblieben, als ihren Sohn aufzugeben. Im Gefängnis hatte Lucas nach kurzer Zeit einen somalischen jugendlichen Mithäftling im Streit erschlagen. Es folgten zehn Jahre in der JVA Tegel, in einem richtigen Knast, in dem er seine ehemaligen Kameraden des Victory 444 wiederfand. Ein vorgezeichneter Weg, auf dem ein verirrter Jugendlicher nicht nur von seinen Eltern verraten wurde, er hatte auch nie die Hilfe bekommen, die man sich für solch einen Jungen gewünscht hätte.

Als man Lucas wegen guter Führung vorzeitig entließ, hatte auch der Verfassungsschutz kein Auge mehr auf ihn. Lucas hatte sich im Gefängnis ruhig verhalten, sein Abitur nachgeholt und Informatik studiert, nur mit einem Ziel, seine Familie, die Verräter, zu finden.

Als er endlich rauskam, finanzierte Blood and Honour ihn und er suchte nur noch Rache und fand sie durch Zufall. Man hatte ihn beim JRVD in Emden eingeschleust, weil er für ein Jahr dort beruflich zu tun hatte und Blood and Honour immer gezielter die sogenannten anerkannten rechten Parteien infiltrierte.

Dann kam der Tag, als Antje Weiland Gesinde zu einem Treffen des JRVD mitgenommen hatte. Eigentlich war Antje damals dagegen, doch ihr Vater hatte sie darum gebeten, da er wirklich etwas für Gesine übrighatte und fest daran glaubte, dass die RVD-Partei junge Leute brauchte. Als Lucas Gesine sah, wusste er, dass sie seine Schwester sein musste. Die Ähnlichkeit mit Anna Hannler war zu groß, und die war kurz vor seiner eigenen Verhaftung wieder schwanger gewesen. Die Absurdität, dass solch ein Zufall passieren konnte, war fast ironisch.

Dann nahm die Geschichte ihren Lauf, er heftete sich an Gesines Fersen und fand seine Eltern. Lucas entwickelte seinen perfiden Plan, und da er mittlerweile das Gewaltpotential von Antje Weiland, Michael Häberlin und auch Enno Johannsen von den Versammlungen des JRVD kannte, wurden die Teenager zu seinem Instrument. Keiner der drei wusste, worum es überhaupt ging. Die Jugendlichen waren sukzessive von Lucas bei den Wehrsportübungen geprüft worden, er hatte ihre Wut richtig eingeschätzt und sich dann für Antje, Michael und Enno entschieden. Lucas erfuhr schnell, dass die Jugendlichen leidenschaftliche Computer-Gamer waren und den ultimativen Kick suchten. So entwickelte er die Plattform. Alles, was seine Mitspieler getan hatten, war aus reinem Vergnügen geschehen, der Freude an Gewalt. Dass Lucas die Number One war, erfuhr Enno nie. In Ennos Anweisungen war das Versteck mit der Handgranate angegeben und dass er sie in dem Haus in Upleward in das Fenster im ersten Stock werfen solle, wenn er gewinnen wollte. Auch Michael hatte keine Ahnung, dass Lucas der Drahtzieher des Spiels war. Seine Aufgabe war es gewesen, mit Antje auf den Hof zu kommen und das Haupthaus zu observieren, während Antje sich um Anna Hannler kümmern sollte. So hatte er Faber bemerkt und angegriffen, doch war ihm Rike nicht aufgefallen, die sich zum Stall geschlichen hatte.

Nur Antje hatte genauere Anweisungen, und als sie ins Haus ging, um ihr Opfer zu holen, sah sie Lucas. Es bereitete ihr ein ungemeines Vergnügen, ihren Kameraden des JRVD dort zu sehen, wie er

Hannler überwältigte. Sie wusste sofort, dass Lucas den Mann am Auto erschossen hatte. Beide waren davon ausgegangen, dass Sander tot war. Leider war der Beamte des Verfassungsschutzes dumm genug gewesen, an dem Abend ohne einen Kollegen zu Hannlers Hof zu fahren.

Dennoch war Lucas vor fünfzehn Jahren nur ein Kind gewesen, dachte Faber. Ein Junge, der unter sehr falschen Voraussetzungen aufgewachsen war. Genauso sah Faber ihn, wenn er an die Kugel dachte, die er dem Mann verpasst hatte, um das Leben von Hannler zu retten. Wo der mittlerweile erwachsene Mann nach seiner Genesung landen würde, war klar. Wieder viele Jahre in irgendeiner Justizvollzugsanstalt, in der es garantiert auch rechte Cliquen gab. Ob dort nun verurteile Mitglieder der Aryan Brotherhood, von Blood and Honour oder auch von Victory 444 einsaßen, das war egal. Lucas würde für den Rest seines Lebens in den Fesseln und gefährlichen Ideologien von einem dieser Menschenfänger hängen bleiben.

Faber schüttelte sich. Er beschloss, dass es reichte, über solche Sachen nachzudenken. Er war noch hier, sein Team und vor allem Rike. Stephen und auch Anna Hannler waren wie vom Erdboden verschwunden, wahrscheinlich wieder in einem neuen Zeugenschutzprogramm, aber das interessierte Faber einen Dreck. Denn Rike hatte recht gehabt, bei den Hannlers war alles selbst gemachtes Leid.

„Hey, ich haue jetzt ab", unterbrach ihn Rike in seinen Gedanken, die ihren Kopf durch seine Tür steckte. „Kommst du mit? Wir können zusammen abendessen bei Opa."

Er sah sie an und lächelte sanft. „Nein, ich habe noch etwas zu tun. Vielleicht morgen", meinte er.

„Okay, bis dann, Chef! Mach nicht zu lang", sagte Rike fröhlich und winkte, dann war sie verschwunden. Wenige Minuten später hörte Faber die Ducati. Selbst im zweiten Stock des Reviers war das dumpfe Röhren des Auspuffs zu hören, sie fuhr los und es wurde wieder ruhig an diesem Freitagabend. Faber holte tief Luft, es gab noch etwas zu erledigen. Darum rief er die Personendatenbank der Polizei auf und tippte: *Sebastian Huber.*

Epilog

Faber werkelte Samstagnachmittag in seinem Garten herum und begutachtete die Beerensträucher. Dieses Jahr würde er das erste Mal Himbeeren und auch Stachelbeeren ernten können. Versonnen zupfte er Unkraut, als er Knuts Stimme hörte.

„Mien Jung, kummst röver up Koofje un Koken?“, rief er von seiner Seite des Gartens und winkte ihm.

„Hast du gebacken?“, fragte Faber und schlenderte zum Rosenbogen, der ihre beiden Grundstücke verband. Richard musste sich immer ein bisschen bücken, um durch das niedrige mit gelben Kletterrosen bewachsene Tor zu gehen. Knut hatte auf der Terrasse den Tisch gedeckt und Rike saß im Halbschatten und blätterte durch eine Zeitschrift. Faber griff sich an die Tasche seiner Jeans und befühlte das Foto, das er dort eingesteckt hatte.

„Rhabarberkuchen mit Baiser und Eierlikör, lecker“, sagte Knut gut gelaunt und stellte das warme Blech auf die Mitte des Tischs.

„Was macht die Hand, tut es noch weh?“, fragte Faber Rike und betrachtete sich besorgt den Verband an ihrer linken Hand.

„Kaum noch, die Brandsalbe wirkt Wunder, das wird alles wieder so wie vorher“, beruhigte sie ihn und legte die Zeitung aus der Hand. Rike schüttete Kaffee in ihre Tassen, während Knut jedem ein großes Stück Kuchen auf den Teller legte.

„Der ist herrlich“, nuschelte Faber mit vollem Mund und Rike lachte laut auf.

„Erst kauen, dann sprechen, wurde mir mal gesagt“, tadelte sie ihn scherzhaft, denn eigentlich war es ihre Eigenart, immer mit vollem Mund zu sprechen. Richard hatte regelmäßig ein paar Krümel von ihr abbekommen.

„Das ist mein schlechter Umgang“, erwiderte er und genoss den schönen Nachmittag. Mit Rike und Knut zusammen, in dem herrlichen Garten, fühlte sich alles so richtig an. Er überlegte deshalb, ob er das Thema überhaupt ansprechen sollte, aber es musste für Knut eine Erleichterung sein, wenn er endlich Klarheit hätte. Darum zog er das Foto aus der Hosentasche, das er im Internet gefunden und ausgedruckt hatte. Er legte es auf den Tisch, als Knut seinen Teller leer gegessen hatte.

„Wat is dat?“, fragte Knut und sah genauso interessiert auf das Familienfoto wie Rike. Es zeigte einen Mann etwa Mitte dreißig, mit einer Frau und zwei hübschen kleinen Mädchen, die ihm sehr ähnlich sahen.

„Das ist ein Kinderarzt mit seiner Familie. Er war als junger Mann einmal ein Taugenichts und wurde dafür fürchterlich verprügelt. Andererseits haben ein gebrochener Arm und einige geprellte Rippen aus ihm womöglich einen besseren Menschen gemacht“, erklärte Faber und Knut sah ihn verständnislos an. Rike jedoch schluckte, denn sie hatte eine Ahnung, worauf das hier hinauslief. Es hatte nur Sekunden gedauert, bis sie den Mann auf dem Foto wiedererkannte, auch wenn er sich verändert hatte. „Er hat damals eine Anzeige gegen unbekannt gestellt, doch seinen Angreifer überhaupt nicht beschreiben können, weil er betrunken war. Kurz darauf verließ er das Militär und studierte Medizin. Er soll ein toller Kinderarzt sein, liest man jedenfalls über ihn“, fuhr Richard fort.

„Ich kapiere gar nichts“, sagte Knut, der sich des Mannes, den er nur einmal gesehen hatte, anscheinend nicht besinnen konnte, und sah Richard auffordernd an.

„Knut, der Mann ist gesund und munter und hat damals keinen bleibenden Schaden genommen. Das ist Doktor Sebastian Huber“, offenbarte Richard so sanft wie möglich die Geschichte und legte Knut eine Hand auf den Arm.

„Der Mistkerl, der meine Rike …“, setzte Knut an und sah seiner Enkelin entsetzt ins Gesicht.

„Faber, du hattest versprochen …“, stotterte Rike.

„Ja, und wenn ich etwas herausbekommen hätte, das Knut schaden könnte, dann hätte ich meinen Mund gehalten. Das musst du mir glauben“, verteidigte er sich. „Knut, ich dachte, es wäre besser, du wüsstest es. Der Mann hat damals zwar ordentlich Prügel von dir bezogen, doch mehr auch nicht.“

Knut nahm seine Kapitänsmütze ab und strich sich über sein spärliches Haar. „Ich dachte, ich hätte ihn totgeschlagen“, flüsterte Knut, stand auf und legte eine Hand auf Fabers Schulter. Knut ging in seinen Garten bis zum Zaun und zündete sich seine Pfeife an.

Auch Faber und Rike standen auf. „Ist alles in Ordnung mit Knut? Soll ich zu ihm gehen?“

Rike schüttelte den Kopf und versperrte ihm den Weg. Sie stand vor ihm und sagte leise: „Nein, lass ihn. Weißt du, wenn es um Gefühle geht, dann vergisst Opi, dass ich kein kleines Mädchen mehr bin. Er will nicht, dass ich seine Tränen sehe. Verstehst du?“

„Dann habe ich es richtig gemacht?“, vergewisserte sich Richard schüchtern und Rike legte ihre Hände an sein Gesicht und strich vorsichtig über den langsam verblassenden Schnitt auf seiner Wange.
„Das hast du“, bestätigte sie. „Aber was, wenn es anders gewesen wäre? Wenn Opa Sebastian erschlagen hätte?“, fragte sie sanft.
„Dann hätte ich geschwiegen. Ich habe dir das Versprechen gegeben, die Sache nicht zu verfolgen. Es war mein Risiko, eventuell ein Tötungsdelikt zu entdecken. Dann wäre ich mit meinem Beruf in einen wahnsinnigen Zwiespalt gekommen. Aber Körperverletzung ist eine Sache und Totschlag eine andere.“ Faber seufzte, sah ihr in die Augen und fuhr fort: „Rike, Job hin oder her, du und Knut, ihr seid wichtiger!“ Rike hielt seinem Blick stand und es kostete Richard einiges an Überwindung, sie sich jetzt nicht zu schnappen und einfach nicht mehr loszulassen. Er räusperte sich und trat einen Schritt zurück. „Krieg ich noch ein Stück Kuchen?“
„Von mir aus das ganze Blech, aber pass lieber auf“, meinte Rike, „da ist Eierlikör drin. Nicht, dass du einen Schwips bekommst und dann etwas anstellst, was deine Selbstbeherrschung dir verbietet.“ Faber errötete leicht, denn es war, als hätte sie seine Gedanken gelesen.
„Bei deinem frechen Mundwerk bekommst du irgendwann deinen Allerwertesten von mir versohlt, sogar wenn ich nüchtern bin“, lenkte er ab, setzte sich wieder und blickte zu Knut.
Der kam mit glasigen Augen, jedoch mit einem breiten, zufriedenen Lächeln im Gesicht auf die Terrasse zurück.

Ostfrieslandkrimi Empfehlungen des Klarant Verlages

Kennen Sie schon die ersten beiden Bände der Ostfrieslandkrimi-Serie **„Faber und Waatstedt ermitteln“** von Elke Nansen?

„Tödliche Krummhörn“, Band 1
Taschenbuch ISBN: 978-3-95573-707-8
eBook ISBN: 978-3-95573-708-5

Ein mörderischer Schleier liegt über der ostfriesischen Urlaubsregion Krummhörn. Bei Bauarbeiten wird die mumifizierte Leiche einer jungen Frau entdeckt, mehrere Jahrzehnte lag sie im Fundament des Hotels Deichrose begraben. Hauptkommissar Richard Faber und seine Kollegin Rike Waatstedt von der Kripo Emden werden mit dem Fall betraut. Wer ist die tote Frau, wurde sie ermordet? Eine Identifizierung ist nicht möglich, dennoch ergibt sich schnell ein Verdacht: Silvester 1985 verschwand die Frau des Bauunternehmers Enno Dahlke unter mysteriösen Umständen. Die Ehe war unglücklich, und genau zu dieser Zeit war die Baufirma Dahlke mit der Errichtung des Hotels Deichrose in Ostfriesland beschäftigt... Je tiefer die Kommissare in der Vergangenheit graben, desto düstere Zusammenhänge kommen ans Licht. Sie stoßen auf ein Netz aus Verzweiflung, Korruption und Gier. Die Liste der Verdächtigen wird immer länger, und der Fall mehr und mehr zum Rätsel ...

„Tödliche Leyhörn“, Band 2
Taschenbuch ISBN: 978-3-95573-784-9
eBook ISBN: 978-3-95573-785-6

Ein brutaler Mord erschüttert Ostfriesland. Auf der idyllischen Halbinsel Leyhörn schwimmt der Torso eines Mannes im Wasser, wer steckt hinter dieser grausamen Tat? Die Kommissare Faber und Waatstedt von der Kripo Emden/Leer nehmen die Ermittlungen auf, und bald finden sie heraus: Bei dem Toten handelt es sich um den jungen ostfriesischen Journalismus-Studenten Jens Strom. Nach und nach scheint sich das Puzzle zusammenzusetzen: die Todesart, das verdächtige Vogelsterben in der Leyhörn, verunreinigte Nordsee – war Jens Strom dem organisierten Verbrechen auf der Spur und musste für seine brisanten Recherchen mit dem Leben bezahlen? Um die dunklen Machenschaften aufzudecken, begeben sich die Ermittler auf gefährliches Terrain. Was sie nicht ahnen: Sie haben es mit Gegenspielern zu tun, die wirklich vor nichts zurückschrecken ...